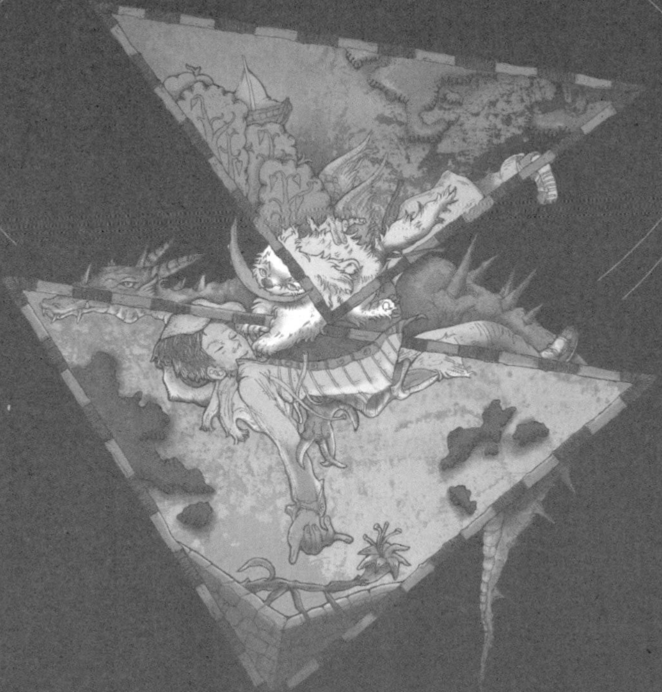

地海奇風

The Other
Wind

娥蘇拉・勒瑰恩
Ursula K. Le Guin

地海六部曲｜第六部

段宗忱——譯

娥蘇拉・勒瑰恩的文字非常優美豐富，是我最喜歡的女作家之一。

——村上春樹，日本當代作家

想像力豐富，風格上乘，超越托爾金，更遠勝多麗絲・萊辛。勒瑰恩在當代奇幻與科幻文學界中，實已樹立無人可及的範例。

——哈洛・卜倫，西洋文學評論家，
《西方正典》作者

太初之道即為「言」：言說是魔法最始初的形式與真名。在這套作品出現之前，從來沒有任何一部奇幻文學將此意念闡述得淋漓盡致。藉著娥蘇拉・勒瑰恩的書寫，還原回鮮明面目的語言、真實，以及聖邪兩極之間的無數微妙地帶。此套奇幻小說所再現的事物，是渾然互涉的陰陽魔力，也是比現實更真切的「真實」。

——洪凌，作家

勒瑰恩是科幻小說界的重量級作家之一。她的這部作品同時具有經典及入門的意義，值得細細品讀。

——廖咸浩，台大外文系教授

同樣寫巫師、談法術、論人性，看「哈利波特」乃知其然，而讀「地海傳說」則知其所以然。「地海傳說」情節緊湊，意喻深玄悠遠，搓揉東方哲思，兼及譯文流暢，讀來彷入武俠之境，令人沈陷迴盪。這部二十世紀美國青少年幻想小說經典作品，你不能擦身而過。

——劉鳳芯，中興大學外文系副教授

地海世界的奇幻之旅，在無限的想像力中蘊含深意，只要你還保有童心，都應該先睹為快！

——幾米，繪本作家

關於事物的精確真言，必同步投影出其所未言。勒瑰恩透過地海世界的傳奇言說，投影出榮格與道家的思想神髓，引領我們重新思考自然、想像、年齡與個體轉化的形變過程。當代讀者的冥思之海中，將因地海傳奇而重塑勇氣、正義的形象，感受語言魔力與俗民神話的力量。

——龔卓軍，南藝大造形藝術所副教授

勒瑰恩在這部優異的三部曲中創造了充滿龍與魔法的「地海世界」，已然取代托爾金的「中土」，成為異世界冒險的最佳場所。

——倫敦週日時報

一如所有偉大的小說家，娥蘇拉・勒瑰恩創造的幻想世界重建了我們自身，釋放了心靈。

——波士頓全球報

她的人物複雜，令人難忘；文筆以堅韌優雅著稱。

——時代雜誌

「地海」的魔法乃作者本身魔力的隱喻……勒瑰恩填補地海歷史空缺的手法，令已熟悉地海世界的讀者感到欣喜；初次接觸地海的讀者則發現，儘管書中人物似乎只是面對個人衝突，其抉擇往往影響整個世界的命運……令人難忘。

——紐約時報（《地海故事集》推薦）

【推薦導讀】

如何知曉海中每一滴水的真名？

幾年前我應邀到柏克萊大學演講，安德魯．瓊斯（Andrew F. Jones）教授與台灣的研究生楊子樵，帶著我到舊金山灣的秘境散步。那是一處填海造陸所形成的小半島，被當地人暱稱為"bulb"。海邊住著一些「無家者」和藝術家，他們用撿來的材料搭建簡易房舍，並以廢棄物創作。我們看著和太平洋截然不同的水色，幾隻帶著金屬感的綠色蜂鳥在花叢穿梭，灘地上鷸鳥和鴴鳥成群覓食，冠鸕鷀悠然划水而過。突然間不知道是誰喊了一聲，我們順勢望去，一隻加州海獺游過眼前。在那一刻，我想起入口處有一個簡陋的石牌，用油漆寫著library，箭頭像是指向這片海灘，也像是指向大海。

瓊斯教授本身是研究中國與臺灣流行音樂的專家，談天中提到日前邀請了長期為客家歌手林生祥作詞的鍾永豐先生演講，當時帶他一起去見了一位小說家。這位小說家正是當代奇幻、科幻文學大家勒瑰恩（Ursula K. Le Guin）。後來直到我見到鍾永豐，才知道勒瑰恩的詩也深深影響了他的創作。去年臺灣樂壇極精彩的一張專輯《圍庄》，其中〈慢〉的歌詞，靈感就是來自勒瑰恩的詩句。勒瑰恩的詩在台灣雖沒有翻譯，但她本來在我心目中就是一位詩人。能把幻奇小說寫得詩意且具有高度哲理，當世作家能與之比肩的只有少數幾人。不久之後我的版權代理人譚光磊先生傳來勒瑰恩在plurk上評論了我的小說《複眼人》，我看著這位以作品導航我的作者所寫的字句，眼前又再次出現當日舊金山灣的美麗景象。

由於自己也寫作近似科幻或奇幻的作品，常有讀者會問及兩者的差別何在？事實上不僅是中文存在著翻譯上的差異，在其它語文的國度，向來也存在著不同的意見與立場。

東華大學英美系的陳鏡羽教授曾在〈幻奇文學初窺〉裡提到英、法語在相關用詞的互譯。她認為「fantastic literature」（Phantastischen Literatur）與「literature of the fantastic」（littérature fantastique）在考量發音、歷史與文類等理由下，應該譯為「幻奇文學」，而臺灣書市常用的「奇幻文學」對應的是"fantasy literature"。

隨著時代流轉更迭，近年法國學界提出的專有名詞"la littérature de l'imaginaire"，指涉的是較廣義的「幻奇文學」，它包含了：奇幻（Fantasy）、恐怖（Fantastique）與科幻（Science-Fiction）三種次文類（最廣義的幻奇文學也包含魔幻寫實小說）。陳鏡羽教授說，法文「l'imaginaire」，多譯為「the imaginary」，意指虛幻的、非真實的想像或幻想。但翻成中文就麻煩許多，因為如果譯為「想像」，會和「imagination」造成混淆；但若譯成「虛幻想像」又有可能被誤解幻奇小說是「不合邏輯」（illogical）的。但好的幻奇文學並不是不合邏輯，而是它會建立一個特定或與真實世界交疊的時空，在那裡，自有專屬的運作邏輯。

時至今日，人類創造出的l'imaginaire，已不再限於文字作品，而是遍及詩歌、戲劇、電影、漫畫、電視、電子遊戲中。那被造出的各種異世界（如納尼亞、金剛、地心、太空）與異生命（如吸血鬼、僵屍、精靈、外星人……），正如托爾金在他的〈論仙境故事〉（"On Fairy-Stories"）裡提到的，存在著奇幻（Fantasy）、再發現（Recovery）、脫逃（Escape）與慰藉（Consolation）四大元素。創作者以人類心靈創造出各式各樣的外宇宙，最終要呈現的是心靈這個內宇宙。

與現在臺灣一般出版會把「奇幻」當成一種通俗文類來思考不同，西方的幻奇文學論述者，會從古老的文學傳統談起。包括阿普列尤斯（Lucius Apuleius）、歌德、王爾德、卡夫卡，都曾寫過幻奇文學。因此，陳鏡羽教授說，幻奇文學的討論是「立足於詩學修辭傳統，來探討幻奇敘事與想像的文學性及其詮釋學目的性和語文的歷史性」。透過這個過程，得以窺伺「跨語言文化虛幻想像的美學，與再現神話創造的共通性」。

其中法籍理論家托多洛夫（Tzvetan Todorov）的說法影響了許多人對幻奇文學的定義，他認為幻奇文學會讓主人翁在「超自然」以及「理性」之間產生猶疑，讀者也會在閱讀時，猶豫於小說裡所描述的現象，究竟是出自神怪？還是怪異卻只是一時難以理性解釋的自然現象？也就是說，作者以各種迷人、奇巧的「幻奇修辭」修辭與敘事，造成了讀者閱讀時恍惚狀態，才得以產生獨特的「幻奇美學」，以及那些存活於文字裡，讓我們不可自拔的「第二自然」（Artificial Nature）。

娥蘇拉・勒瑰恩在世界文壇的地位不只建立在通俗小說上，也立足於「詩學修辭傳統」，以及她無與倫比的「幻奇修辭」與「跨文化的想像」中。那個獨特、專屬於勒瑰恩的文本第二自然，既立足於科幻陸地，也根植於奇幻之海。

一九六九年勒瑰恩以《黑暗的左手》（*The Left Hand of Darkness*）獲得星雲獎與雨果獎，這本科幻小說透過格森（Gethen）這個星球裡兩個國度的爭戰，展現了一個奇異冰原世界的故事，直到現在都仍被視為以科幻討論性別意識的重要文本——因為格森星人是一種「無性別」，或者說「跨性別」的生命體，因此他們的文化與社會制度自然也就與我們認知的大相逕庭。

這本傑作和《一無所有》（*The Dispossessed*, 1974），以及《世界的名字是森林》（*The Word for World Is Forest*, 1976）等系列作品，都與「伊庫盟」（Ekumen）這個虛構的星際聯盟組織有關。在短篇小說集《世界誕生之日》（*The Birthday of the World*, 2002）的序裡，勒瑰恩自己說明了這個字是她在父親的人類學書籍裡所遇到的一個希臘字彙「oikumene」，意思是「不同教派的合一體」（in ecumenical）。她以數本中長篇小說與短篇小說的聯綴，建立了一個隱隱相聯結的世界。這是勒瑰恩的努力——用自己一生創作的時間，來對應一個更大時間跨度的故事星雲。這是長時間勉力經營，不斷補遺上個故事空缺，承接前行敘事線索的寫作方式。

與那個太空航行、烏托邦社會、星際戰爭的世界不同，從一九六八年起的「地海系列」，則是一個由法師、術士、龍與神的子民共存的奇幻世界。從《地海巫師》（1968）開始，直到二〇〇一年出版的《地海奇風》與《地海故事集》，創作時間長達三十餘年，地海群島典故繁多，傳說千絲萬縷卻齊整細膩，沒有一條線索未收拾妥切。與「伊庫盟」系列不同的是，這裡的人物彼此相倚，互為情人、師徒、仇敵……，它雖然「奇幻」，卻不是在遠方的星際間穿梭，而是伸手觸摸可得似的。法師們似乎就在我們生活的某處，開啟一道沒有人知道的暗門進入的時空裡，而不是幾千光年以外。

在這一系列故事裡，我們看到「雀鷹」格得如何面對「黑影」成長為法師、「被食者阿兒哈」如何以勇氣讓自己自由而恢復為「恬娜」；我們目睹了英拉德王子「亞刃」追隨格得去尋覓世界失序的秘密，和龍族族女「瑟魯」一同渡過逐步了解自己身世的時光，並且親見術士「赤楊」與格得等人聯手修補遠祖犯下的錯誤……。地海故事就像一部奇幻史書，裡頭每一個人的來歷如此清楚徵信，且都不是天生的異能英雄，而是靠著修煉與人生經驗換取成長。

學者在論及勒瑰恩的作品，往往都聚焦於性別與烏托邦及反烏托邦寓意。但近年漸漸有學者發現，勒瑰恩作品無論是科幻奇幻，毫無例外充滿了細緻的自然環境描寫，即使故事發生在遙遠的異星。

蔡淑芬教授曾寫過一篇題為〈深層生態學的綠色言說：勒瑰恩奇幻小說中的虛擬奇觀和環境想像〉的論文，探討勒瑰恩幾部小說裡的環境描述（她舉的例子部分學者會歸納

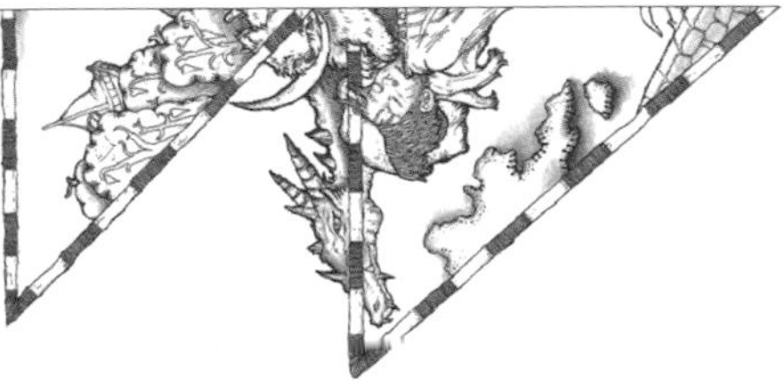

為科幻小說），以生態批評來切入勒瑰恩小說，發掘裡頭充滿了綠色生態哲學。她說勒瑰恩的小說雖然套用外太空之旅的套路，但卻與高科技戰爭或異形入侵的「刺激、懸疑、動作」小說大異其趣，勒瑰恩描繪的異境是她「對自然的觀察、歷史事實的重組，以及對文明的觀察」。這一點都沒錯。特別是對「自然的觀察」這部分，勒瑰恩顯然是一位具備生物、生態知識，並且常以此做為隱喻的寫作者。

在勒瑰恩的巫師術士的奇幻世界裡，施法者必須知道施法對象的「真名」。但這些事物本然「賦名」卻與讀者所處的世界並無差異……或許勒瑰恩的意思是，在我們現今所知的「名字」背後，萬物另有其存在的真意。

比方說青年格得冒險所乘坐的船原名為「三趾鷸」，這是被他治好白內障的老船主贈送給他的。不過老船主希望他將船改名為「瞻遠」，並在船首兩側畫上眼睛，彷彿一隻海上飛行的鳥。老船主說，如此一來：「我的感激就會透過那雙眼睛，為你留意海面下的岩石和暗礁。因為在你讓我重見光明以前，我都忘了這世界有多明亮。」

而法術雖然能造風、求雨、召喚雲霧，卻沒辦法造出讓人吃得飽的東西，因為真正承載萬物的是生物循環，是無機體、有機體共構的生態系，不是幻術。在《地海巫師》裡，學藝的格得曾問專門教導技藝的「手師傅」，要如何把從石頭變出的鑽石維持住？老師傅回答他說：「它是柔克島製造出來的一小顆石頭，也是一小撮可以讓人類在上頭生活的乾泥土。但它就是它自身，是天地的一部分。藉由幻術的變換，你可以使『拓』（石頭的真名）看起來像鑽石、或是花、蒼蠅、眼睛、火焰」，但這都只是「形似」而已，物的本質並未被改變。另一位「變換師傅」雖然擁有將物變換為另一物的能力，這法門卻不能隨意使用，因為「即使只是一樣物品、一顆小卵石、一粒小砂子，也千萬不要變換。宇宙是平衡的，處在『一體至衡』的狀態。一塊石頭本身就是好的東西。」這裡頭不僅有微言大義，也充滿了深層生態學與生態中心論述的精神。

而在地海世界裡，施用法術還得依靠知識與語言文字。知識存在於書本（別忘了格得就靠書本而知曉龍的真名），也會隨著經驗、教導與外在現實而改變，法師一生都在找尋事物真正的名字。一片海不只是一片海，它是無數魚族、海岸、海潮、礁石、聲響……的名字所組構成的。唯有通曉這些事物的所有真名，才能領略世界是如何從太古演變至今，而法術也才有施展的可能性。

所以，「欲成為海洋大師，必知曉海中每一滴水的真名。」從太古留下的書籍與繁衍不息的生態世界，即是地海傳說裡的大法師們的「圖書館」與見習處。

在勒瑰恩的作品裡，有一篇收錄在《風的十二方位》（*The Wind's Twelve Quarters*）裡的短篇故事〈比帝國緩慢且遼闊〉（1971），描述一支太空探險隊登陸了編號為「world 4470」的星球。這支隊伍裡有數學家、「硬」科學家（物理、天文、地理）、「軟」科學家（心理學、人類學、生態學），生物家以及一位女性的「協調者」（Coordinator）。最特別的角色是一位童年時曾是自閉症患者的「歐思登先生」（Mr. Osden）。他是因為具有極為強大的「神入能力」（power of empathy），才被派上船的。因為人類對外星生物的形貌

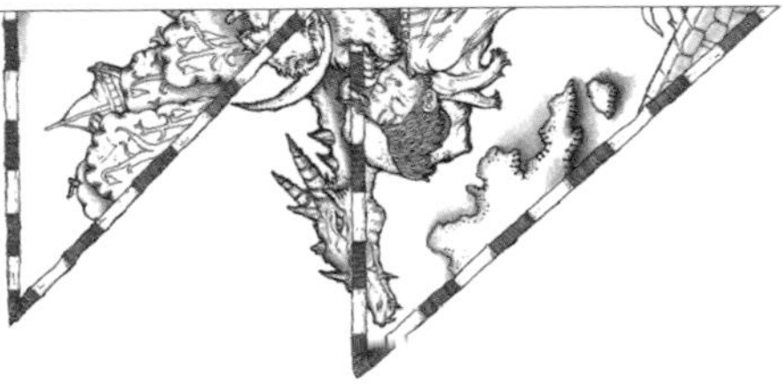

一無所知，歐思登的神入能力就像一個生命探測器。

World 4470是一個只有植物，沒有動物的世界，彼處沒有殺戮、沒有心智，只有一片寧靜的沉寂。但一次歐思登在林中被攻擊的事件後，他們開始認為這個星球的所有植物聯構成一個整體，「一個巨大的綠色思維」。人類的出現，造成了它們的恐懼，這恐懼就像鏡子一樣，反射回所有人的心底。

這支太空隊伍的組成，不就是一個「人類文明的有機體」？硬科學、軟科學、管理與工作聯構成知識體系各司其職，然而歐思登的神入（或移情）能力，最終才是與陌生文明溝通的關鍵鎖匙。這篇小說的標題"Vaster than empires and more slow"出自英國詩人馬韋爾（Andrew Marvell, 1621-1678）的知名情詩〈致羞赧的情人〉（"To His Coy Mistress"），裡頭有一句是「我植物般的愛會不斷生長／比帝國還要遼闊，還要緩慢（My vegetable love should grow/Vaster than empires, and more slow）。勒瑰恩將這詩句化為故事，讀來動人心魄，也堪稱是理解她小說核心的重要注解。

在勒瑰恩的小說世界裡，對各個星球伸出善意之手的「伊庫盟」（Ekumen）文明存在了數百萬年，背後有一個更古老巨大的宇宙；而地海世界裡的諸島文明雖不知年歲，但絕對遠遠不及大海與天地。自然存在先於任何文明，比任何文明都「還要遼闊，還要緩慢」，至今仍以無意識的「愛」包裹眾生。

當科學不斷拓展它的領地，真正的科學家，當能更深地領略人類的有限與未知的無限。而真正的作家，也不能再以純粹臆度、感性與「神入」為本，以粗糙的修辭去滿足於膚廓的幻奇了。

勒瑰恩的小說世界，既強調生命對世界的知識理解，也不斷思辨存在的意義，她所展示的是一個連「烏托邦」也充滿歧義的世界。（《一無所有》一書的副標題正是「一個歧義的烏托邦」〔An Ambiguous Utopia〕）閱讀勒瑰恩如同被「變換師父」施咒變成蒼鷹、水族、龍、異星人或遺世者，思想貧弱的作家雖然也可以寫出這般天馬行空的想像，但那些想像卻無法打動歷經世事的讀者。

但勒瑰恩的文字不同，它好像永遠比你要蒼老、世故、天真，而且洞悉人世，那是太古而來的音響，存有知曉海裡的每一滴水不可能被一一喚出真名的智慧。

——本文作者為國立東華大學華文系教授　吳明益

【目錄】

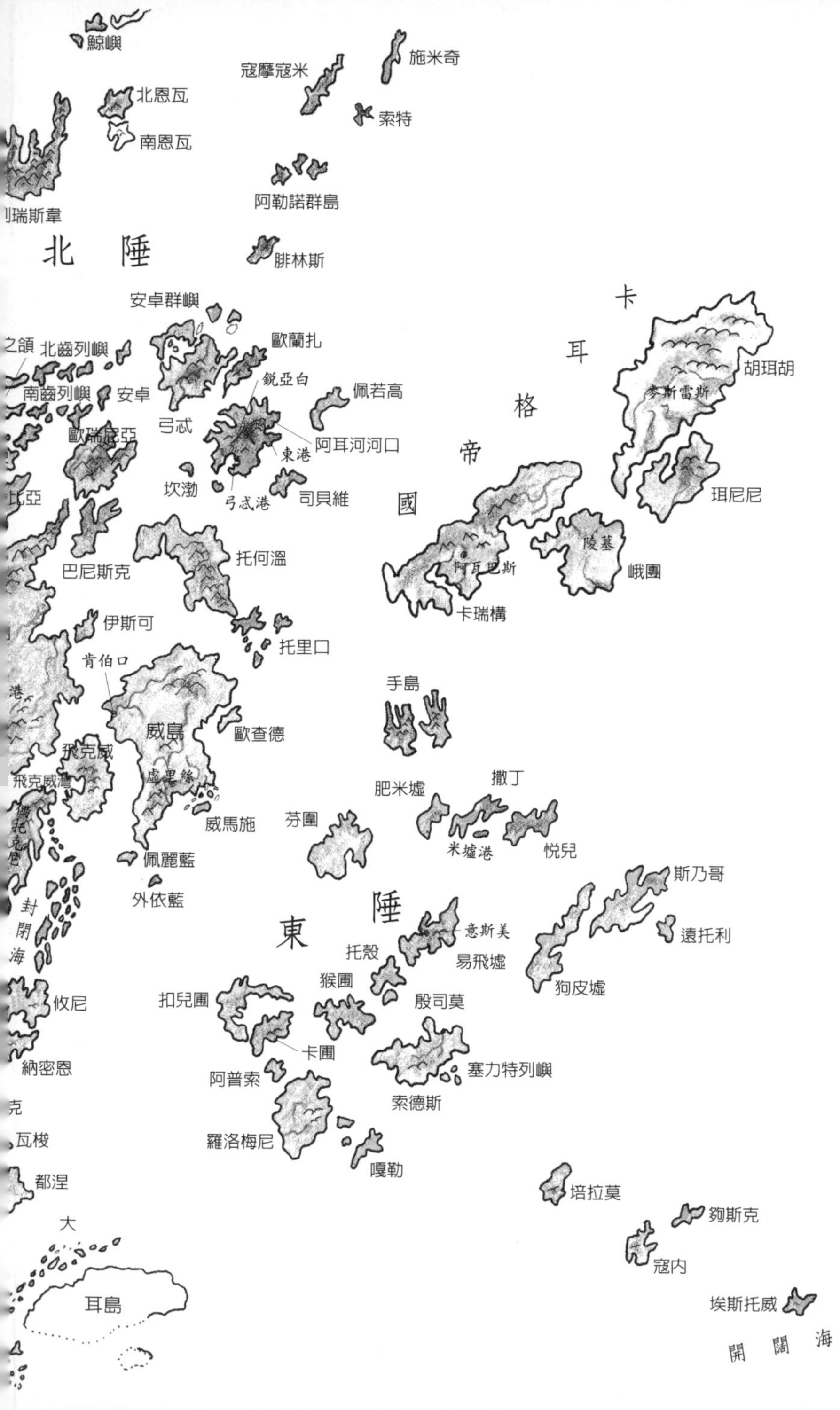

鯨嶼
寇摩寇米
施米奇
北恩瓦
南恩瓦
索特
瑞斯韋
阿勒諾群島
北
陲
腓林斯
卡
安卓群嶼
耳
之頷
北齒列嶼
歐蘭扎
胡珥胡
銳亞白
佩若高
格
南齒列嶼
安卓
麥斯雷斯
弓忒
歐瑞尼亞
阿耳河河口
帝
東港
坎渤
北亞
弓忒港
司貝維
珥尼尼
國
陵墓
托何溫
巴尼斯克
阿瓦巴斯
峨團
卡瑞構
伊斯可
托里口
肯伯口
港
手島
歐查德
威島
飛克威
飛克威灣
虛果絲
撒丁
肥米爐
偶托克史
威馬施
芬圍
悅兒
米爐港
佩麗藍
斯乃哥
外依藍
封
閉
海
陲
東
意斯美
遠托利
托殼
易飛爐
狗皮爐
猴圍
扣兒圍
殷司莫
攸尼
卡圍
塞力特列嶼
阿普索
納密恩
索德斯
克
羅洛梅尼
瓦梭
嘎勒
都湦
培拉莫
大
夠斯克
寇內
耳島
埃斯托威
開
闊
海

厚堅
博茨
烏扎次
羅格密
梭瑞司克
甌司可
挪斯特
貝里拉
拉英
德群島
依波司可
突普
偕梅
道恩
西勒
德黑門
納維墩
偕勒多
歐農
安丹登山
彼西
伊彼西
帕恩
革梅
貝茨
帕恩海
法力恩山脈
婁叟
艾伯恩
龍居諸嶼
烏里
烏西翟洛
黎斯克
耶遜
托林峽
印嘎特
昂圖哥
斜辟墟
托寧
下托寧
歐莫
厚斯克
蟠多
奈墟
內極海
西陲
開爾突
九十嶼
卓干
柔克
柯梅
阿林思
吉斯
綏爾鎮
安絲摩
瑟得
鄰開爾突
法爾突
西姆利
帕迪
霍特鎮
阿巴
瓦梭
節西濟
沙島
洛拔納瑞
歐貝侯
路得
南陲
威勒吉
長砂丘
遠叟
突姆

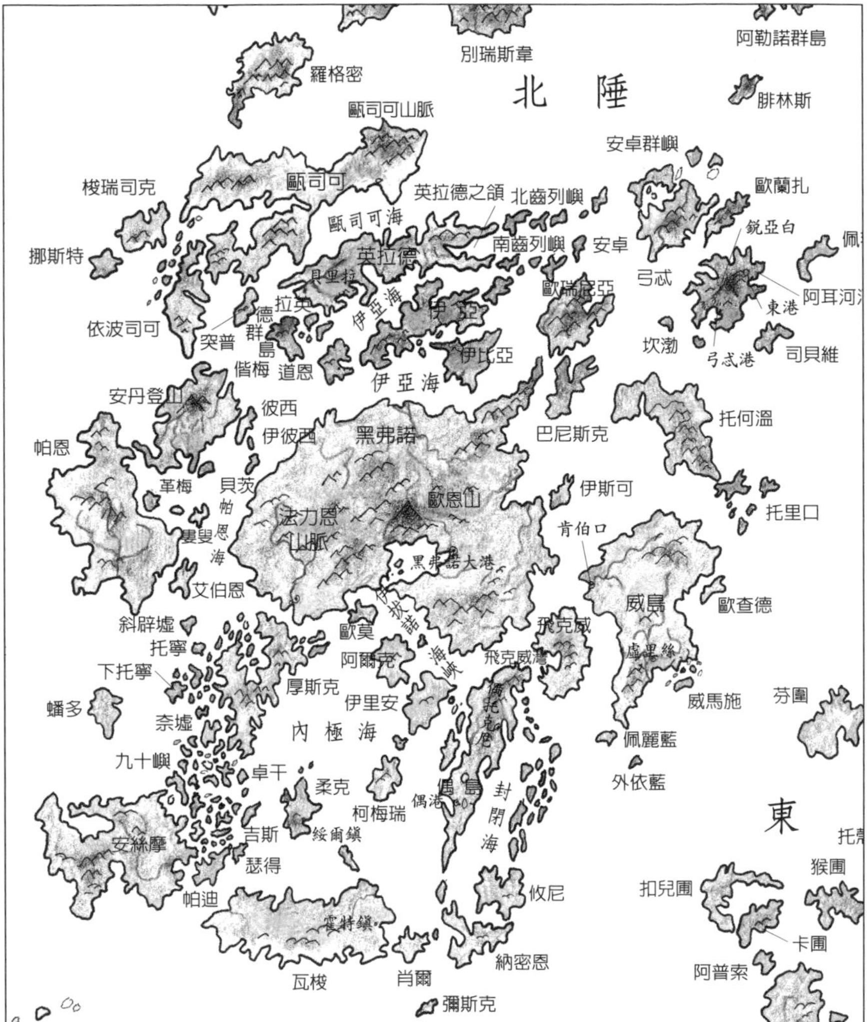

阿勒諾群島
別瑞斯韋
羅格密
北陲
腓林斯
甌司可山脈
安卓群嶼
梭瑞司克
甌司可
英拉德之領
北齒列嶼
歐蘭扎
甌司可海
銳亞白
挪斯特
英拉德
南齒列嶼
安卓
貝里拉
弓忒
歐瑞尼亞
拉英
伊亞海
伊亞
東港
依波司可
德群島
突普
坎渤
伊比亞
弓忒港
司貝維
偕梅
道恩
伊亞海
安丹登山
彼西
托何溫
伊彼西
黑弗諾
巴尼斯克
帕恩
革梅
貝茨
伊斯可
帕恩海
歐恩山
托里口
法力恩山脈
肯伯口
婁叟
黑弗諾大港
艾伯恩
伊拔諾海峽
威島
歐查德
斜辟墟
歐莫
飛克威
托寧
虛里絲
阿爾克
飛克威灣
下托寧
厚斯克
威馬施
芬圍
蟠多
伊里安
奈墟
內極海
佩麗藍
九十嶼
卓干
外依藍
柔克
偶島
封閉海
柯梅瑞
偶港
東
吉斯
綏爾鎮
安絲摩
瑟得
猴圍
扣兒圍
帕迪
攸尼
霍特鎮
卡圍
納密恩
瓦梭
肖爾
阿普索
彌斯克
塞特
瓦梭
羅洛梅尼
沙島
都涅
洛拔納瑞
大
路得

地海內環王國地圖

作者注

《地海孤雛》出版時，我加上了副標「地海終章」。但我錯了！我錯了！

我當時的確認為故事已完結，恬娜終於再度上場活躍，格得與恬娜顯然會「從此過著幸福快樂的日子」，而即便我不完全了解恬哈弩是誰，或是什麼，也不覺得困惑。

但，後來我困惑了。

地海中許許多多事物亦開始困擾著我，像是：若女巫不必守貞，那麼巫師還須獨身嗎？為何柔克學院沒有女人？龍是什麼？還有，卡耳格人民死後去哪兒？

我一一解答這些問題，因而寫出《地海故事集》裡的故事。

然後，我終於能明白恬哈弩是誰、龍是什麼——在《地海奇風》中。

西之西處
大陸彼方
我族飛舞
乘馭他風

——楷魅之婦歌謠

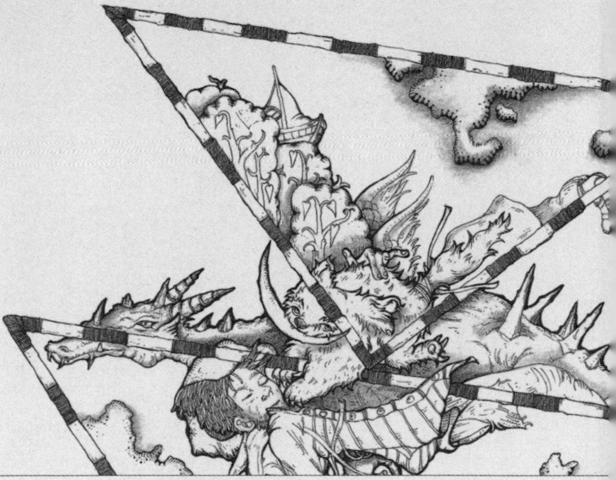

【第一章】

修復綠水壺
Mending the Green Pitcher

如天鵝翅膀般白晰修長的船帆，載著「遠翔」號飛在夏日氣息中，穿過雄武雙崖進入海灣，朝弓忒港航行。船滑入碼頭邊緣的平靜海面，風之造物自信優雅的身形，令舊碼頭邊釣魚的兩個鎮民歡呼讚歎，朝著船員及船首的唯一乘客揮手歡迎。

男子身形消瘦，背個扁平包袱，披著陳舊黑斗篷，看來像個術士或商人，無足輕重。兩名釣客看著準備卸貨的船艦在碼頭及甲板上引起陣陣騷動。乘客離開時，一名水手在他背後伸出左手拇指、食指和小指指向他——這手勢意指：「永不再見！」僅有這件事引起釣客些微好奇，稍瞥了乘客一眼。

他在碼頭上遲疑片刻，終於背起包袱朝弓忒港內人群熙攘的街道走去，不一會兒抵達魚市，那裡人聲鼎沸，滿是小販與買客，石板路上潑灑的魚鱗與餿水漬一片晶亮。他原本依循的路，旋即迷失在推車、攤販、人群與死魚的冰冷瞪視之間。

一名高大老婦方才辱罵鯡魚不新鮮、漁婦無信，轉身背向攤販，陌生人發現老婦與自己四目交會，不智地問：「請問您能否告訴我，到銳亞白該怎麼走？」

「你先跳豬食裡去吧！」高大婦人說完便大步離去，留下委屈驚愕的陌生人。漁婦發現這正是證明自己高尚人格的大好機會，立刻高喊：「銳亞白是吧？你要去銳亞白嗎？那你說大聲點嘛！你去銳亞白一定是要找老法師之屋。一定是。你從那個轉角出去，然後走那條耶弗司巷，看到了沒，直直走到高塔那裡……」

一離開市場，寬廣的街道引領他上山，經過巨碩瞭望塔，來到城門。兩頭栩栩如生的石龍守護在門口，露出與他前臂般長的牙齒，石眼茫然望向城鎮和海灣。懶洋洋的守衛說，山路頂端左轉便可抵達銳亞白。「繼續走，穿過鎮上，就會走到老法師之屋。」守衛道。

於是他疲累地爬上陡峭山路，邊走邊抬頭望著更為險峻的山坡，以及更為遙遠，像雲朵般籠罩島嶼的的弓忒山頂。

路途遙遠，天氣炎熱，他不久便褪下兜帽，解下黑斗蓬，僅著襯衫。他早先沒想到在城裡買點飲水或食物——或許太羞怯，畢竟他不習慣城市，也不善於和陌生人打交道。

漫長數哩路後，他趕上一輛牛車。他大老遠就看到牛車，裹在塵埃中一團淺灰中的一團黑。牛車吱吱嘎嘎前進，由一對烏龜般年老、皺縮、木然的矮小牛隻拖拉。他向貌似那對牛的車夫打個招呼，車夫一語不發，只是眨眨眼。

「前方是否有泉水？」陌生人問。

車夫緩緩搖頭，良久才說：「沒有。」一會兒又道：「前面沒有。」

兩人緩慢前行。氣餒的陌生人察覺自己的速度無法勝過牛，一小時約僅走一哩路。

他突然發現車夫正無言地朝他遞過來某種東西：一只以籐枝纏綁的大陶壺。他接下，感到壺非常沈重，喝足水後，將重量幾乎絲毫未減的陶壺遞回，並附上一聲感謝。

「上來吧。」一會兒後車夫說道。

「多謝，我步行就好。到銳亞白還要多遠？」

車輪吱嘎作響。牛隻輪流長歎，沾滿泥塵的皮毛在炙熱陽光下散發甜美氣息。

「十哩，」車夫說，想了想後又道，「或十二哩。」一會兒後又說：「至少。」

「那我最好繼續趕路。」陌生人說。

喝下清水讓他精神為之一振，他終於能走在牛隻前頭。再聽到車夫聲音時，他已經離牛隻、牛車、車夫好一段距離。「要去老法師之屋。」車夫說。即便那是問題也已不需答案。旅人繼續前行。

他啟程時，日頭猶籠罩在高山巨碩陰影下，但等他左轉進入看似銳亞白的小鎮，落日已在西方天際燦爛燃燒，下方海面一片銀白。

小屋零散，小廣場遍地灰塵，一座噴泉噴落細長水柱。他筆直走向噴泉，一再掬水暢飲，又將頭伸到水柱下，用沁涼泉水搓洗頭髮，任水絲沿雙臂流下。他在噴泉邊坐了一會兒。兩個全身髒污的小男孩和一名小女孩專注、靜靜打量他。

「他不是蹄鐵匠。」一名男孩說道。

旅人以手指爬梳濕潤的頭髮。

「笨蛋，他是要去老法師之屋。」女孩說。

「呀啦——！」男孩喊，一手將臉拉成可怖的歪斜皺眉狀，另一手則曲成爪形，在空中揮抓。

「阿石，你小心點。」另一個男孩說道。

「帶你過去。」女孩對旅人說。

「謝謝。」他疲憊地起身。

「看！他沒巫杖。」一名男孩說，另一名答：「我沒說他有。」兩人以陰鬱目光看著旅人跟隨女孩走上一條往北的小徑，離開村莊，小徑穿過一片朝左方削落的崎嶇陡峭牧地。

太陽刺目地照在海面上眩惑了視線，高聳天際與吹襲的海風令他暈眩。孩子變成在前方跳動的小影子。他停下腳步。

「來啊。」女孩喚，但也停下腳步。他沿著小徑走到女孩身旁。「那裡。」女孩說。他看到一段距離外，懸崖邊緣有間木屋。

「我不怕，」女孩說，「我經常拿他們的蛋去給阿石爸爸帶到市場賣。有一次她給我桃子。那個老太太給我的。阿石說是我偷摘的，可是我沒有。去吧。她不在那裡。她們都不在。」

女孩靜立，指著房子。

「沒人在屋裡嗎？」

「老人在。老阿鷹。」

旅人繼續前進。孩子留在原地看著他，直到他繞過房子拐角。

兩頭山羊自陡峭的園籬田野俯視陌生人。一群母雞與半大不小的小雞在桃樹及李樹下的長草間啄食、輕聲咯咯交談。一名男子站在倚樹而立的矮梯上，埋首葉間，旅人只看得到他光裸的褐色雙腿。

「日安。」旅人招呼，半晌後又更大聲地說了一次。

葉叢搖晃，男子迅捷從梯子爬下，手中抓著一把李子，下梯時，順手拍去兩隻被果蜜招引的蜜蜂。他向旅人走來，看來身形矮短，背脊筆直，英俊臉龐飽經風霜，灰髮紮在腦後，看來約莫七十好幾，四道白縫樣的疤自左顴骨延伸到下頷，眼神澄澈、直率、銳利。「果子熟了，不過放到明天會更好吃。」男子遞上手中一把小小黃色李子。

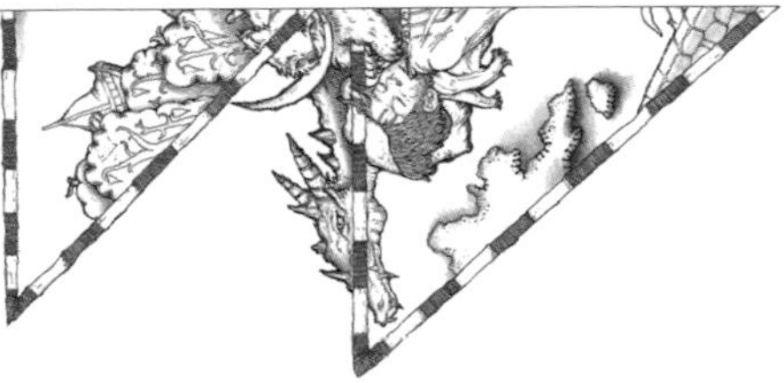

「雀鷹大人，」陌生人語音沙啞地問候，「大法師。」

老人微微點頭回應。「來樹蔭下。」

陌生人跟在老人身後，依言落坐在離房子最近的一棵老樹下、林蔭籠罩的木長椅上。李子已洗滌乾淨盛在藤籃中，他接過李子吃了一個，又一個，再一個，老人問及時，他承認一整天都未進食。他繼續坐在樹下看著老人入屋，而後拿著麵包、乳酪與半顆洋蔥出現。客人吃下麵包、乳酪與洋蔥，又喝下一杯主人端來的冷水。主人吃著李子相陪。

「你看來很累。你從多遠的地方來的？」

「從柔克來的。」

老人神情難以解讀，只說：「真意外。」

「大人，我來自道恩島。我從道恩島去到柔克，那裡的形意師傅告訴我，我應該來這裡，來找您。」

「為什麼？」

目光晶亮逼人。

「因為您是『跨越暗土仍存活』……」旅人沙啞的語音漸弱。

老人接道：「『且舟行至當世諸多遠岸者』。沒錯，但那是在預言黎白南王出現。」

「您與他同行，大人。」

「是的，他在那裡贏得他的王國，我卻在那兒留下我的。所以別以任何頭銜稱呼我。你可以隨意稱我為鷹，或雀鷹。我該如何稱呼你？」

男子低聲道出通名：「赤楊。」

食物、飲水、樹蔭與安坐顯然舒緩了不適，但赤楊依然顯得心力交瘁，某種沈倦哀傷滿溢臉龐。

老人先前說話時，語調猶帶一絲冷硬，再度開口時已不復存：「有話晚點再說。你航行幾乎千哩遠，還爬了十五哩山路，而我妻女託我照顧這座菜園，我得為豆子、萵苣等蔬菜澆點水。你先歇會兒，我們可以趁傍晚較涼爽時再談，或等到涼爽的清晨也可以。如今，我很少會像過去般，認為凡事都緩不得。」

半小時後老人回來，來客已仰天躺平在蜜桃樹下的沁涼草地沈沈入睡。

曾是地海大法師的男子一手提著水桶，一手拿著鏟子，駐足低頭看著沈睡的陌生人。

「赤楊，」老人悄聲說，「你帶來什麼樣的麻煩，赤楊？」

老人依稀覺得，只要想想，只要心意所至，便可知曉此人真名，一如過去曾是

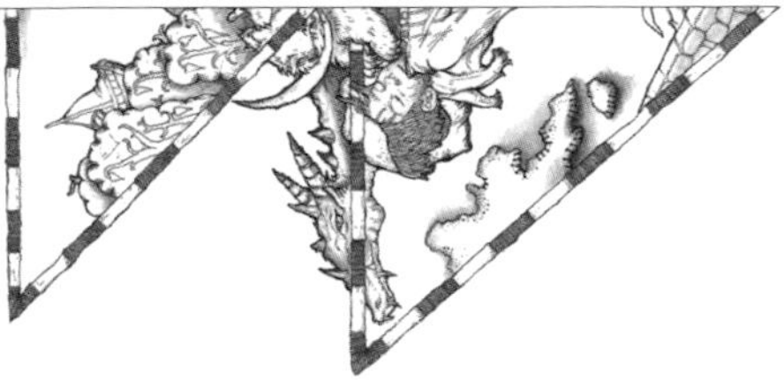

法師時。

但老人不知此人真名，即使心想也不得而知，而且也已非法師。

老人對這赤楊一無所知，必須等赤楊自己來說。「麻煩事兒別碰。」老人自語，繼續為豆子澆水。

房子附近懸崖頂邊的矮石牆遮擋了陽光，微涼的陰影擾醒沈睡者。他邊打哆嗦邊坐起身，略微僵硬又迷惘地站起，髮間還雜著草籽。一看屋主忙著往井裡打水，把水桶拖進菜園，他立刻前去幫忙。

「再三、四次應該就夠了。」前大法師說道，將水一瓢瓢澆灌在新生包心菜上。乾燥溫暖的空氣中，濕潤泥土聞來更為芳香，西落金黃日光灑了一地。

兩人坐在門前長凳望著太陽落下。雀鷹拿出一只瓶子與兩只厚實的泛綠寬口玻璃杯。「我妻的兒子釀的酒，」雀鷹說，「從中谷橡木農莊來的。七年前的酒，年份很好。」火亮色紅酒暖遍赤楊身子。太陽沈靜、清晰地落下，風止息，果園鳥兒唱出一日終曲。

赤楊從柔克形意師傅那兒聽聞，將王從死境帶回，並且乘龍飛升而去的傳奇人物大法師雀鷹仍在人世時驚訝不已。形意師傅說，大法師依然健在，住在家鄉弓忒島。「我告訴你的是一件少人知曉的事。」形意師傅當時說道，「我認為你需要知道，我想你會為大法師保密。」

「那麼，他依然是大法師！」赤楊當時帶著某種喜悅說道。黎白南王統治多年來，在地海王國魔法中樞暨學院的柔克島上，智者未再指派任何大法師取代雀鷹。這點令所有身懷法藝的人大惑不解，也相當關切。

「不，」形意師傅說道，「他絕不是法師了。」

形意師傅曾略微提起雀鷹如何、為何喪失力量，赤楊也曾花時間仔細推敲，但在這裡，眼前男子曾與龍族交談、帶回厄瑞亞拜之環、跨越亡者王國，在王繼位前統治整個地海王國，於是所有故事及歌謠都匯聚赤楊的腦海。雖然赤楊發現這人已年老，甘於侍奉這片菜園，體內、周身不再擁有或籠罩法力，只餘歷經思與行的漫長人生後靈魂所能得的力量，但他依然看到一名偉大法師。因此，雀鷹有妻子一事，令他頗為不安。

妻子、女兒、繼子……法師沒有家人。像赤楊這類平凡術士可以自行決定是否結婚，但擁有真正法力的男子都禁慾。赤楊可以輕易想像眼前男子騎乘龍背，但身為丈夫和父親，則是另一回事。他實在辦不到。他繼續試問：「您……夫人……她現在正與她兒子同住，是嗎？」

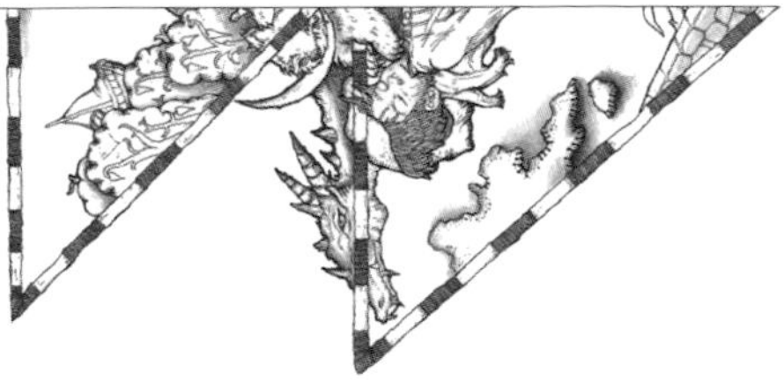

雀鷹原本凝視西方海灣，聞言自遠處回神：「不，她在黑弗諾，在王那兒。」

一會兒後，雀鷹完全回神，續道：「長舞節後不久，她便跟我們的女兒一起去了，黎白南請她們前去諮議。也許所議之事與你前來找我的是同一件。之後再說……說實話，我今晚頗累，不太願意談論重大事情。你看起來也很累，所以也許你該喝碗湯、喝杯酒，然後睡覺？我們明天一早再談。」

「除了睡覺之外，」赤楊道，「一切樂意之至。大人，令我害怕的正是睡眠。」

老人花了一段時間才反應過來，回問：「你害怕睡覺？」

「夢境。」

「啊。」一道銳利目光自斑白糾結眉毛下的深黑眼眸射出。「我想你在草地上好好地睡了場午覺。」

「是離開柔克島後睡得最香甜的一次。感激您所賜予。也許這樣的安睡今晚會再次降臨，但如果沒有，我會在睡夢中大力掙扎、喊叫、驚醒，這對附近的人是種負擔。如果您允許，我希望睡在室外。」

雀鷹點點頭。「今晚天氣會很舒適。」

的確是個舒適的夜晚，空氣清涼，海風自南方柔柔吹拂，除了寬闊山峰佇立之處外，夏季的星辰白光點亮天際。赤楊將主人給的床墊與羊皮鋪在先前躺過的草地。

雀鷹躺在屋裡面西小凹室中。這裡還是歐吉安的家，他還是歐吉安的學徒時，年幼的他便睡在那裡。恬哈弩成了他女兒後，過去十五年來，那兒成了她的臥榻。如今恬哈弩和恬娜均不在家中，獨自躺在唯一房間中黑暗角落裡那張他跟恬娜的床上時，格外孤寂，因此他開始睡在凹室。他喜歡這張直接位於窗下，自厚木牆延伸出來的小榻，在那裡睡得很好。今晚卻非如此。

子夜前，屋外一聲吶喊及聲響吵醒了雀鷹，令他直直跳起走向門前。屋外只有赤楊，正與惡夢搏鬥，喊聲中夾著雞屋裡雞群睡意濃重的抗議。赤楊以濃重夢語大喊，甦醒，在恐慌與不安中坐起向主人道歉，說要在星辰下坐一會兒。雀鷹回到床上。赤楊沒再吵醒他，但他自己也做了一場噩夢。

雀鷹站在一面石牆邊，附近是道長長高坡，地上長滿灰乾短草，在昏暗光芒下朝黑暗延伸而去。他知道自己去過那兒、站在那兒，卻不知那是何時，抑或何處。有人站在牆另一邊的山坡上，靠近山腳，離他不遠。他看不到那人的臉，只看出是名高大男子，身著斗篷。他知道自己認識那人。那名男子以他的真名喚他：「格得，你很快也會來到這裡。」

寒徹入骨，雀鷹坐起，瞪大眼睛好看清房舍，將四周的真實如棉被般包裹自

己。他隔窗望向星辰，突來的一陣冰寒透徹心扉。那些不是他鍾愛熟悉的夏季星宿——不是「馬車」、「獵隼」、「舞者」、「天鵝之心」，而是別的星辰，是旱域微小靜止的星辰，永不升起落下。他還通曉事物真名時，曾一度知道那些星辰的真名。

「消災！」雀鷹喊道，比出十歲時學會的厄運驅散手勢。目光射向大開門戶、門後角落，以為看見黑暗逐漸聚結，凝聚成團，漸漸升起。

手勢雖無力量，卻喚醒了他。門後陰影只是陰影，窗外星辰是地海的星辰，在映照的第一線曙光中愈發蒼白。

雀鷹拉著肩上圍裹的羊皮坐在床上，看著星星緩緩西沉淡出，看著天色漸明、朝霞繽紛、新的一日展現變化。他心中有某種哀傷不知從何而來，猶如因某種心愛卻失去、永遠失去的事物痛苦、渴望。他已習慣這點，習慣於曾擁有許多心愛事物，也失去許多，但這哀傷如此巨大，彷彿不屬於自己。彷彿悲傷根植核心，即使光芒降臨也還存在，出自夢境，依附於他，在他起身時滯留不去。

雀鷹在大壁爐中點起一小簇火，到蜜桃樹群與雞舍採集早餐。赤楊從懸崖頂上朝北而去的小徑返回，說天一亮就去散步。他面露累積經年的疲憊，雀鷹再次震懾於他的悲悽神色，與自己夢境所餘之深沈情緒相映。

兩人飲用了弓忒人喝的溫熱麥粥，吃了煮蛋和桃子。山蔭下的晨靄冷到讓人無法待在戶外，兩人便在爐火邊用餐。接著，雀鷹出去照料牲口：餵雞、餵鴿子穀粒、放羊入牧地。回到屋內後，兩人再度並坐在前院長凳，此時太陽尚未爬過山頭，但空氣已變得乾燥溫暖。

「赤楊，告訴我，你為何而來。但既然你從柔克來，先告訴我宏軒館內是否一切安好。」

「大人，我沒進去。」

「啊。」平和語調，卻伴隨銳利一瞥。

「我只進入心成林。」

「啊。」平和語調，平和一瞥。「形意師傅好嗎？」

「師傅對我說：『代我向大人致上我的摯愛與崇敬，告訴大人：希望我們能像過去一般，同行於心成林間。』」

雀鷹略帶憂傷地微笑。少時說道：「原來如此，但我想他讓你來不只為了說這些。」

「我會盡量長話短說。」

「一天還長得很哪，而且我喜歡聽故事從頭說起。」

於是赤楊從頭開始訴說自己的故事。

赤楊是女巫之子，出生於樂師之島——道恩島——的艾里尼鎮。

道恩島位於伊亞海南端，離遭海浪淹沒的索利亞不遠。那裡曾是地海的古老心臟地帶，當黑弗諾島上只有相互爭鬥的土著，而弓忒只是任野熊統治的荒野時，彼處島嶼便已有邦國與城鎮、王及巫師。在伊亞、艾比亞、英拉德島或道恩島出生的人，即便只是挖溝人之女或女巫之子，都自詡為古法師後裔，與黑暗年代為葉芙阮王后而死的武士系出同源。他們彬彬有禮，偶爾摻雜過度的高傲，擁有寬大坦蕩的胸懷與言談，凌駕平庸俗事與詞藻之上，但也因此廣受商賈懷疑。「像沒繫線的風箏。」黑弗諾富商如此形容彼處人民，卻也不敢讓系出英拉德一族的黎白南王聽到如此想法。

地海最好的豎琴出自道恩島，島上也有音樂學院，許多著名的歌謠行誼歌者皆生於此，或曾在此修習。然而，赤楊說道，艾里尼只是山中一個市集小鎮，並未浸潤在音樂中，而他母親百莓是名貧婦，只是還不至三餐不繼。她有個胎記，從右眉及右耳明顯延伸至肩上。許多有如此印記或怪異之處的男女都因而成為女巫或術士，一般人認為這是「天註定」。百莓修習咒法，也會操弄一般女巫之術，她缺乏真正的天賦，卻也有某種不凡能力，幾乎像魔法天賦般有用。她因而以此維生，盡其所能訓練兒子，也攢足錢送兒子去跟賦予真名的術士學藝。

關於父親，赤楊隻字未提，對他一無所知。百莓從未提起。女巫很少禁慾，但也很少與任何男子維持比露水姻緣更親密的關係，與男子結婚更是少之又少。較常見的是兩名女巫共度一生，人稱此為「巫婚」或「女誓」。因此，女巫之子會有一或兩名母親，但沒有父親。這點毋須多言，雀鷹也未追問，卻詢問起赤楊的受訓過程。

術士「塘鵝」將自己僅知的少數真言文字和幾個尋查與幻象咒語授與赤楊，這孩子在這兩項上毫無天賦。但塘鵝依然花費心思發掘赤楊的真正天賦——他是修補師，能重組、復原物品至完好如初。無論是損壞的工具、折斷的刀刃或車軸，還是一只粉碎陶碗，他都能將碎片破塊重組，不留一絲瑕疵、縫痕或缺損。因此師傅派赤楊在島上四處搜尋修補咒文。他多半從女巫那兒得來，靠自學研讀咒文，習得修復之術。

「這算是某種治癒術，」雀鷹說，「是種不小的天賦，也非輕易可得的法藝。」

「對我而言，是份喜悅。」赤楊說，臉上浮現微笑的虛影。「解開咒文，有時還發現該如何使用某個真詞以完成工作……重新組合從鐵箍上脫落的乾裂木桶上的木片……看見木桶再度完整、回復應有圓弧、底座穩固，等待酒漿傾入，都讓我倍感滿足。曾有位來自梅翁尼的豎琴師——是位偉大豎琴師，彈奏時，噢，像高山

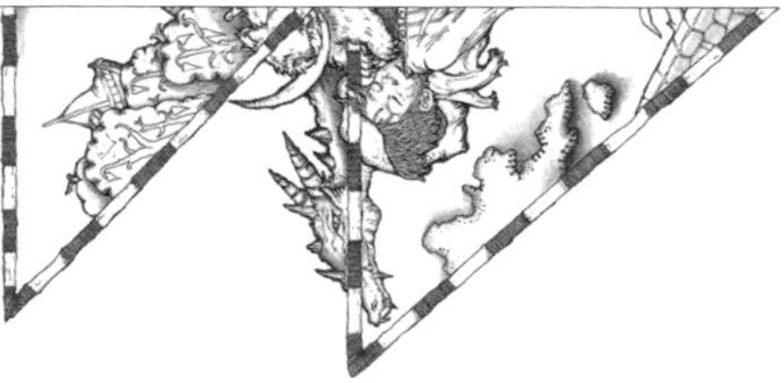

上的急風驟雨，海上的海嘯風暴——他對待琴弦頗為粗暴，每每陷入演奏的激情而用力彈奏、拉扯，琴弦常在音樂飛升的顛峰斷裂。因此，他演奏時便會僱用我，要我留在身邊，當他彈斷琴弦時，我會在下個音符出現前立刻修補好，讓他繼續彈奏。」

雀鷹如同行間談論專業般殷切地點頭聆聽，問道：「你修補過玻璃嗎？」

「我修過，但那真是一次漫長而艱困的工作，」赤楊說，「玻璃有一大堆細小碎片。」

「不過，襪子腳跟上的大洞可能更難補。」雀鷹說。兩人繼續談了一會兒修補技藝，之後赤楊繼續說故事。

赤楊成為一名修補師，然後成為收入中等的術士，魔法天賦讓他在當地小有名氣。約三十歲時，他陪同豎琴師前往島上大城梅翁尼擔任婚禮樂師。一名女子造訪下楊處。這名年輕女子未受過任何女巫的訓練，但自稱具備魔法天賦，與赤楊一般，希望赤楊能教導她。女子的天賦更勝於他，雖對真言半字不曉，卻能只憑雙手動作及一首低聲喃唱的無詞歌調修補破壺斷繩；她也曾接合人與牲畜的斷肢，這是赤楊自己從不敢嘗試的。

因此，與其讓赤楊教導，兩人反而在技藝上互相教導，而非赤楊單向授與。她與赤楊同返艾里尼，與赤楊的母親百莓同住，百莓教她幾種加強顧客印象的裝扮、效果及方法，雖然其中並不含多少真正女巫知識。女子名叫百合。百合與赤楊在艾里尼共同工作，名聲日漸遠播，行跡逐漸遍及附近所有山城。

「我漸漸愛上她。」赤楊說。一提到百合，赤楊聲音逐漸改變，退去遲疑語調，愈趨急切，更富音韻。

「她髮色深，帶著一抹紅金色光澤。」赤楊說。

赤楊無法隱瞞愛意，百合察覺後便同樣回應。百合說，無論如今是否為女巫，她毫不在意，因為兩人生來便彼此相屬，無論工作或是人生。百合愛他，願與他共結連理。

兩人結了婚，婚後第一年生活喜悅無比，之後半年亦是。

「孩子出生前，一切都毫無異樣，」赤楊說，「但產期過了很久，孩子依然沒出生。產婆試圖以草藥和咒文催生，但彷彿孩子不願讓她生下，不願與她分開，不願降生在世界上。結果，孩子沒出世，也帶走了她。」

良久後，赤楊說：「我們曾共享極大的欣悅。」

「我明白。」

「因此我的哀痛也同樣深沈。」

老人點點頭。

「我能忍受。」赤楊說，「您知道怎麼回事。雖然我找不到什麼理由活著，但我能忍受。」

「確是如此。」

「但在冬天，她去世兩個月後，一個夢出現，她在夢裡。」

「告訴我。」

「我站在山坡上。有道矮牆自坡頂朝山腳下延伸，如綿羊牧地間的一道隔牆。她站在山腳下，隔著牆面對我。那裡比較陰暗。」

雀鷹點了點頭，臉龐如岩石冷硬。

「她呼喚我。我聽見她喚我的名字，我朝她走去。我知道她已經死了，我在夢裡明白這點，但還是喜悅地前去。我看不清楚她的身影，所以朝她走去，好看看她，好跟她在一起，而她伸手越過圍牆，那道只及我胸口的牆。我以為孩子會跟她在一起，但沒有。她對我伸出雙手，我也朝她伸出雙手，握住她的。」

「你們碰觸了？」

「我想去她那裡，但無法越過牆，雙腿無法移動。我試著將她拉到身邊，她也想過來，也似乎過得來，但牆阻隔我們。我們無法越過牆。因此她靠向我，吻上我的嘴，說了我的名字。她說道：『放我自由！』

「我以為如果用她的真名呼喚，便能解放她，將她帶過那道牆，所以我說：『玫芙蕊，跟我來！』但她說：『哈芮，那不是我的真名，那再也不是我的真名了。』我試圖拉住她，但她放開我的手。她一面喊道：『哈芮，放我自由！』卻一面走回黑暗。牆那端的山坡一片黑暗。我呼喚她的真名、她的通名，以及所有我稱呼她的親密小名，但她漸漸遠離。於是，我醒了。」

雀鷹長久而專注地凝視訪客。「你給了我你的真名，哈芮。」

赤楊略微震驚，緩慢地長呼了幾口氣，帶著沈鬱勇氣抬起頭。「還有誰更值得我信任、交託真名？」

雀鷹嚴肅致謝。「我會盡力不負你所託。告訴我，你知道那地方、那道牆……是什麼地方嗎？」

「我當時不知道。現在，我知道您曾經越過。」

「是的。我到過那座山丘，憑著曾擁有的法力與技藝，亦曾越過那座牆，進入死者之城，與生時曾識得的人交談，有時他們會回應。但，哈芮，在柔克、帕恩或英拉德群島上所有偉大法師裡，你是我認識或聽說過第一位能越過那道牆，去碰觸、親吻愛人的人。」

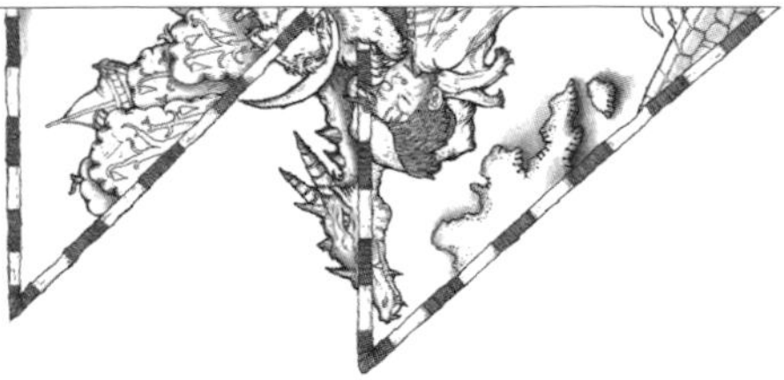

赤楊垂頭坐著，雙手緊握。

「你願不願意告訴我：她的碰觸是什麼樣？她的雙手溫暖嗎？她是冰冷的空氣、陰影，或是像活生生女人一般？請原諒我的問題。」

「大人，我希望能回答您。在柔克，召喚師傅也問了相同問題，但我無法確實回答。我對她的渴望如此強烈，我如此期盼……可能是我盼望她像在世時一般。但我不知道。在夢境裡，並非一切均清晰可辨。」

「夢境裡的確如此。但我從未聽說有任何人在夢境中去到那座牆。若巫師曾習得路徑又擁有力量，必要時可尋路前往該處。倘若缺乏知識及力量，只有瀕死之人能……」

雀鷹停語，憶起昨夜夢境。

「我以為那是個夢，」赤楊說，「它困擾我，但我很珍惜。一想到夢境，便像在心田上犁出一道傷口，但我依然攀附住那份痛苦，緊緊抱住。我渴望，我希望再次做夢。」

「你又夢到了嗎？」

「是的，我又做了一次夢。」

赤楊茫然直視西方的碧藍天空及海洋。寧靜海面上朦朧躺著坎渤島上陽光遍灑的低矮山丘。兩人身後，太陽正越過高山北肩燦爛升起。

「那是第一個夢之後的第九天。我在同一地方，但站在更高處。我看到牆在下方，橫越那道斜坡。我跑下山呼喚百合，確信會看見她。那裡有個人，但我一靠近才發現那不是百合。那是名男子，正在牆邊彎著腰，彷彿在修補。我問他：『她在哪裡，百合在哪裡？』他沒回答也沒抬頭。我看到他在做什麼。他不是在修補圍牆，而是拆除，以手指探挖一塊大石。石頭毫無動靜，他說道：『幫幫我，哈芮！』我發現那是為我命名的師傅，塘鵝。他已去世五年了。他不停以手指探挖勾扯大石，並再度喊我的名字：『幫幫我，讓我自由。』他站起身，越過牆向我伸出雙手，像百合一樣握住我的手。但他的手給了我某種灼燒感，不知是因熱或因冷，但他的碰觸灼燒了我，我抽開手，疼痛和恐懼讓我自夢境驚醒。」

赤楊一面說話，一面伸出手，露出手背和手掌上一塊像舊瘀青的黑印。

「我學到不能讓他們碰觸我。」赤楊低聲說。

格得看著赤楊的嘴，雙唇上亦有一塊黑印。

「哈芮，你當時身陷生死邊緣。」格得亦柔聲說道。

「還沒說完。」

赤楊的聲音掙脫靜默，繼續說故事。

隔晚，他再度入睡，發現自己又站在昏暗的山丘上，看到石牆從山頂越過山坡延伸而下。他朝石牆走去，希望能在那兒找到妻子。「就算她無法跨越，或是我無法跨越，我都不在乎，只要能見著她，與她說話。」但即使百合站在人群中，赤楊也沒見到她，他接近牆邊，看到一群影子般的人在牆另一邊，有些清晰，有些模糊，有些似曾相識，有些素昧平生。他一靠近，每個人都對他伸出雙手，以真名呼喚他：「哈芮！讓我們跟你一起走！哈芮，解放我們！」

「聽見陌生人呼喊自己的真名，真是可怕。」赤楊說，「被亡者呼喚亦是可怖。」

赤楊試圖轉身爬上山坡遠離石牆，但雙腿陷入夢中常有的衰軟，無法支撐身體。他雙膝跪地，以免被拖至牆邊；雖然四周無人能幫助他，他仍大聲呼救，因此在恐懼中驚醒。

自那時起，在每個深眠夜晚，他都會發現自己站在山坡上，身陷枯槁的灰乾長草間，面對山下的石牆，亡者陰暗虛幻地叢聚在牆邊向他哀求、哭喊，呼喚他的真名。

「我醒來，」赤楊說道，「在自己房裡，而非山坡上，但我知道他們在那裡。我還是得睡覺。我試過不斷讓自己清醒，若時間允許，則在白晝入睡，但我終究得睡。我會再度回到那裡，他們亦在那裡。我無法爬上山坡。我一移動，必定是下山，朝牆邊前進。有時我可以背向他們，但我會以為在人群中聽到百合的聲音，對我呼喊，我轉身尋找，然後他們便會向我伸出雙手。」

赤楊低頭看著緊握的雙手。

「我該怎麼做？」

雀鷹一語不發。

良久後，赤楊說：「我對您提過的豎琴師是我的好友，一陣子後，他看出來我有點不對勁，我告訴他，因為害怕有亡者的夢境而不敢入睡，他催促我、協助我搭船前往伊亞，去跟那裡的一位灰巫師詳談。」赤楊指的是一名在柔克學院受過訓的人。「那巫師一聽我的夢境，便要我一定得去柔克。」

「他叫什麼名字？」

「貝瑞。他服侍道恩島領主伊亞親王。」

老人點點頭。

「貝瑞說他愛莫能助，但他的吩咐對船長而言有如定金般穩當，我便再度回到海上。那是段漫長航程，遠遠繞過黑弗諾島直入內極海。我以為或許在船上，日漸遠離道恩島，便能將夢境拋諸身後。伊亞的巫師稱我夢中身處之處為旱域，而我以為或許到了海上便能離開那兒，但我每晚必定會回到那山邊，隨著時間過去，甚至

一夜數次。兩次、三次，甚或一闔眼就站在山邊，看著下方石牆，聽著呼喚我的聲音。我像是個因傷口疼痛而瘋狂的人，只有在睡眠中才能找到僅存的寧靜，但睡眠便是我的折磨，夢中充滿了那些聚集牆邊的悲慘亡靈，他們的痛苦及哀傷，以及我對他們的恐懼。」

赤楊說，很快地，無論白天夜晚，水手都躲著他，因為他會大喊出聲，悽慘驚叫吵醒水手，水手還認為他身纏詛咒，或體內有尸偶寄居。

「你在柔克島上亦無安寧嗎？」

「除了在心成林。」赤楊一提起心成林，表情立時轉變。

一瞬間，雀鷹臉上也浮現相同神情。

「形意師傅帶我到樹下，我終於能入睡，即便在夜裡。白天，如果太陽照耀在身上，像昨日下午在這裡時，如果感受到太陽溫暖，赤紅光芒映穿眼皮，我便不怕做夢。但我在心成林裡毫無恐懼，我再度能愛上夜晚。」

「說說你到柔克時的情況。」

雖然疲累、哀傷及敬畏的感覺妨礙赤楊敘述，他依然有道恩島人舌燦蓮花的天性，雖因恐故事過於冗長或贅述大法師早已知曉的事物，敘述稍有簡省，但雀鷹能清楚想像，憶起自己首次抵達智者之島的感受。

赤楊在綏爾鎮碼頭下船時，有名水手在橋板上畫了閉戶符文，好預防赤楊再度回到船上。赤楊發現了，卻認為水手的行為理所當然。他感覺自己厄運纏身，感覺體內含蘊某種黑暗，因而比平常進入陌生城鎮時更為害羞。綏爾尤其是個陌生城鎮。

「街道誤導了你。」雀鷹說。

「大人，還真是這樣！對不起，我只是道出心中所想，不是您……」

「沒關係。我以前習慣了。如果能讓你安心講述，就當我是牧羊大人也行。繼續說吧。」

不知是因詢問的對象誤解意思，抑或赤楊誤解了方向指示，他在山巒起伏、宛如小型迷宮的綏爾鎮上漫遊，學院從未離開視野，卻無法接近。最後，絕望中他來到平凡無奇的廣場，有座空曠的牆，有扇樸素木門。盯視好一陣子後，赤楊發現正是自己一直想要抵達的圍牆。他敲敲門，一位臉龐安詳、眼神安詳的男子開了門。

赤楊正準備說伊亞的貝瑞巫師派自己來，有口信轉述給召喚師傅，卻毫無機會開口。守門師傅凝視他一會兒後溫和說道：「朋友，你不能把他們帶進這屋裡。」

赤楊沒問師傅不能把誰帶進屋裡。他知道。過去數晚他幾乎毫未闔眼，睡下片刻便在恐懼中驚醒，即便白天時睡著，也會在陽光遍灑的甲板上看見山坡灰草，在

海浪波濤上看見石牆。醒時夢境便殘留體內，伴隨圍繞，迷迷濛濛，他總能在風聲與海嘯間隱約聽到呼喚他真名的聲音。他不知道自己如今是睡是醒。痛苦、恐懼與疲累讓他陷入瘋狂境地。

「把他們擋在外面，」赤楊哀求，「讓我進去，可憐可憐我，放我進去！」

「在這裡稍候。」男子一如先前，溫柔說道，「那裡有張長凳。」指指方向，關上門。

赤楊在石凳上坐下。他記得這件事，也記得有些大約一五歲的年輕男孩在進出大門時好奇地看著他，但在之後好一段時間內發生的事，他只憶起片段。

守門師傅帶著手持柔克巫師巫杖、身著斗篷的年輕男子返回，赤楊進了一間房，明白那裡是客房，然後召喚師傅來了，試圖與赤楊說話，但他當時已不能言語。睡眠與清醒間；陽光普照的房內與昏暗蒼灰山丘間；召喚師傅的說話聲與牆對面傳來的呼喚聲間；在生者世界裡，他無法思考，無法移動，但在有聲音呼喚的蒼灰世界，若想往下走幾步到牆邊，讓那些伸出的雙手拉著他、抱著他，卻是如此輕易。如果加入其中，或許他們就會放過他，他想。

然後，記憶裡，陽光普照的房間完全消失，而他站在蒼灰山丘上，身旁站著柔克的召喚師傅，一名高大、寬肩、皮膚黝黑的男子手握一根粗壯的紫杉巫杖，在昏暗裡閃閃發光。

聲音停止呼喚，聚集牆邊的身影也消失。那些身影走回黑暗、逐漸遠離時，赤楊聽見遙遠的窸窣，與某種啜泣般的聲音。

召喚師傅走到牆邊，雙手覆蓋。

某些石塊已鬆動，甚至有幾塊掉落在乾枯草地。赤楊覺得應該撿起石塊，放回，修補石牆，但並未這麼做。

召喚師傅轉身面對赤楊，問：「誰把你帶來的？」

「我妻玫芙蕊。」

「召喚她來。」

赤楊無言以對。終於，他張開口，但說的不是妻子真名，而是通名，他在生界呼喚的名字。他大聲說出：「百合……」名字聽來不像白色花朵，只是一顆掉落灰塵的碎石。

萬籟俱寂。微小星星穩定地在漆黑天空綻放光芒。赤楊從未在此處抬頭看天，認不得這些星辰。

「玫芙蕊！」召喚師傅喚道，以渾厚嗓音唸誦出幾個太古語詞。

赤楊感覺氣息離開身體，讓他連站立都困難，但通往朦朧黑暗的漫長山坡上毫

無動靜。

然後，有了動靜，某種較為明亮的身形開始走上山，緩慢接近。赤楊全身因恐懼及渴望顫抖，悄聲道：「喔，我心愛的。」

但靠近的身影太過瘦小，不可能是百合。赤楊看到那是名約十二歲的孩童，無法辨認是男是女，對赤楊或召喚師傅漠然無視，也未看向牆對面，只是光坐在牆角。赤楊靠近，低頭向下看，看到孩子正攀抓著石塊，想拉鬆一顆石子，又一顆。召喚師傅正呢喃太古語。孩子無動於衷地抬頭瞥了一眼，繼續以似乎軟弱無力的細瘦手指拉扯石塊。

這一幕在赤楊眼中如此可怕，令他頭暈目眩，試圖轉身離開，之後便毫無記憶，直到在陽光充足的房間甦醒，躺在床上全身虛弱，病懨懨而冰冷。

有人來照顧赤楊：打掃客房，是一名態度疏遠的微笑婦人，還有一名與守門師傅一同前來，褐色皮膚的矮壯老人。赤楊原以為是治療師，直到看見橄欖木巫杖，才明白是藥草師傅，柔克學院的治療師。

藥草師傅帶來安慰，更能賜予赤楊安睡。他煮了一壺草藥茶要赤楊喝下，點起緩緩燃燒的草藥，散發松林裡深色泥土的氣味。師傅坐在附近，開始一段冗長、輕柔的唸誦。「我不能睡。」赤楊抗辯，感覺睡眠像黑暗潮汐席捲。藥草師傅溫暖的手覆蓋赤楊手背，予赤楊寧靜，令他毫無恐懼地進入安眠。只要治療師的手覆蓋他，或按著他的肩膀，便能讓他遠離黑暗的山坡和石牆。

醒後，赤楊進食少許，藥草師傅很快又端來一壺微溫、淡味的草藥茶，點起散發泥土香氣的煙霧，以語調平板的唸誦、手的碰觸，讓赤楊歇息。

藥草師傅在學院裡有應盡的職責，因此每夜只能陪伴赤楊幾小時。赤楊在三晚內便獲得足夠休息，終於能在白天飲食，在城鎮附近四處走走，理智地思考交談。第四天早晨，藥草師傅、守門師傅與召喚師傅進入赤楊房間。

赤楊心懷恐懼、甚至質疑地對召喚師傅鞠躬。藥草師傅是偉大的法師，法藝與赤楊自身技藝略為相似，因此兩人心靈能相通，師傅的手更代表極大慈悲。然而，召喚師傅的法藝與肉體實物無關，而是針對靈魂、思想與意志、鬼魂，以及含意。此法藝詭譎危險，充滿危機與威脅，召喚師傅甚至能離開肉體，到石牆邊界，站在赤楊身旁。他為赤楊重新帶回黑暗與恐懼感。

三位法師起先均一語不發。如果說三人有任何共通點，即是忍受沈默的能力。因此赤楊先開口，試圖打從心底說出真話——除此別無他法。

「如果是因為我做錯了什麼，才讓我——讓妻子領著我抑或其他靈魂——去到那地方，如果我可以彌補或解除所做一切，我願意。但我不知道自己做了什麼。」

「或不知道你自己是什麼樣的人。」召喚師傅道。

赤楊啞口無言。

「少有人能知道自己是誰，或是什麼。」守門師傅說，「我們僅能恍惚一瞥。」

「告訴我們，你第一次是如何去到石牆？」召喚師傅問。

赤楊複述。

法師沈默傾聽，在赤楊說完後良久沒有回應，然後召喚師傅問：「你曾想過，跨越那道牆意謂什麼嗎？」

「我知道將無法回頭。」

「只有法師在最必要時，才能以生者之身跨越那道牆。藥草師傅或許會與痛苦的患者一路去到牆邊，但若病人已跨越那牆，便不會尾隨而去。」

召喚師傅身材如此高大壯碩，加上皮膚黝黑，使得赤楊看他時便聯想到一頭熊。

「若有必要，我的召喚技藝讓我們有力量將亡者從牆對面暫時喚回，但我質疑有何必要，值得如此嚴重地打破世界法則與平衡。我從未施過這法咒，自己也未跨越那道牆。大法師跨過了，帶著王，好醫治名叫喀布的巫師造成的世界傷口。」

「而大法師沒有回來，當時的召喚師傅索理安進入旱域尋找大法師的蹤影，」

藥草師傅說，「索理安回來了，但整個人都變了。」

「這件事毋須提起。」召喚師傅說。

「也許需要，」藥草師傅說，「也許赤楊需要知道這件事。我想，索理安對自身力量過度自負。他在那裡留太久了，以為可以將自己喚回生界，但回來的只有他的技藝、他的力量、他的野心——毫無生命的求生意志。但我們依然信任他，因為我們摯愛他，於是他蠶食我們，直到伊芮安摧毀他。」

遠離柔克，在弓忒島上，赤楊的聆聽者打斷話語。「你剛說什麼名字？」雀鷹問。

「師傅說是伊芮安。」

「你認得這名字嗎？」

「不認得，大人。」

「我也不認得。」一陣靜默後，雀鷹輕聲續道，彷彿不甚情願。「但我在那裡看到了索理安，在旱域。他甘冒危險前來尋我。看到他在那裡，我無比心痛。我告訴他，他可以跨越牆回去。」雀鷹臉色變得深沈、嚴肅。「我說了不當的話。在生者與亡者間，所有言談都不恰當，但我也曾摯愛他。」

兩人在靜默中坐著。雀鷹突然站起，伸展雙臂按摩著大腿。兩人一起活動活動

筋骨。赤楊從井裡打起點水來喝；雀鷹拿出鐵鍬與待換裝的新手把，開始打磨橡木棍，修細要插入凹槽的一端。

雀鷹說：「赤楊，繼續說。」因此赤楊繼續說故事。

藥草師傅提起索理安後，另兩位師傅沈默一晌。赤楊鼓起勇氣詢問長久以來一直掛記心頭的事：死者如何去到那道牆，法師又如何抵達那裡。

召喚師傅立即回答：「靈魂的旅程。」

老治療師則比較遲疑：「跨越牆的，不是肉體，因為往生者的肉體會留在此處。如果法師出竅去到那兒，沈睡的肉體也還是在這裡，活著，所以我們稱之為『旅人』……我們將離開肉體啟程的部分稱為靈魂、精神。」

「但我妻子握住了我的手。」赤楊說，無法再次提起百合吻了他的唇。「我感受到她的碰觸。」

「你是這麼以為。」召喚師傅說道。

「若他們實體接觸，形成某種連結，」藥草師傅對召喚師傅說，「或許正因為此，所以其餘亡者能去到他身邊呼喚他，甚或碰觸他？」

「所以他必須抗拒。」召喚師傅瞥了赤楊一眼說道。召喚師傅眼睛細小、眼神炙熱。

赤楊覺得這是不公平的指控，說：「我曾試著抗拒，大人，我試過了，但他們人數眾多……而百合是其中之一……他們正在受苦，對我呼喚。」

「他們不可能受苦。」召喚師傅說，「死亡終結一切痛苦。」

「也許痛苦的虛影亦是痛苦。」藥草師傅說，「位於那片大地上的高山，名字正是『苦楚』。」

截至目前，守門師傅幾乎完全沒開口。他以平靜和善的口吻說：「赤楊是修復者，不是破壞者。我想他不會截斷那道聯結。」

「如果是他造的，他就能斷得了。」召喚師傅說道。

「是他造的嗎？」

「我沒有如此技藝，大人。」赤楊辯駁。眾師傅言及的內容令他如此害怕，引出他的憤怒回應。

「那我必須去到他們之間。」召喚師傅說道。

「吾友，不可。」守門師傅說。老藥草師傅道：「最不該去的便是你。」

「但這是我的技藝。」

「也是我們的。」

「那該誰去？」

守門師傅說：「赤楊似乎能當嚮導。他來尋求協助，或許正可協助我們。讓我們跟著一同進入他的幻界……到石牆邊，但不跨越。」

當晚深夜，赤楊畏懼地讓睡意征服，發現自己再度站在灰丘上，其餘人同在：藥草師傅是冰冷空氣中的一股溫暖，守門師傅一如星光虛幻、銀光閃閃，還有壯碩的召喚師傅，宛如黑熊，擁有黑暗的力量。

這次他們並非站在朝向黑暗下傾的山地，而是在附近山坡，抬頭看著山頂。這一部分的牆順著山頂而建，牆甚矮，勉強過膝。寒星點點的夜空完全漆黑。

毫無動靜。

爬坡走到牆邊會很困難，赤楊心想。牆以前都在下方。

但如果能去那裡，或許百合也會在那裡，一如當初。也許能握住她的手，而法師會將她一同帶回；或者自己能跨越這麼低的圍牆，走向她。

赤楊開始朝山坡走去，非常輕鬆，毫不困難，即將抵達。

「哈芮！」

召喚師傅渾厚聲音宛如圍繞頸項的繩圈將赤楊喚回，赤楊絆跌了一下，踉蹌前行一步，在牆前不遠處跪倒，向牆伸出手。赤楊正哭喊：「救救我！」對誰呢？對法師，還是牆那頭的幻影？

這時有雙手按上肩頭，活生生的雙手，強健溫暖，而赤楊也回到自己房中，治療師的雙手實實在在按著雙肩，偽光在兩人周圍映照著白光，四名男子在房內相陪，不只三人。

老藥草師傅陪著赤楊在床邊坐下，安撫他一會兒，因他正不斷哆嗦、戰慄、啜泣。「我辦不到。」他不斷重複，但依然不知自己是對著法師或亡者說。

隨著恐懼及痛苦逐漸減輕，一股難以抗拒的疲累襲來，赤楊近乎不感興趣地看著進入房間的男子。男子眼瞳呈冰雪之色，髮膚色皆淺白。來自恩瓦或別瑞斯韋，從遠方來的北方人，赤楊想。

這名男子向眾法師問：「朋友，你們在做什麼？」

「冒險，阿茲弗。」老藥草師傅答道。

「形意師傅，邊界有了麻煩。」召喚師傅說。

眾人對形意師傅簡述問題時，赤楊可以感到他們對此人的敬重，以及因他到來而安心。

「如果他願跟隨我，你們願讓他走嗎？」陳述完後形意師傅問道，接著轉向赤楊：「在心成林裡，你無須害怕夢境，而我們也無須害怕你的夢境。」

眾人同意。形意師傅點點頭，消失。師傅本人並不在房內。

形意師傅不在此處，來的只是個傳象、呈象。那是赤楊首度見識師傅展現偉大力量，而若非已經歷驚奇與恐懼，這必定讓赤楊惴惴不安。

赤楊跟隨守門師傅進入黑夜，穿過街道，經過學院圍牆，橫越高大圓丘下的田野，沿著在兩岸黑影中輕聲低唱潺潺水歌的河流。眼前是座高聳森林，樹梢冠著銀灰星光。

形意師傅在小徑上迎接兩人，他的外表與在房內時別無二致。他與守門師傅交談一會兒，赤楊跟隨他進入心成林。

「樹間很黑，」赤楊對雀鷹說道，「但樹下卻一點不黑。那裡有某種光……某種輕盈。」

聽者點點頭，略略微笑。

「我一到那兒便知可以安睡。感覺自己之前好像一直睡在邪惡夢境中，而在那裡，我真正甦醒，所以能真正安眠。師傅帶我去到某處，在巨樹樹根間，層層疊疊的落葉讓地面柔軟，他告訴我可以躺在那裡。我躺下，睡著。我無法對您形容，那睡眠是多麼甜蜜。」

中午陽光愈漸強烈，兩人進屋，主人擺出麵包、乳酪、一點乾肉。趁著兩人進食，赤楊四處觀望。屋內雖只有一間長形房間，裡面有個面西凹室，但空間寬敞、陰涼，結構穩固，有寬幅木板與橫梁、閃閃發光的地板及深邃的石壁爐。「這是間尊貴的房子。」赤楊說。

「是棟老房子。人稱『老法師之家』。不是指我，也不是曾住在這裡的吾師艾哈耳，而是他師傅赫雷，他們兩人一起阻止了一場大地震。這是間好房子。」

赤楊又在樹下睡了一會兒，陽光穿過搖晃葉叢照耀在身上。主人也歇息一陣，但等赤楊甦醒，樹下已置一大籃金色李子，雀鷹正在牧地邊修補圍籬。赤楊前去幫忙，但工作已經完成，只是山羊也老早不見。

「都沒有奶。」兩人回到屋裡時，雀鷹嘟囔道，「羊兒無所事事，光會找逃出圍籬的新法兒。養羊是自找苦吃……我學會的第一個咒文就是把漫遊的羊隻叫回。姨母教的。如今這咒文對我來說，就像對羊唱情歌一樣無用。我最好去看看是否跑去鰥夫家菜園了。你的巫術沒法把羊迷過來吧？」

兩隻黃色母羊的確正侵擾村子外圍一座包心菜田。赤楊複誦雀鷹教的咒文：

納罕莫曼，
霍漢默漢！

羊群帶著機警的不屑凝視赤楊，略略離開。大喊及棍子逼著羊兒出了包心菜田奔上小徑，而雀鷹等在那裡，從口袋裡拿出幾顆李子。靠著承諾、禮物、哄勸，他慢慢將這些逃犯帶回牧地。

「真是奇怪的動物，」雀鷹說，一面關起柵門，「你永遠不知該如何面對山羊。」

赤楊正想，他永遠不知道該怎麼面對他的主人，卻沒說出口。

兩人再度坐在陰影下，雀鷹說：「形意師傅不是北方人，是卡耳格人。像我妻一樣。他是卡瑞構島戰士，是我認識的人中唯一從那片大陸來到柔克的人。卡耳格人沒有巫師，他們不信任任何巫術，但比我們保留了更多大地太古力的知識。形意師傅阿茲弗還年輕時，聽說了某些心成林的傳言，察覺到所有大地的力量中心必定在那裡。於是他離開他的神祇和母語，來到柔克。他站在柔克門口說道：『教導我如何住在森林裡！』而我們開始教導他，直到他開始教導我們……於是他成為形意師傅。他不是個溫柔男子，但很值得信任。」

「我永遠不會怕他，」赤楊道，「跟他在一起很自在。他會帶我深入大林。」

兩人均沈默，想著森林中草地、一排排樹木、葉片間的陽光與星光。

「那是世界的心臟。」赤楊道。

雀鷹向東望去，看著因樹木密生而暗黑的弓忒山山坡。「秋天來臨時，我會去那裡，去森林裡散步。」

一會兒後雀鷹接著道：「告訴我，形意師傅給了什麼建議，還有他為何派你來找我。」

「師傅說，大人，您比世界上任何人更了解……旱域。因此或許您會明白，那裡的靈魂前來尋我、乞求我給予自由一事有何含意。」

「師傅可曾說到，他認為是如何發生的嗎？」

「是的。他說，或許我妻子跟我不知該如何分離，只知如何結合，因此這非我一人的作為，或許該是我們兩人的，因為我們相互吸引，像水銀一樣。但召喚師傅不同意，他說只有偉大法力能如此違背世上至律，因我過去的師傅塘鵝也越過牆碰觸到我，召喚師傅便說，也許塘鵝在生時隱藏或偽裝了所擁有的法力，但如今則完全暴露呈現。」

雀鷹沈吟一會兒。「我還住柔克時，看法可能與召喚師傅相同。當時我未曾見識任何力量可能比我們所謂的法術更強大，我當時以為連大地太古力都無法超越……如果你遇見的召喚師傅是我所想的那人，那他還稚幼時便已來到柔克。我的老友，

易飛墟島的費蕖，將他送來學院研習，而他也從未離開學院。這正是他與形意師傅阿茲弗不同之處。阿茲弗從戰士之子成長為戰士，一直居處在男女之間，活在豐富的人生中。學院圍牆阻隔的世事，他曾以血肉領會。他知道男女相愛、做愛、結婚……我這十五年來，一直住在學院圍牆外，因此認為阿茲弗的解讀可能較佳。你與妻子之間的羈絆，比生死分隔更為強烈。」

赤楊遲疑片刻。「我想過可能是這樣，但這麼想好像顯得很……忝不知恥。我們相愛的程度勝過言語，但我們的愛比前人的更為強烈嗎？難道比莫瑞德與葉芙阮的愛更深？」

「也許兩者相仿。」

「怎麼可能？」

雀鷹以宛如致敬的神情看赤楊，回答時的小心翼翼亦讓他倍感殊榮。「這個嘛……」雀鷹緩緩說道，「有些激情在厄運或死亡中達到鼎盛春天，而正因在最美一刻終結，因此樂師歌頌、詩人吟詠，一份逃離年月消磨的愛情。那就是少王與葉芙阮的愛，也是你的愛。哈芮，它雖不比莫瑞德的愛情偉大，但他的難道就超越了你的？」

赤楊一語不發，沈思推敲。

「絕對的事物沒有偉大或渺小之別。」雀鷹說道，「全有或全無，真正的愛人如是說，而這正是真實的一面。愛人說，我的愛永垂不朽，愛人提出永恆承諾。一點沒錯。當愛情本身就是生命時，怎麼可能死去呢？我們怎能體悟永恆，除了在接受這道羈絆時所見的匆匆一瞥？」

雀鷹語調低柔，卻充滿炙炎與力量，然後他身子後傾，半晌後帶著些許微笑說：「每座農場上的傻小子都會唱，每個夢想愛情的年輕少女都知道，但這不是柔克師傅熟知的事物。形意師傅或許在年少時便已知曉，我則是晚學。很晚，但還不算太晚。」他看著赤楊，眼中依然有著火花，挑戰地說道：「你曾擁有。」

「是的。」赤楊深吸一口氣。終於他說：「也許兩人在那片黑暗大地上終於重逢，莫瑞德與葉芙阮。」

「不。」雀鷹帶著冷硬的確信說道。

「但如果這份羈絆如此真誠，有什麼能打破？」

「那裡沒有情人。」

「那他們在那片大地上是什麼、做什麼？您去過那裡、跨越過那道牆，您曾經與他們同行、交談。告訴我！」

「我會。」但雀鷹良久未發話。「我不喜歡回想那一切。」他揉揉頭，皺眉，

「你看見了……你看到那些星辰，小小、吝嗇的星光從不移動。沒有月亮，沒有日出……如果你走下山，會發現有道路。道路與城市。山頂上有野草，枯死的野草，但再往下就只剩灰塵與岩石。寸草不生。黑暗的城市。無數死者站在街上，或走在沒有目的的道路上。他們不說話，他們不碰觸。他們永遠不碰觸。」雀鷹語調低沈、乾澀，「在那裡，莫瑞德會與葉芙阮擦肩而過卻不回頭，葉芙阮也不會看著莫瑞德……那裡沒有重逢，哈芮，沒有羈絆。在那裡，母親不會擁抱孩子。」

「但妻子前來找我，」赤楊說，「喊了我的名字，吻了我的唇！」

「是的，而既然你的愛不比任何凡人的愛更偉大，且既然你跟百合都不是偉大巫師，擁有的力量無法改變生死定律，所以，所以這整件事必定有其他因素。某件事正在發生，正在改變。雖然透過你而發生，也影響了你，但你只是其道具，而非緣由。」

雀鷹站起身大步走向懸崖邊小徑，然後再度回到赤楊身邊。他全身漲滿緊繃精力，幾乎顫抖，宛如即將朝獵物俯衝直下的獵鷹。

「你以真名呼喚妻子時，她不是對你說，那已經不再是我的真名了……？」

「是的。」赤楊低聲答道。

「但怎會如此？人皆有真名，且會一直保有至死，遺忘的是通名……我可以告訴你，這對智者來說是個迷團，但就我們所能理解，真名來自真語，只有擁有天賦的人能知曉並賜予孩童真名，而真名會束縛那人……無論是生是死。召喚技藝便立基於此……但師傅以真名召喚你妻前來時，她沒出現在師傅面前；你以通名百合呼喚，她卻出現。她是否因為你是真正知曉她的人，方才出現？」

雀鷹銳利地凝視赤楊，彷彿所見事物不僅是身旁的這個男子。一會兒後他續道：「業師艾哈耳去世時，我妻與他同在，而他臨死前說道，變了，一切都變了。他看著牆的另一端。我不知道是從哪一端。

「自那時起，的確出現改變……王端坐莫瑞德王座上，而且沒有柔克大法師。但不只這些，還有更多。我看到一名孩童召喚凱拉辛，至壽者，而凱拉辛來到她面前，稱她為女兒，像我一樣。這是什麼意思？有人見到龍族出現在西方島嶼上空是什麼意思？王派了艘船到弓忒港來找我們，請小女恬哈弩前去商談龍的事宜。人民畏懼古老約定已毀，龍族會像厄瑞亞拜與歐姆安霸對戰前一般，前來焚燒田野城鎮，而如今在生死邊界，一個靈魂拒絕真名的束縛……我不了解。我知道的只是，改變，一切都在改變。」

雀鷹語調中沒有畏懼，只有激烈狂喜。

赤楊未有同感。他已喪失太多，也為對抗無法控制或了解的力量耗盡精神。但

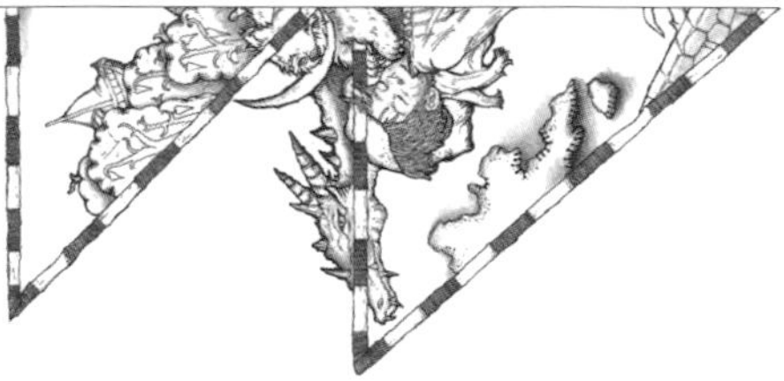

他的心因雀鷹的勇武而振奮。

「願是好的轉變，大人。」赤楊道。

「但願，」老人說，「但改變無法避免。」

隨著熱氣自白晝消失，雀鷹說必須去村內一趟。他提著一籃李子，裡面塞了一窩雞蛋。

赤楊走在雀鷹身邊，兩人交談。赤楊明白雀鷹必須以小農場生產的果物、雞蛋等作物交換大麥粉與小麥粉，屋裡燃燒的柴火是自森林耐心撿拾而來，而山羊不產奶意謂去年存放的乳酪得省吃儉用，他感到驚訝無比：地海大法師怎麼可能為生活如此操勞？難道人民都不尊崇他嗎？

赤楊陪同雀鷹進村，看到婦人一見老人前來便關起房門，收取雞蛋水果的市場小販一語不發地在木板上記錄，神色沈鬱，眼光低垂。雀鷹愉快地對小販說道：「依弟，願你有美好的一天。」卻未獲回應。

「大人，」兩人走回家時，赤楊問，「他們知道您是誰嗎？」

「不知道，」前大法師帶著嘲諷的斜瞥說，「也知道。」

「但是……」赤楊不知該如何表達自己的氣憤。

「他們知道我沒有法術力量，但我有某些怪異。他們知道我跟異國人同住，一名卡耳格女人。他們知道我們稱為女兒的孩子有點像女巫，但更糟，因為她的臉手都遭火焰燃燒殆盡，而且她親自燒死了銳亞白領主，或將領主推下山崖、用邪眼殺死領主……故事版本不一。但他們尊崇我們所住的房子，因為那曾是艾哈耳與赫雷的房子。去世的巫師都是好巫師……赤楊，你是城市人，來自莫瑞德王國的島嶼。弓忒島上的村莊，則是另一回事。」

「但您為什麼留在這裡，大人？王一定會賦予您同等的榮耀……」

「我不要榮耀。」老人道，語調帶著令赤楊完全噤聲的暴戾。

兩人繼續前行。來到建在懸崖邊緣的房子時，雀鷹再度開口：「這是我的鷹巢。」

晚餐時，兩人喝了杯紅酒，趁著坐在屋外看夕陽落下時又喝了一杯。兩人未多交談。對夜晚的恐懼、對夢境的恐懼，正潛入赤楊。

「我不是治療師，」屋主說道，「但或許我能仿照藥草師傅讓你入睡的方法。」

赤楊的眼神帶著疑問。

「我一直在想……而我覺得，或許讓你遠離山坡的並非咒語，只是活生生、手的碰觸。如果願意，我們可以試試看。」

赤楊抗議，但雀鷹道：「反正我大半個夜裡經常也是醒著。」當晚，客人躺在大房間角落的矮床上，主人坐在身邊，看著火光打盹兒。

主人也看著赤楊，看著他終於入睡，不久後，看到他在睡眠中驚動、顫抖。主人伸出手，放在半轉身背對的赤楊肩上。睡著的男子略動了動，歎口氣，放鬆身體，繼續沈睡。

雀鷹滿意地發現自己至少能做到這一步。跟巫師一樣行，他些許嘲諷地自語。雀鷹毫無睡意，緊繃情緒依然存留體內。他思考赤楊說的一切，還有兩人午後談論的內容。他看見赤楊站在花椰菜田邊小徑唸著召喚山羊的咒語，山羊對那些毫無力量的文字高傲而不屑一顧。他憶起自己曾如何唸誦雀鷹、澤鷹、灰鷹的真名，將鷹群自天空招下，一團飛羽，以鐵爪攀抓他手臂，盯視，眼露憤怒、金色的眼……他再也無法如此。他可以誇耀，將房子稱為鷹巢，但他沒有翅膀。

而恬哈弩有。她能以龍的雙翼飛翔。

爐火熄滅。雀鷹將羊皮被拉得更緊，將頭向後倚靠牆壁，依然把手放在赤楊毫無動靜的溫暖肩頭。他喜歡這人，也同情其遭遇。

明天得記得請赤楊修補綠水壺。

牆邊的草既短、又硬、又枯。沒有一絲風使之擺動或窸窣。

雀鷹一驚而醒，自椅上半站起，昏亂半刻後將手放回赤楊肩頭，略略抓緊，低道：「哈芮！離開，哈芮！」赤楊顫抖，放鬆，再度歎口氣，轉身俯趴，又毫無動靜。

雀鷹端坐著，手放在入睡者的手臂上。自己如何去到石牆邊？他已再無前去的力量，無法找到方向。如同前晚，赤楊的夢境或幻界、赤楊旅行的靈魂，將他帶領到黑暗之地的邊界。

雀鷹如今完全清醒地坐起身，看西向窗戶一塊灰白，滿布星辰。

牆下的草……並未沿著山坡往下生長至昏暗的旱土。他對赤楊說過，那裡只有灰塵，只有岩石。他看到黑塵、黑岩、從未有河水流過的死寂河床。沒有生物，沒有鳥，沒有躲藏的田鼠，沒有小昆蟲閃耀嗡鳴，沒有那些太陽下的生物。只有死者，空虛眼神及沈默臉龐。

但鳥難道不會死嗎？

老鼠、蚋蚊、羊……一頭褐白色，角蹄聰明，黃色大眼，毫無羞恥心的山羊，曾是恬哈弩寵物的西皮，去年冬天以高壽逝世……西皮去了哪兒？

不在旱域，不在黑暗之地。西皮死了，但不在那裡，而在自己所屬之地，在泥土裡，在陽光裡，在風裡，是河水自岩石流洩的一躍，是太陽的金黃眼睛。

那為什麼，那為什麼……

雀鷹看著赤楊修復水壺，水壺有圓胖肚子、玉翠顏色，曾是恬娜的最愛，好多年前一路從橡木農莊帶來。有天他將壺自櫃上拿下時，從手中滑下。他撿起兩大碎片，並將其餘小碎片重新黏起，心想雖再無用途，至少能夠作裝飾。每當他看到籃子裡的碎片，便因自己的粗心大意憤怒不已。

如今雀鷹著迷不已地看著赤楊的雙手。纖細、強壯、靈巧、不疾不徐，捧著水壺的形狀，輕撫、拼湊、安放陶器碎片，催促、撫弄，大拇指誘勸引導小碎片拼回原狀，結合，安撫。工作時，赤楊喃喃共有兩詞、毫無曲調的經誦。那是古語字詞，格得知道，雖不明其意。赤楊表情寧和，壓力與哀傷消逝無蹤，一張臉如此沈浸在時間和工作中，跨越時空的寧靜顯現無遺。

赤楊的手自水壺移開，像綻放的花朵外苞般開展。水壺完整地站在橡木桌上。

赤楊望著，靜默而滿意。

格得道謝時，赤楊說：「一點不麻煩。裂痕很乾淨。做得很好，陶土品質也很好。那些粗製濫造的器皿才難修復。」

「我想到能如何讓你安睡了。」格得道。

天光一現赤楊便甦醒起身，好讓主人能上床休息，睡到天大亮，但這顯然不是長久之計。

「跟我一起來。」老人說。兩人朝著內陸行於小徑，沿著山羊牧地，穿過矮丘、半荒蕪的小塊農地與森林。對赤楊而言，弓忒看起來很荒僻，地形粗獷、肆意起伏，扎結崎嶇的大山永遠在上方皺眉、俯瞰。

「我覺得，」兩人行走時，雀鷹一面說道，「如果我能像藥草師傅，只將手放在你身上就能使你遠離牆邊山上，那麼可能還有別的東西能幫助你。如果你不介意動物。」

「動物？」

「因為……」雀鷹開始說，但中途停止，被小徑上跳躍而來的奇異生物打斷。它全身包裹裙子、披肩，羽毛四散插在髮上，還穿著高統皮靴。「喔，鷹爺！喔，鷹爺！」它大喊。

「石南，妳好啊。慢點兒。」雀鷹道。女人停下來，搖晃身體，滿頭羽毛擺動，臉上大展笑容。「她知道你要來！」石南放聲大喊，「她用手指比出老鷹嘴，像這樣，你看，她就這樣，然後她用手叫我去，去！她知道你就要來了！」

「我是來了。」

「看我們？」

「來看妳。石南，這是赤楊大爺。」

「赤楊爺。」石南悄聲道，突然安靜下來，察覺赤楊的存在。她後退一步，整個人縮成一團，看著自己的腳。

女子沒穿高筒皮靴。光裸雙腿從膝蓋以下包裹著一層光滑、暗褐色，逐漸乾硬的泥漿，裙子則皺擠成一團，塞在腰帶裡。

「石南，妳去抓青蛙了，是不是啊？」

女子呆滯地點點頭。

「我去跟阿姨說。」她說，起先只如耳語，最後以一聲大吼作結，衝回來時方向。

「她有一副好心腸，」雀鷹說，「以前幫我妻子做事，如今則跟我們的女巫住在一起，幫女巫過活。我想你不會反對進女巫屋內吧？」

「絕對不會，大人。」

「許多人會。從貴族到平民，巫師到術士皆有。」

「我妻子百合便是名女巫。」

雀鷹低頭，沈靜前行片刻。「赤楊，她怎麼知道自己有大賦？」

「她的能力與生俱來。她還年幼時，就能讓斷裂樹枝再度接回樹幹，別的小孩也會帶損壞的玩具給她修補，但她父親看到她這麼做，就會打她雙手。她家族在鎮上頗有名望，是有頭有臉的人物。」赤楊以平和溫柔的嗓音說道，「他們不願讓她與女巫來往，因為門第相當的家族不會接受這樣的新婦，所以她只能自學。而即便主動求教，鎮上女巫也不願與她有所牽扯，因為害怕她父親。爾後，一名富有男子前來求愛，就如我先前說的，大人，她很美麗，超過言詞所能描繪，而她父親告訴她，她必須結婚。當晚她便逃出家門，此後幾年獨自生活，在島上流浪，幾個女巫收留過她，但她靠自己的法藝自力更生。」

「道恩島不是個大島。」

「她父親拒絕尋她，他說沒有這種流浪女巫女兒。」

雀鷹再次低下頭。「所以她聽說你的事，然後前來尋你。」

「但她教給我的，超過我能教她的。」赤楊認真地說。「她有極大的天賦。」

「我相信這點。」

兩人來到一間窩在小山谷裡的小屋，或許該說是一間大茅舍。四周糾結著蔓生的金縷梅及金雀花，屋頂上站著一頭山羊，附近一群毛色黑白夾雜的母雞咯咯叫。一隻慵懶小母牧羊犬站起身打算吠叫，想了想後改變主意，轉而搖搖尾巴。

雀鷹走到低矮門前，俯身探頭進屋。「阿姨，原來妳在那兒！我帶了客人來找妳。赤楊，來自道恩島的術法之子。法藝是修補，我可以保證，他在這方面可是大師，我剛看他修好恬娜的綠水壺。妳知道，就是我這個粗手粗腳老笨蛋，那天手一滑摔掉的那只壺。」

雀鷹進入茅屋，赤楊尾隨。一名老婦坐在門口旁堆滿軟墊的椅上，好看到屋外陽光。羽毛散亂插在稀疏白髮上，一隻花斑雞窩在腿上。老婦給了雀鷹一個迷人的甜美微笑，對訪客禮貌地點點頭。母雞醒過來，嘎嘎兩聲跳下離開。

「這是蘑絲，」雀鷹說，「是擁有極多技能的女巫，其中最棒的就是善良。」

柔克大法師應當也會如此對貴婦介紹一名偉大法師，赤楊心中揣想。赤楊彎身鞠躬，老婦點了下頭，笑了兩聲。

老婦用左手比出個圈圈，詢問地看著雀鷹。

「恬娜？恬哈弩？」雀鷹問道，「就我所知，她們還在黑弗諾跟王在一起。她們在那裡會玩得很開心，可以在大城及王宮裡四處看看走走。」

「我幫大家編了王冠！」石南大喊，從氣味濃重、漆黑雜亂的屋裡深處蹦蹦跳跳出現。「像王與王后一樣。像這樣？」她得意地拍撫亂插在濃密頭髮中的羽毛。

蘑絲阿姨終於發現自己的奇特髮飾，無力地以左手拍打羽毛，做了個鬼臉。

「王冠很重的。」雀鷹道，溫柔地從稀疏髮上一根根捻起羽毛。

「鷹爺，王后是誰？」石南大喊，「王后是誰？白南是王，王后是誰？」

「石南，黎白南王沒有王后。」

「為什麼沒有？他該要有。為什麼沒有？」

「也許他還在找。」

「他會娶恬哈弩！」女子高興尖叫，「他會！」

赤楊看著雀鷹神情大變，封閉起來，變得如岩石般。

雀鷹只說：「我想他不會。」他握著從蘑絲髮上摘下的羽毛，溫柔撫摸。「蘑絲阿姨，我又來請妳幫忙了。」

蘑絲伸出行動自由的一隻手，握住雀鷹的手，動作中的溫柔感動了赤楊的內心深處。

「我想借一隻妳的小狗。」

蘑絲顯出難過表情。身旁大張著口、表情痴呆的石南迷惘思索片刻後，大喊：「小狗！蘑絲阿姨，小狗！可是都沒了！」

老婦點點頭，顯出寂寥神情，拍撫雀鷹曬黑的手。

「有人要養牠們嗎？」

「最大的逃了出去，也許跑到了森林裡。然後有動物殺死牠，結果就不見了。後來老爛伯，他跑來說他需要牧羊犬，所以他兩隻都要帶去訓練，然後阿姨就給了他小狗，因為牠們會追雪花孵出來的小雞，而且牠們都在房子和家裡外面吃飯。」

「這樣啊，那漫伯可得花點心思訓練了。」雀鷹半微笑地說道，「我很高興他能養小狗，但很遺憾狗兒不在了，因為我想跟妳借一隻，借一、兩晚。小狗會睡在妳床上，對不對，蘑絲？」

蘑絲點點頭，依然很難過，然後表情略為開朗，抬頭，朝旁邊喵了兩聲。

雀鷹迷惘地眨眨眼，但石南了解。「喔！小貓咪！」她喊，「小灰生了四隻，結果我們還來不及阻止老黑就殺了一隻，但這裡還有兩三隻，現在小狗不在了，牠們每天晚上都跟阿姨還有必弟睡。咪咪！咪咪！咪咪！你們在哪，咪咪，咪咪？」漆黑內室傳出許多嘈雜、慌亂聲響，以及刺耳貓叫聲後，石南再度出現，手中抓著一隻不斷掙扎尖叫的小灰貓。「這裡有一隻！」她大喊，將小貓丟給雀鷹。雀鷹笨拙地抓住，貓咪立刻咬了他一口。

「乖乖，乖乖。」雀鷹告訴小貓，「冷靜。」貓咪發出一陣如雷聲般隆隆作響的細小怒吼，想再咬一口。蘑絲比了個手勢，雀鷹將小貓放在蘑絲膝頭。她以遲緩沈重的手撫摸小貓，小貓立刻攤成一片，伸個懶腰，抬頭看看她，發出呼嚕嚕聲。

「我能借去一陣子嗎？」

老女巫從貓咪身上尊貴地抬起手，明顯表示：這是你的了，不用客氣。

「因為赤楊大爺會做噩夢，我想晚上有隻動物陪他，可能有助於舒緩問題。」

蘑絲嚴肅地點點頭，抬頭看著赤楊，並將一隻手滑入小貓身下，遞出小貓。赤楊僵硬地接過小貓。牠沒怒吼或抓咬，而是直接跑上赤楊手臂，窩入赤楊頸邊，藏在後頸鬆鬆綁起的髮束下。

兩人走回老法師之屋，小貓窩在赤楊的襯衫裡。雀鷹解釋：「我剛開始接觸法藝時，有一次有人請我醫治患了紅熱的小孩。我知道那男孩已在彌留，但就是無法放手。我試著跟隨，好把男孩帶回來，從石牆那端……所以，我留在這裡的軀體癱軟在床邊，也像死了一般。那裡有名女巫猜到發生什麼事，把我帶回屋裡，放在床上。在家中，我有一隻小動物，在我還是男孩時，在柔克上與我為友，原本野生，後來自願前來找我，待在我身旁。一隻甌塔客。你知道這種動物嗎？我想北方沒有。」

赤楊遲疑一會兒說：「我只知道行誼裡曾說……說法師到了甌司可島上的鐵若能宮，甌塔客試著警告法師，有個尸偶尾隨他身旁。他掙脫尸偶的掌控，但那小動物被尸偶抓到、殺死。」

雀鷹走了二十幾步，沒有說話。「沒錯，就是這樣。我自己的愚蠢讓我困在牆的另一邊，軀體躺在這裡，靈魂迷失在那裡時，甌塔客也救了我的命。牠來到我身邊，舔洗我，就像舔洗自己與幼子一樣。牠像貓一樣，乾乾的舌頭很有耐心地碰觸我，用碰觸將我帶回，將我帶回肉體。那隻動物賜給我的禮物不只是生命，更是一件與我在柔克修習同等重要的知識……但你能懂嗎，我那時忘卻了所有修習過的事物。

「我將之稱為知識，但也是一個迷團。我們與動物有何差異？語言嗎？所有動物都有溝通的方式，會說『來』、『小心』，還有很多事情，但不會說故事，不會說謊。我們會……

「但龍會說話。龍說真語，說創生語，其中沒有謊言，若說故事，便是令其成真！我們卻將龍稱為動物……

「所以，也許差別不在語言。也許是因動物不會為善或為惡，依照天性而行。我們或許將動物作為視為有害或有益，但善與惡屬於我們，因為人類能選擇自身行為。龍很危險，沒錯；龍會危害，沒錯，但並不邪惡。龍就像動物一樣，及不上我們的道德標準——如果真要這麼說。也可能是超越了我們的標準。龍與我們的道德無關。

「我們必須一再選擇。我正在想，女巫經常得有個伴侶，有隻馴獸。我阿姨有隻從來不吠的老狗，她叫牠『前行』；我第一次去柔克島時，大法師倪摩爾有隻烏鴉，形影不離；而我想到一位年輕女子，她總是帶著一隻龍蜥蜴，赫瑞蜥，作為手環。最後，我想到我的甌塔客。我想，如果赤楊需要碰觸的溫暖，以留在牆這邊，那動物為何不可？動物看得到生命，而非死亡，也許一隻狗或貓會跟柔克師傅一樣行……」

果真如此。小貓咪顯然很高興遠離一家子狗、公貓、公雞，還有難以預料的石南，很努力展現自己是隻可靠又勤勉的貓咪，牠在家中巡邏，好抓老鼠。赤楊允許時，牠窩在他肩頭，藏在他頭髮下，他一躺下，牠便立刻呼嚕嚕地窩在他下巴底，準備入睡。赤楊徹夜沈睡，沒有任何能憶起的夢境，醒來時發現貓咪坐在胸口，恬靜地洗著耳朵。

然而，雀鷹試圖辨別小貓性別時，牠又吼又掙扎。「好吧，隨你高興。」雀鷹說，快速將手抽離危險範圍。「赤楊，牠要不是公的，就是母的，這點我很確定。」「反正我不會幫小貓起名字。」赤楊說道，「小貓像燭光，說滅就滅。如果命了名，到時會更哀慟。」

那天在赤楊建議下，兩人修補圍牆。走在山羊牧地的柵欄邊，雀鷹在裡，赤楊在外，只要發現有塊欄板顯現腐爛徵兆，或是綁繩扯鬆的跡象，赤楊便會將手滑過

木板，用大拇指壓著，用手扯著、順著、緊握，從喉頭及胸口發出一連串半清晰的唸誦，神情放鬆而專注。

雀鷹觀看著，一度喃喃自語：「我以前居然會將這些視為理所當然！」

沈浸在工作中的赤楊沒有詢問雀鷹意指什麼。

「好了，」赤楊說，「這樣就牢了。」兩人繼續，後面緊緊尾隨兩頭好奇的山羊，對著修補好的柵欄又頂又撞，彷彿想測試是否牢固。

「我在想，」雀鷹說，「你可能該去黑弗諾。」

赤楊驚慌地看著雀鷹。「啊，我以為，或許，如果現在有辦法可以遠離……那地方……我可以回家，回道恩島。」一面說，一面對自己的話語喪失信心。

「你可以這麼做，但我想這方法不聰明。」

赤楊很不情願地說：「要一隻小貓保衛一個人免受死者大軍的攻擊，是很高的要求。」

「是的。」

「但是我……我在黑弗諾該做什麼呢？」接著，他突然帶著希望：「您願跟我一道去嗎？」

雀鷹搖了搖頭。「我留在這裡。」

「可是，形意師傅……」

「他要你來找我，而我要你去找個該聽聽你的故事，並找出其中含意的人……我必須說，赤楊，我認為形意師傅心中仍認為我還是當年的我。他相信我只是躲在弓忒森林中，仍會在最危急時再度出現。」老人低頭，看著汗漬斑斑，修修補補的衣裝，灰濛濛的鞋，笑道：「神采飛揚地出現。」

「咩——」身後黃羊說道。

「但即便如此，赤楊，師傅要你來是對的，因為，如果她沒去黑弗諾，她會在這裡。」

「恬娜夫人？」

「哈瑪．弓登——形意師傅自己便如此稱呼她。」雀鷹說，隔著柵欄盯視赤楊，眼神深不可測，「弓忒島上的女人，弓忒女子，恬哈弩。」

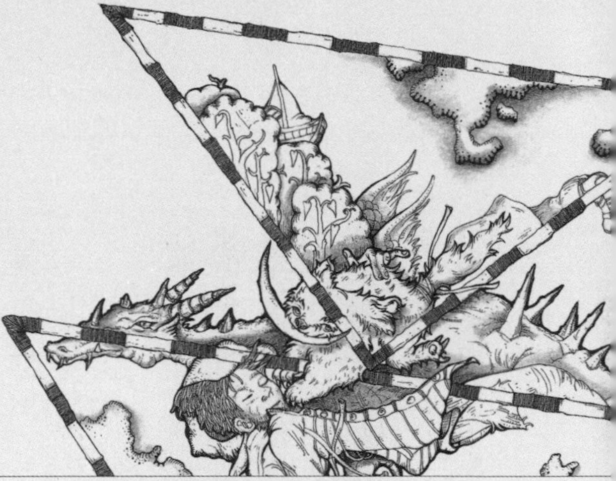

【第二章】

王宮
Palaces

赤楊到碼頭時，「遠翔」依然停在港邊裝載木材，但他知道自己早已成為那艘船的黑名單。他走向泊在一旁的破舊沿岸貿易船「美玫瑰」號。

雀鷹給了赤楊通行信，上有王的簽名，以和平符文封緘。「這是黎白南送來，讓我改變主意時用的。」老人說道哼了一聲，「對你會有用處。」船長要船務長誦讀信件，聽後態度變得畢恭畢敬，為狹窄艙房與漫長航程致歉。「美玫瑰」的確要前往黑弗諾，但因經營沿岸貿易而停靠各港口，交易物品，可能須花上一個月才會繞過大島東南岸，抵達王城。

赤楊表示不在意——這段航程雖令人畏懼，但他更害怕終點。

從新月到半月的海上旅程是段寧靜時光。小灰貓是耐勞的乘客，每天忙著在船上抓老鼠，但晚上都會忠心地窩在赤楊下巴或他伸手可及之處。這一小團溫暖生命便能讓他遠離石牆與隔牆呼喚的聲音，他不斷感到詫異。其實並非完全隔絕，並非能完全遺忘，鬼魅還在彼端，只隔著夜晚睡眠的薄紗，或白晝光芒。暖夜裡，睡在甲板上時，赤楊經常睜眼看著星辰隨著停泊船隻搖晃、擺盪，眼光隨之跨越天際，落在西方旅程。他雖仍受鬼魅逼迫，但這夏日半月以來，沿著坎渤、巴尼斯克島，以及大島海岸航行時，已能轉身背向鬼魅。

好幾天來，小貓都在獵捕一隻幾乎跟自己一樣大的老鼠。看著小貓驕傲辛勞地

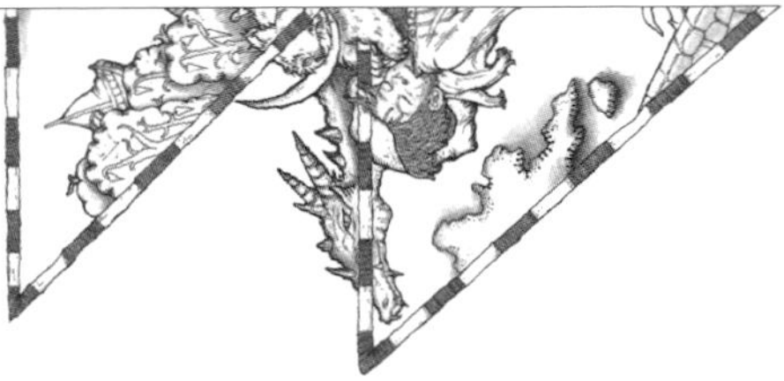

將屍體拖過甲板，一名水手將小貓命名為「小拖」。赤楊接受這名字。

航過伊拔諾海峽，穿越黑弗諾海灣的峽門，越過金光閃爍的海面，世界中心城市的白塔從遙遠迷茫中一點一滴顯現。船隻駛入港口時，赤楊站在船首，在最高塔頂看到一閃銀光——是厄瑞亞拜之劍。

如今赤楊希望自己能留在船上繼續航行，不用上岸，進入大城，穿梭在大人物間，帶著要呈交給王的信件。赤楊知道自己不是適當的信差，如此重擔為何加諸身上？如他這般對偉大事物及深奧法藝皆一無所知的村野術士怎麼會中選，航行過一塊又一塊大陸，從參見法師到參見國王，從生界進入冥界？

早先，赤楊向雀鷹表達近似心聲：「這一切超乎我所能理解。」老人看著赤楊一晌，以真名稱道：「哈芮，世界遼闊無奇不有，但永遠無法超過心智的遼闊及奇異。有時想想這句話。」

城市後方，天色因內陸一場暴雨而轉陰暗紫黑，更映襯高塔白得刺眼，海鷗翱翔於上，宛如飛飄星火。

「美玫瑰」下錨，搭上橋板。赤楊背著包袱下船，水手祝他好運。拾起原本用來裝母雞而覆蓋著的提籃，小拖耐心蹲在提籃中，赤楊上了岸。

街道複雜擁擠，通往王宮的大路卻十分醒目。赤楊不知所措，只能走到王宮，說他帶有一封雀鷹大法師寫給王的信。

說了一遍又一遍。

一個又一個衛兵，一名又一名官員，從王宮外的寬廣階梯到高挑側廳，到手把鍍金的扶梯，到牆上掛滿織錦的內廳辦公室；走過磁磚地、大理石地、橡木地板，經過花格鑲嵌、梁木交錯、飛簷斗拱、彩繪斑爛的各式天花板，赤楊不斷複誦法寶，不願交出信件：「我受命於前任大法師雀鷹，帶信給王。」疑神疑鬼、略帶無禮、假意示好、虛與委蛇、意圖阻礙的守衛、領賓員、朝臣官員，成群結隊不斷聚集在他身旁，跟隨或阻擋他進入王宮的緩慢路程。

突如其來，所有人消失無蹤。一道門打開，又在身後闔上。

赤楊獨自站在安靜房內，一扇寬廣窗戶面向西北方屋頂。烏雲離去，歐恩山的寬廣灰白山峰漂浮在遙遠山巒之上。

又一扇門開啟。一名男子走入，全身黑衣，約與赤楊同齡，行動迅捷，五官英俊、剛毅，臉龐如銅像光滑無瑕。男子直直朝赤楊走來：「赤楊大人，我是黎白南。」

黎白南伸出右手，依伊亞島與英拉德島上的習俗，與赤楊掌心相觸。赤楊反射地回應了熟知手勢，而後才想起應該屈膝或至少鞠躬，但似乎已來不及這麼做。他

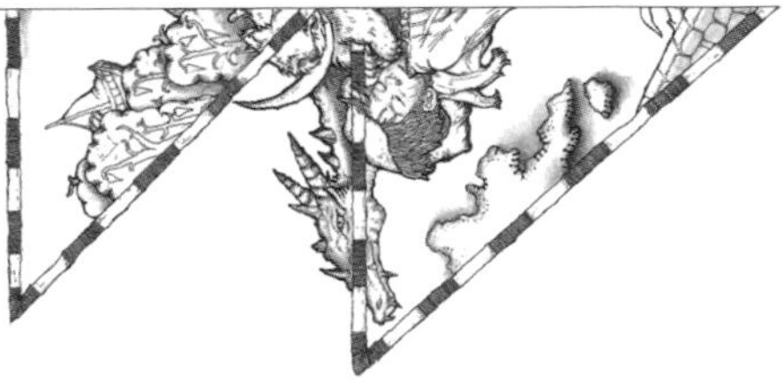

站著，呆若木雞。

「你是從吾主雀鷹那裡來的？雀鷹大人如何？是否一切安好？」

「是的，陛下。大人要我呈送給您……」赤楊連忙掏出外套裡的信件——他原本打算等到讓人引進有王端坐寶座上的大殿內，才屈膝呈上——「這封信，陛下。」盯視的眼神機警、文雅，同雀鷹般無與倫比地敏銳，但更善於隱藏心思。王接過赤楊呈交的信件，儀節完美無瑕。「捎來法師任何言詞的人，我都誠心感謝、歡迎。請容我怠慢片刻。」

赤楊終於想起該鞠躬。王走到窗邊閱讀信件。

黎白南至少讀了兩次，然後將信重新摺起，神情一如先前難以臆測。他走到門邊，對門外說兩句話，又回到赤楊身邊。「請，」王說道，「請跟我同坐。他們會拿些吃的來。我知道你整個下午都在宮中，若門口守衛隊長有點頭腦，想到送個訊，就可以省了你好些工夫，免於翻爬橫渡堆在我身邊的這些城牆與壕溝……你住在吾主雀鷹家裡嗎？位於懸崖邊緣的家中嗎？」

「是的。」

「我羨慕你。我從未去過那兒。自從半輩子前我們在柔克分別後，就再也沒見過。大人不讓我去弓忒找他。」黎白南微笑，彷彿所說的一切無足輕重。「我的王國是大人賦予的。」

黎白南一面坐下，一面對赤楊點點頭，示意赤楊在小桌對面的椅上就坐。赤楊看著以象牙和銀鑲嵌裝飾的桌面，鏤刻著山梨樹的花葉纏繞細緻長劍的圖紋。

「航程是否順利？」王問，順便趁僕人端上冷肉、燻鱒、生菜、乳酪時閒話家常。他開懷大嚼，好讓赤楊自在進食，並一邊在水晶杯中注入色澤極淡、有如黃玉的酒漿。他舉杯：「敬吾主及摯友。」

赤楊喃喃道：「敬他。」然後飲酒。

王談及幾年前造訪道恩島之事——赤楊記得王在梅翁尼引起的騷動；王也談到某些目前在城內、為宮廷演奏的道恩樂師，包括豎琴手與歌手，赤楊可能認識其中數位，王提起的名字的確頗為耳熟。王善於讓客人放鬆自在，食物與酒釀自然也功勞不小。

兩人進食完畢，王為各人又注入半杯酒，說：「這封信主要與你有關。你先前知道嗎？」語調和先前閒話家常時並無二樣，赤楊一時反應不來。

「不知道。」赤楊應道。

「或許知道信的內容與什麼有關？」

「也許是我的夢。」赤楊說，聲音低微，低頭看地。

王端詳赤楊片刻，眼神不讓人反感，但比大多數人更為直率坦然。他拿起信，遞給赤楊。

「陛下，我識字不多。」

黎白南毫不訝異——有些術士會閱讀，有些不會；但他顯然十分後悔讓客人感到低人一等，金銅皮膚剎時暗紅，說：「對不起，赤楊。我能為你唸誦這封信嗎？」

「請唸，陛下。」赤楊說。王的尷尬讓赤楊一瞬間自覺與國王平輩，而首次自然熱切地答話。

黎白南瀏覽過開頭敬語與信中數行內容後大聲誦道：

「『將此信帶給你的，是道恩島的赤楊，他在夢中非自願地受呼喚到你我二人曾一同跨越之地。他會告訴你，在痛苦逝去之所中的一切痛苦，與不變之處中發生的變化。我們關上了喀布打開的門，如今，或許牆本身即將崩塌。赤楊去過柔克，只有阿茲弗聽進他的話，我想陛下會依智慧及需求的指引，聆聽並行動。赤楊將代我致上對陛下終生的尊崇及服從，亦對恬娜致上我終生的尊崇與惦念，並帶個口信給我摯愛女兒恬哈弩。』大人最後以道恩島符文簽名。」黎白南將視線自信紙移開，直視赤楊，擒住赤楊目光。「將你的夢境告訴我。」黎白南道。

赤楊於是再次述說自己的故事。

故事簡短，卻不甚流暢。雖然赤楊對雀鷹亦充滿敬畏，但前大法師從外表、衣著到生活方式，都像個老村民或農夫，與赤楊同類，平起平坐，如此儉樸滅卻了赤楊表面的羞怯；但無論黎白南表現得多和善、有禮，看來依然像王、舉止如王，而他正是王，赤楊感到難以跨越的距離。赤楊盡快說完，安心停語。

黎白南問了幾個問題：百合和塘鵝各碰了赤楊一次，之後便再未碰觸？而塘鵝的碰觸有灼燒感？

赤楊伸出手。在一個月來曬黑的膚色下，印記幾乎完全消失。

「如果靠得更近，牆邊的人可能會碰觸我。」赤楊道。

「但你離得很遠？」

「我是這麼做。」

「而你在人間不認得那些人？」

「有時，我想自己或許識得其中一、兩個。」

「但令夫人未再出現？」

「陛下，那兒人數眾多。有時我覺得我妻在那裡，但看不到。」

談論此事又讓它貼近，過於貼近了。赤楊感覺恐懼再度湧上心頭，覺得房內四壁可能會消逝，夜空及漂浮的冠形山頂如帘幕般拉起消失，留他一人站在一向佇立

之處，在石牆旁的黑暗山坡上。

「赤楊。」

赤楊抬頭，心神震盪，頭暈目眩。房間似乎無比光亮，王的臉龐剛強而鮮明。

「你願意留在王宮裡吧？」

這是個邀請，但赤楊只能點點頭，像命令般接受。

「很好。我明天會安排讓你將訊息轉交恬哈弩女士。女士會希望與你談話。」

赤楊鞠躬。黎白南轉身離去。

「陛下……」

黎白南轉過身。

「我能將貓留在身邊嗎？」

毫無微笑，但不帶嘲諷。「當然可以。」

「陛下，我衷心遺憾帶來了讓您煩憂的消息。」

「派你前來的人所送的任何詞句對我來說都是恩典，使者亦然。而且，我寧願從誠實之人口中聽到惡訊，也不願從諂媚阿諛之徒口中聽到謊言。」黎白南道，赤楊從這些字句聽到家鄉島嶼的真正腔調，而略微開朗。

王一離開房間，立刻有人從赤楊進入的門口探頭入房：「先生，請隨我來，讓我帶您到房間。」來者年長，儀態尊貴，衣飾精美，赤楊跟在身後，完全不知是名貴族還是僕人，因而不敢詢問小拖的事。進入與王會面的房間之前，官員、守衛與領賓員非常堅持要赤楊把籃子留給他們看管。之前已經有十到十五個官員懷疑地斜瞄，不滿地查驗，他也解釋了十或十五次，會把貓帶著，是因為城裡沒有寄放處。赤楊必須將籃子放在很遠的側廳，一路走來都沒看到那房間，如今更不可能找到，這已是半座王宮之外，滿是走廊、大廳、通道、門扇……

嚮導對赤楊鞠躬，留他一人在窄小美麗的房間，這裡掛滿織錦，鋪滿地毯；有張椅子，座位上有刺繡；一扇窗戶面對港口；一張桌，上面有籃夏季鮮果，有壺水。甚至有只雞禽用的籃子。

赤楊打開籃子。小拖悠閒現身，顯示出對王宮的熟悉。貓伸個懶腰，嗅嗅赤楊手指當作招呼，開始在房間四處檢視。小拖發現幕簾遮擋的凹室，裡面有張床，便立即跳上床鋪。門上傳來謹慎的敲門聲，一名年輕人端著又大、又平、又重的無蓋木盒進入，對赤楊鞠躬，低聲道：「先生，貓砂。」將盒子放置在凹室中靠牆角落，再度鞠躬，離去。

「跟你說啊……」赤楊說著坐倒床上，不慣於與小貓說話。兩者關係是沈默、信任的碰觸，但赤楊覺得必須說說話：「我今天見到王了。」

在能上床休息前，有太多人等著與王會談，其中最重要的便是卡耳格至尊王的使節。他們已達成前來黑弗諾的任務，準備辭行，任務結果雖令他們滿意，卻非黎白南所樂見。

黎白南原本很期待卡耳格使節造訪，因為此舉象徵多年來耐心示好、邀請及協商，終於開花結果。他即位的頭十年間與卡耳格人的關係毫無建樹，因阿瓦巴斯的神王拒絕締約與貿易提議，不等使者發言即遣回，聲稱神絕不與邪惡的凡人談和，尤其是該死的術士一族。但在神王一貫的神聖帝國宣言之後，並未出現他藉以威脅的大批艦隊，滿載了盔羽蔽天的軍士來征服不崇拜真神的西方諸島，連長久以來侵擾群島王國東方小島的海盜劫掠行徑也逐漸消失。海盜成為走私商，從卡瑞構島偷渡違禁品，與群嶼人民交換鐵器、鋼鐵與銅器，因為卡耳格大陸缺乏礦藏及金屬資源。

於是，從這些非法商人口中，首先傳出至尊王的崛起。

卡耳格大陸中，極東的廣大貧窮島嶼胡珥胡上，藩王索爾宣稱自己是胡龐索瑞格家系及烏羅大神的後裔，自稱胡珥胡至尊王。之後，索爾征服珥尼尼島，帶著以胡珥胡和珥尼尼島人民組成的艦隊及大軍，宣告統治富有的中央島嶼卡瑞構。戰士朝首都阿瓦巴斯逼近，城中人民群起反抗神王暴政，屠殺高等祭司，將官員自神廟逐出，大開城門，街上旌旗飄揚，人民歌舞，迎入索爾王，繼承索瑞格家系王座。

神王帶著餘黨與祭司長逃到峨團陵墓。沙漠中，在因地震而坍塌的累世無名者神殿旁的神廟裡，一名閹人祭司割斷神王的咽喉。

索爾宣布自己為卡耳格四島至高無上的至尊王。黎白南一聽說，便派遣使者前去向友邦之君致意，表達群島王國的善意。

此後五年，外交過程艱困繁瑣。索爾脾氣暴戾，王位岌岌可危。神權政治的崩塌令索爾對國家的掌控充滿變數，權力統整也遭質疑，藩王不斷崛起，必須靠收買或武力強迫藩王服從。各派宗教信徒從神殿及洞穴中湧出並大聲疾呼：「強者必敗！」預言地震、海嘯、瘟疫將降在弒神罪人身上。境內動盪不安、國土分裂，索爾自然無法信任富強的群島民族。

群島之王再怎麼表達善意、揮舞和平之環，對索爾皆毫無意義。卡耳格人不也有權擁有那只環嗎？那環出現在遠古時的西方，但很久以前，源出胡龐索瑞格家系的王從厄瑞亞拜手上接下禮物，象徵卡耳格與赫族友誼。環消失後只餘戰爭，友誼無存，但鷹法師找到環，偷回，還帶走峨團陵墓第一女祭司，帶回黑弗諾。群島民族的信用由此可見一斑。

透過使者，黎白南耐心且禮貌地指出，最初，和平之環是莫瑞德送葉芙阮的禮物，是群島王國最受愛戴的王及王后珍視的信物，也非常神聖，因環上刻有非常強大的祝福法術：繫連符文。幾乎四世紀前，厄瑞亞拜將環帶去卡耳格大陸，承諾牢不可破的和平，但阿瓦巴斯祭司打破承諾，也打破了環。離今四十年前，柔克的雀鷹與峨團的恬娜癒合了環。那麼，和平呢？

黎白南帶給索爾王的所有信息，都一再強調這點。

大概一個月前，夏季長舞節過後不久，一列艦隊直直航過飛克威海峽進入伊拔諾海峽，穿過黑弗諾灣。修長船身張著紅帆，載著頭戴羽飾的戰士、袍服華貴的使節，還有幾名蒙面女子。

「讓烏羅後裔，端坐於索瑞格家系王座上的索爾至尊王之女，如索利亞之葉芙阮王后，戴和平之環於臂。此將為西方與東方諸島和平永結之象徵。」

這是至尊王給黎白南的信息，以大大的赫語符文寫在捲軸上，但呈給黎白南王前，索爾的大使在使節歡迎會上大聲朗誦信息內容。當時所有王公貴族均在場，以示對卡耳格使者的尊重。大使實際上不識赫語符文，而是依憑記憶，大聲緩慢背誦，因此或許讓內容染上最後通牒的氣息。

公主一語未發站在陪同前來黑弗諾的十名侍女或女奴間，四周還圍繞一群混亂中分配來照顧並表示尊重的宮廷仕女。公主全身籠罩薄紗（顯然是胡珥胡貴婦的習俗），鮮紅，飾以金線刺繡，從一頂扁緣寬帽或頭飾邊垂落，看來像圓滾的紅色柱體，外貌完全無法辨識，毫無動靜，完全沈默。

「至尊王索爾賦予我們極大榮耀。」黎白南清晰沈靜地說，頓了一頓。朝臣與使節等待。「公主，歡迎您到來。」黎白南對籠覆薄紗的身形說，它文風不動。

「讓公主住進河宮，並悉遵所願。」黎白南道。

河宮位於城北界，嵌入古城牆內，陽台延伸到賽倫能河細孱河面，是座美麗小城堡，由赫露女王建造，因而常稱為「女王之屋」。黎白南繼位時，下令將河宮及又名「新宮」的馬哈仁安宮重新修復裝潢，而今宮廷設在新宮中，河宮只用來舉行夏季節慶，有時作為短期數天的靜思場所。

朝臣間出現小小騷動。「女王之屋」？

與卡耳格使者寒暄數句後，黎白南離開謁見廳進入更衣室。在此，他方能享受貴為王者所能擁有的獨處時光，身邊總算只有自出生便熟識的老僕，老橡。

黎白南將金碧輝煌的捲軸往桌上重重一拍。「捕鼠器中的乳酪，」他全身顫抖，將從不離身的短刃自刀鞘抽出，筆直刺穿至尊王的信息。「鐵籤上的烤豬，像件貨物。她手臂上的環，就是我頸上的箍。」

老橡不知所措，驚慌呆視黎白南。英拉德的亞刃王子從不發脾氣。當王子還是個孩子時，可能會哭泣片刻，頂多只是一聲苦澀的啜泣，如此而已。他的訓練太完美，自我克制力太強，怒氣不可能發洩；而身為一國之君，跨越冥界以贏得國土，他變得嚴肅，但老橡以為他總是太傲，太堅強，不會發怒。

「卡耳格人絕不能利用我！」黎白南說著再次刺下短刃，臉色因怒氣而漲黑、盲目，讓老人真正畏懼而退縮。

黎白南發覺老人在旁——他總會注意到身旁的人。

他將短刃插回刀鞘，以較為平穩的聲音道：「老橡，我以真名起誓，絕不允許索爾將我當成登基的墊腳石。我會先摧毀他，以及他的王國。」黎白南深吸一口氣坐下，讓老橡將繡滿金線的沈重王袍自肩上脫下。

老橡從未吐露這一幕的隻字片語，但當然四周已傳言紛紛，討論卡耳格公主，及王將如何安排她……抑或已如何安排。

黎白南未明說接受迎娶公主的提議，但所有人都同意，她是被獻來作他妻子，對葉芙阮之環的說法，藏不住背後真正的提議、交易，或威脅。但黎白南也未表拒絕，他的回應（經過種種分析）是歡迎公主前來，讓一切遂她所願，並讓她住在河宮——女王之屋。這總該有深意吧？但話說回來，為什麼不讓公主住在新宮？為什麼住在城的另一端？

自黎白南登基，貴族仕女及英拉德、伊亞、虛里絲的古老皇族公主都前來造訪，有的留在宮中，受到王最好的款待，而隨著她們一個個嫁給貴族或富豪，王都在婚禮上與之共舞。眾所皆知，王喜歡女子陪伴與建議，很樂意與漂亮女孩調情，並邀請聰慧女子提供建議，來調侃或安慰他，但沒有女孩或女子有半點機會沾上嫁給王的謠言，而從未有人安置在河宮。

他的顧問會定期暗示：王必須有王后。

「亞刃，你真的該結婚了。」黎白南最後一次見到母親時，她如此說道。莫瑞德的子嗣，是否會沒有子嗣呢？百姓相詢。

黎白南對所有人以不同言語及不同方式說道：給我時間；我必須重建頹圮的王國。讓我建立起配得至尊王后的宮殿、我子能統治的領土。而因為黎白南廣受愛戴信任、依然年輕，雖態度莊重，卻也迷人，因而更具說服力，能逃離所有滿懷希望的少女。直到現在。

在嚴肅的紅薄紗下藏著什麼？什麼樣的人住在毫無特徵的帳棚中？分派為公主隨從的仕女飽受詢問。公主漂亮嗎？醜嗎？真的是又高又瘦？又矮又壯？如牛奶般白晰？滿臉麻子、獨眼？黃髮或黑髮？四十五歲，還是十歲？是流口水的白痴，或

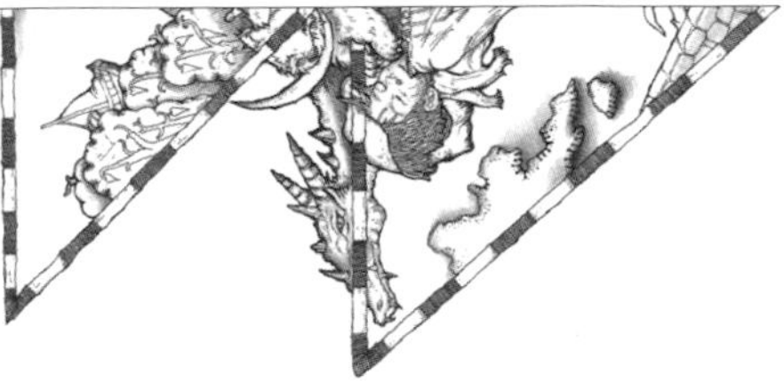

是聰明絕頂的美女？

漸漸地，流言朝一邊倒：公主很年輕，但不是孩子，頭髮非黃亦非黑，有些仕女說她還算漂亮，有人則說她很粗俗。仕女皆說公主半句赫語不會，也不願學習，躲藏在女侍之間，若不得不離開房間，則躲在薄紗帳下。國王禮貌拜訪過一次，公主未鞠躬、說話，或比出任何手勢，只是呆站。老依葉紗大人氣急敗壞地說：「簡直像磚頭煙囪！」

黎白南透過遣往卡耳格的使節與赫語說得不錯的卡耳格大使與公主交談，艱辛地表達讚美，並詢問有無願望或需求。翻譯官與女侍交談，女侍面紗較薄，較易透視。女侍圍繞在毫無動靜的紅圓柱旁一陣呢喃嗡談後，回覆翻譯官，翻譯官再告知國王：公主很滿足，沒有要求。

恬娜及恬哈弩自弓忒抵達時，公主已住了半個月。在卡耳格船艦帶來公主前不久，黎白南派遣船與信函，懇求兩人前來，原因雖與公主或索爾王毫無關連，但他一有機會與恬娜獨處，便立即冒出：「我該拿她怎麼辦？我能怎麼辦？」

「全都告訴我。」恬娜道，表情略為驚訝。

雖然這些年來，黎白南與恬娜交換過幾封書信，但兩人只相處過極短時間。黎白南還不習慣恬娜頭髮轉為灰白，且身形似乎比記憶中更為嬌小，但和恬娜在一起，他立刻感到宛如十五年前般，可以對她說任何事，而她都會了解。

「五年來，我努力建立雙方貿易管道，試著跟索爾維持良好關係，他是藩王，我不希望我的王國像馬哈仁安時代一樣夾在西方龍族與東方藩王間；更因我以和平符文治國，一向沒多大問題，直到現在，直到索爾突然送來這女孩，說如果想要和平，就把葉芙阮之環給她。妳的環，恬娜！妳與格得的環！」

恬娜遲疑片刻。「她畢竟是索爾的女兒。」

「對蠻人王而言，女兒算什麼？只是貨品、可交易的東西，以獲得某些好處。妳知道的！妳在那裡出生！」

此語一點都不像黎白南的為人，而他也察覺自己失言。他突然跪下，握住恬娜的手覆蓋自己雙眼，以示懊悔。「恬娜，對不起。這事讓我超乎常理地煩憂。我看不到該怎麼做。」

「這個嘛，只要你什麼都不做，就有點餘地……也許公主有自己的意見？」

「她怎會有意見？躲在那個紅布袋裡？她不願說話，不願看看外面，她跟帳棚柱子沒什麼兩樣。」黎白南試著笑，他被自身難以控制的憎厭嚇著，企圖為此開脫：「我剛得知從西方傳來不安的消息，就發生這件事。我是為別的事而請妳跟恬哈弩來，不是為了拿這種蠢事煩妳。」

「這不是蠢事。」恬娜道，但黎白南刻意忽略，開始談論龍。

由於來自西方的消息的確令人不安，大多時候，黎白南都成功地完全不想到公主。他很清楚，刻意忽略處理政事並非他的習慣。受制者，恆制人。兩人談話過後數天，他請恬娜拜訪公主，試著讓公主說話。畢竟，他道，兩人會說同種語言。

「可能吧，」恬娜說，「但我不認識任何胡珥胡人，在峨團，他們被稱為蠻人。」

黎白南乖乖領受教訓，但恬娜當然也實現了他的請求。不久，恬娜回覆，她跟公主會說同種語言——至少非常近似，而公主不知有其他語言存在，以為這裡所有人，包括朝臣與仕女，都是惡毒瘋子，像不會說人話的動物般吱喳吠叫、嘲弄她。就恬娜所知，公主在沙漠長大，住在胡珥胡索爾王原本的領土，被送到黑弗諾前，只在阿瓦巴斯宮待了非常短的時間。

「她很害怕。」恬娜說道。

「所以，她就躲在帳棚裡？她以為我是什麼？」

「她怎麼會知道你是什麼？」

黎白南皺起眉頭。「她多大了？」

「很年輕，但已經是女人。」

「我不能娶她，」黎白南帶著突來決心說道，「我會送她回去。」

「退回的新娘是遭受侮辱的女子。如果你送她回去，索爾可能會殺了她，以免家族蒙羞。他絕對會認為你刻意侮辱。」

狂怒的神色又出現在黎白南臉上。

恬娜阻止他爆發。「只是野蠻習俗。」她僵硬地說道。

黎白南在房內來回踱步。「很好，但我不會考慮讓那女孩成為莫瑞德王國的王后。能教她說赫語嗎？至少能說幾個字？她是否完全不受教？我會告訴索爾，赫族國王不能娶一名不會說本國語言的女子。我不在乎他高不高興，他活該受這一巴掌，還可以讓我有更多時間。」

「你會請她學赫語嗎？」

「如果她認為這都是胡言亂語，我怎麼問她事情？我去找她有何用處？我想，或許妳能與她談談。恬娜……妳一定看得出來，這是詐欺，利用那女孩，讓索爾看起來與我平等；利用環……妳帶給我們的環……當作陷阱！我甚至無法假意寬恕。我願意妥協、拖延，以維護和平，但到此為止。即便是如許欺瞞，也是污穢。妳看該怎麼跟公主說最好，我不願與她有任何瓜葛。」

於是黎白南乘著一股正義怒氣離去，之後緩緩冷卻成某種不安，似極羞恥。

卡耳格使節告知即將離開，黎白南準備了措辭小心的信息給索爾王，對公主在黑弗諾所代表的尊榮致謝，以及自己與臣民非常樂意向公主介紹王國禮儀、習俗與語言。對於環、婚娶抑或不娶一事則隻字未提。

與受夢境困擾的道恩術士談話後的傍晚，黎白南最後一次與卡耳格人會談，交付轉呈至尊王的信函。他先大聲朗誦，一如大使當初對他大聲朗誦索爾信件內容。大使滿意地聆聽：「至尊王會很高興。」

黎白南一面與使節客套，展示送給索爾的禮物，一邊百思不解地想：大使這麼輕易便接受避重就輕的回答。所有念頭都朝向一個結論：他知道我甩不掉公主了。黎白南的思緒沈默地激切回應：絕不。

黎白南詢問大使是否前往河宮向公主道別。大使茫然，彷彿受詢是否要對遞送的包裹道別。黎白南再次感到憤怒在心中湧起，看到大使表情略略改變，出現警戒、安撫的神色。他微笑，祝使節回卡耳格時一路順風，隨即離開謁見廳，回房。

一國之主平日活動多是儀式典禮，一生泰半在公眾注視下，但他因坐上懸虛數百年的王位，接下儀節蕩然的宮廷，某些事便能隨心所欲。臥房裡沒有王宮儀節，夜晚屬於自己，他向睡在隔壁休息室的老橡道聲晚安，關上門，坐在床上，感到疲累、憤怒，與奇特的孤寂。

黎白南總戴著纖細金鍊，綁縛金絲小包，裝著一顆小石子，一塊色澤暗沈、烏黑，凹凸不平的碎石。他將石子取出，握在掌心，靜坐沈思。

黎白南思索術士赤楊與其夢境，試圖讓思緒遠離一切關於卡耳格女孩的蠢事，但唯一進入腦海的是對赤楊的一陣痛苦嫉妒，因為他踏上弓忒土地，與格得談話，更與格得同住。

孤寂便是由此而生。自己尊稱吾主、最敬愛的人，不肯讓自己靠近，亦不肯靠近自己。

難道格得認為，失去巫師法力，便受黎白南看輕、鄙視？

格得的力量曾能完全控制人心與意志，所以這念頭並非全無可能，但格得對黎白南的了解應該不只於此，或者至少該有更高評價。

是否因為曾是黎白南的尊主與導師，因而無法忍受成為臣民？對那老人而言，的確可能：兩人地位如此直截了當、無可轉圜地對調。但黎白南記得非常清楚，在龍的陰影與格得統御下所有師傅面前，他在柔克圓丘對黎白南雙膝下跪，爾後站起身親吻黎白南，告訴他要盡心治理國事，喚他：「吾王，摯愛夥伴。」

「我的王國是大人賦予的。」黎白南曾對赤楊如此說道。那便是格得賦予的一刻。全然、自願。

而這也就是為何格得不肯來黑弗諾，不肯讓黎白南去請益。他已交出權柄……全然、自願，不願旁人誤解他參與政事，讓陰影遮掩黎白南的光芒。

「他已完成願行。」守門師傅如是說。

但赤楊的故事撼動格得，派赤楊前來尋黎白南，請他視情況行動。

故事的確十分奇異，而格得說牆本身或許即將倒塌一事更甚。這會是什麼意思？為什麼一個人的夢境具有如此分量？

很久以前，與大法師格得一起旅行時，在到達偕勒多前，黎白南也夢過旱域邊緣。

而在那至西島嶼，他跟隨格得進入旱域，跨越石牆，進入昏暗城市。亡者陰影站在門口，或漫行於只有恆常不動的星光點亮的街道。他隨著格得走遍冥界，疲累地到達山腳，一片只有灰塵與石塊的黑暗谷地。山只有一個名字：苦楚。

黎白南攤開掌心，低頭看著緊握的黑色小石，再度握緊。

完成前去旱域的目的後，兩人從旱溪谷爬上山，無他路回頭。踏上亡者禁行的道路，攀爬、翻越過切割、灼燒雙手的岩石，直到格得再也無法前進。他盡力背負格得繼續前行，然後兩人匍匐到達黑暗邊緣，夜晚的絕望懸崖邊。他回來了，與格得一起進入陽光，進入海浪打在生命之岸上的聲響。

已許久不曾如此鮮明地憶起那段可怕的旅程，但來自山巒的黑色小石卻一直垂掛心上。

他如今恍然，那片土地的記憶，其中的黑暗、塵土，雖轉頭不願直視，卻一直都在心裡，只略掩蔽在白日種種明亮活動作息下。他轉過頭，明知那將是他再度返回之處，卻無法忍受這事實：獨自返回、無人陪伴，永遠。眼神空洞、無語站在虛影之城的陰影下，永不能再見到陽光，或飲水，或碰觸活生生的手。

他突然站起身甩脫陰鬱念頭，將石頭放回小包，上床就寢，關燈，躺下。他立刻再度見到塵土與岩石的昏暗灰濛土地，遙遠前方連接漆黑尖銳的山峰，但在這裡是下傾斜坡，直直向下，向右，伸入全然黑暗。「那邊有什麼？」不斷前行時，他問了格得。同伴說不知道，也許沒有盡頭。

黎白南坐起身，因心思飄盪無法遏抑而憤怒驚慌，眼光尋找窗戶。窗子面北，是喜歡的景致，從黑弗諾望過層層山巒，直到高聳、灰白峰頂的歐恩山。更遠，視線之外跨越了大島與伊亞海，是英拉德島，家鄉。

躺在床上只看得見天空，夏季夜空一片澄澈，天鵝之心高掛小星辰間。他的王國。光芒、生命的王國，這裡的星辰宛如雪白花朵在東方綻放，在西方消隱。他不願去想另一片國土，在那裡星辰永不移動，在那裡手無力量，也沒有正確的方向，

因為無處可走。

躺在床上凝望星辰，他刻意將念頭拉離記憶，拉離格得，想著恬娜：她的聲音，她的碰觸。朝臣都很注重儀節，對何時、如何碰觸國王顯得小心翼翼；恬娜卻非如此，而會笑著把手放在他手上，對待他比他母親還要大膽。

玫瑰，英拉德家系的公主，兩年前因高燒去世，當時黎白南正在船上，前往英拉德島貝里拉宮與南方島嶼探訪皇族。他對母后死訊一無所知，直到回家，回到正在哀悼的城市與宅邸。

母親如今正在黑暗國土，乾旱大地上。如果他到了那兒，在街道上錯身，母親不會看他一眼，不會對他說話。

他緊握雙手，重新擺放床上軟墊，試著放鬆，讓心緒離開，想著能遠離那裡的事物。想著母親健在時她的聲音、在高挑眉毛下的深暗眼睛，以及纖細的雙手。或者想著恬娜。他知道請恬娜來黑弗諾，不僅為了有事請教，更因為恬娜是他僅存的母親。他想要這份愛，給予，也獲得。一份絕對的愛，沒有例外，沒有條件。恬娜雙眼是灰色的，並不深暗，但能以洞悉的柔情直直看透他，不受他所說或所做之事欺瞞。

他知道他完美達成別人加諸他的要求，也知道自己善於扮演王，但只有在母親和恬娜面前，對自己能不帶一絲疑惑，明瞭身為王的真實意義。

從黎白南還是少年人，還未加冕前，恬娜便已認識他，那時起便已愛著他，為了他，為了格得，也為了自己。對恬娜而言，黎白南是永不會令人失望的兒子。

但恬娜心想，他若繼續如此憤怒、不誠實地面對來自胡珥胡的可憐女孩，還是可能令人失望。

阿瓦巴斯使節最後一次謁見，恬娜也出席了。黎白南邀她，她也樂意前來。初夏來到此處，發現有卡耳格人在宮廷，恬娜原以為卡耳格人會躲避她，或至少懷疑地看著她：叛教的女祭司，跟小偷鷹法師從峨團陵墓寶庫盜走厄瑞亞拜之環，背叛祖國，帶著環逃到黑弗諾。此舉讓群島王國再度有王，卡耳格人很可能因此敵視她。

胡珥胡的索爾重新崇拜雙神與累世無名者，而恬娜摧毀最壯麗的神廟。這反叛已不僅是政治層面，也包括宗教。

但那已是很久以前，四十多年前的事，幾乎成了傳說，而政客有選擇性記憶。索爾使節乞求是否有榮幸謁見恬娜，以繁複深刻、虔誠尊敬的言詞迎接，某些部分她認為他說的是實話。大使稱呼恬娜為阿兒哈夫人、被食者、轉世者——多年來已

無人如此稱呼，再次聽到，讓恬娜頗感奇特，但聽到母語，發現自己依然能說，依然有種深刻、憂愁的滿足。

於是恬娜前來向大使及一行人道別，請大使向卡耳格至尊王保證，公主一切安好，並最後一次愉悅地看著高大清瘦的男子、他們淺淡的髮辮、裝有羽毛的頭飾，及銀環與羽毛交織的朝服盔甲。住在卡耳格大陸時，恬娜鮮少見到同族男子，陵墓中只有女子與閹人。

典禮結束後，恬娜躲入王宮花園。夏夜溫暖而騷動不斷，花朵綻放的低矮樹叢在夜風中隱隱浮動。圍牆外，城市嘈雜之聲像安靜海面的呢喃。兩名年輕朝臣在蔭道下並肩共行，恬娜不想打擾他們，便在花園另一端的噴泉與玫瑰間漫步。

黎白南又皺著眉頭離開謁見廳。是怎麼了？就恬娜所知，他以前從未反抗地位所帶來的責任。他當然知道王必須結婚，而且罕能自由選擇對象；知道不服從人民願望的王便是暴君；知道子民想要王后，想要繼承王位的後裔，但他對此毫無行動。宮廷仕女樂於與恬娜閒聊王的歷任情人，那些女子從未因身為王的愛人而喪失任何好處。黎白南在這方面的確處理得當，但不能永遠如此。索爾王提供完美合適的解決方法，為什麼他卻如此憤怒？

也許並非完美合適。這位公主是有點問題。

恬娜必須試著教會她赫語，還得找別的仕女教導公主群島民族習性及宮廷儀節——這類工作恬娜自己絕無法勝任。相較於宮廷成員的世故，她更能體會公主的無知。

黎白南拒絕或無法從公主的觀點看待整件事情，這令恬娜不滿。難道他無法想像，這對公主來說是什麼情況嗎？她從小在荒僻沙漠、藩王堡壘裡的女子寢宮長大，可能從未見過除了父親、伯叔與祭司之外的男子。突然從一成不變的貧窮與嚴苛生活中被陌生人帶離，進入漫長恐怖的海上航程，丟棄在僅知為毫無信仰、嗜血如命的怪物之中，這些人住在世界邊緣，甚至不能算是真正人類，因為他們是會變成動物及鳥類的巫師……而她得嫁給其中一人！

恬娜能夠離開族人，與西方的怪物、巫師共同生活，只因能與摯愛且信任的格得在一起，但即便如此也不輕鬆，她經常喪失勇氣。雖然黑弗諾人民表現無比歡迎，又是人群又是歡呼，還有花朵、讚美及甜美稱呼：雪白女士、和平使者、環之恬娜……即使有這一切，在很久以前的夜晚，恬娜依然縮藏在自己房裡，沈浸於悲慘，如此寂寞，無人會說她的母語，而她對群島毫無所知。一旦慶典結束，環回到應屬的位置，她便乞求格得將她帶走，格得也遵守承諾，與她一起偷偷溜到弓忒。在弓忒，身為歐吉安的養女及學生，住在老法師之屋，學習如何當群島人民，直到看到身為成年女子後想遵循的路。

恬娜帶著環來到黑弗諾時比公主更年幼，但她不像這女孩，並非毫無權力地成長。雖然第一女祭司大多僅握有儀式、形式上的權柄，但她打破所受教育的嚴酷生活法則，為囚犯及自己贏得自由時，便真正掌控自己的命運。藩王之女只能掌控瑣事，父親自立為王後，她會被稱為公主，有更華貴的衣飾、更多奴隸、宦人與珠寶，直到在婚姻中被送出去，但她不能表示任何意見。除了寢宮外，只能透過厚牆窗縫，透過層層紅薄紗，看見世界。

恬娜認為自己很幸運，她不是生長在胡珥胡般落後野蠻的島嶼，所以從未穿戴「非雅」，但也知道在傳統的鐵箍中長大是什麼情況，因而驅策自己，只要人在黑弗諾，便會盡力幫助公主。但她不打算久留。

她在花園漫步，看著噴泉在星光中閃爍，想著自己何時才能回家、如何回家。恬娜不介意宮廷繁文縟節，或許知道文明外表下其實翻滾著混沌的野心、敵意、激情、謀略、衝突。她從小便與儀式、虛偽及隱匿運作的政治共同成長，這一切都不會令她驚嚇或擔憂。她只是想家，想回到弓忒，與格得在一起，在兩人的屋子中。

她前來黑弗諾，是因黎白南邀請她與恬哈弩，還有格得——如果他願前來。但格得不肯來；而沒有她，恬哈弩也不肯來。這點倒令她害怕憂慮。難道女兒無法脫離她嗎？黎白南需要的是恬哈弩的建議，不是恬娜的，但女兒攀附自己，如同胡珥胡女孩，在黑弗諾宮裡不自在、格格不入，和公主一樣，沈默躲藏。

恬娜如今必須擔負起奶媽、教師與友伴角色，兩個害怕的女孩，不知該如何掌握力量。恬娜對世上力量毫無遐想，只想自由，回到自己所屬的家，協助格得照料花園。

她希望在家裡種植這裡的白玫瑰，花朵在夜晚是如此芬芳香甜；但高陵夏季風太大，陽光太烈，而且山羊可能會吃掉玫瑰。

恬娜終於進屋，穿過王宮東側，進入與恬哈弩共用的套房。女兒已入睡，夜已深沈。珍珠般大的火苗在小小的大理石油燈裡燃燒。高挑房間中光線柔和，層層虛影。她吹熄油燈，爬上床，很快便沈入夢鄉。

她走在狹窄高挑的石廊，手提那盞大理石油燈，昏暗的橢圓光芒喪沒在身前極深厚的黑暗中。她來到走廊上一扇門前，門後有個房間，房裡的人都背著鳥般雙翼，有些則有鳥類頭顱，如老鷹及兀鷹。他們靜止地或站或坐，沒有看她或任何事物，眼睛周圍畫著白色紅色線條，翅膀像是垂在身後的沈重黑披風。恬娜知道他們無法飛翔。他們如此哀傷、絕望，房內空氣如此污穢令她掙扎，想轉身逃脫，卻無

法移動，而在抗拒這動彈不得的感覺時驚醒。

房裡有溫暖陰影、窗外星辰、玫瑰香氣、城市中輕柔騷動，和恬哈弩沈睡的呼吸聲。

恬娜坐起身甩脫殘留夢境。那是陵墓迷宮彩繪室，四十年前，首次在那兒與格得面對面。夢境裡，牆上彩繪活了過來，只是那並非生命。那是死後未能重生的人所擁有的無盡、永恆存在，非生亦非死，是受到累世無名者詛咒的人：異教徒、西方人、術士。

人死後會重生。這是成長過程中教導的知識，確定無疑。恬娜還小時就被帶往陵墓，成為被食者阿兒哈，祭司告訴她，在過去、未來所有人中，只有她會永遠以自己的身分一世又一世重生。即使還是第一女祭司時，她也有時信，有時不信，之後更是再不相信。但她同所有卡耳格大陸人民般，都知曉死後會以另一個肉體轉生，熄滅的燈火同時於他處亮起，從婦人子宮或小魚魚卵或草芥種子，回到世間，忘卻過去生命，開始新生，生生不息。

只有遭大地、遭太古力放逐的人無法重生，例如赫族大地的黑暗術士。卡耳格人說，術士死後無法再次進入世間，卻是去一個枯燥、半存在的地方，在那裡他們有翅卻不能飛，不是鳥類亦非人類，必須毫無希望地繼續。女祭司柯琇津津有味地告訴恬娜，那些浮誇的神王敵人會遭受多可怕的命運，靈魂注定永遠自光明世界遭放逐！

但格得曾描述死後世界，族人去的地方，那片毫無改變，僅有冰冷灰塵與陰影的大地……難道就較不枯燥，較不可怕？

無解的問題迴盪在她腦海：難道她因為再也不是卡耳格人，因為背叛聖地，死後就必須去旱域嗎？格得必須去那裡嗎？在那裡，兩人是否會毫不在意地擦身而過？不可能。但如果格得必須去那裡，而她會重生，那麼兩人便會永遠分離？

恬娜不願想這些。遺棄一切多年後再度夢到彩繪室，原因很明顯：當然是因為見到大使，再度說卡耳格語。但她依然不安地躺著，因夢境而緊繃。她不想回到年輕時的夢魘，而想回到高陵上的房子，躺在格得身旁，聽恬哈弩沈睡的呼吸聲。格得睡時像石頭沈靜不動，但火傷了恬哈弩的喉嚨，呼吸聲總帶一點沙啞，恬娜夜夜年年聆聽、尋找。那親愛的聲音、微微沙啞的呼吸，才是生命，歸返的生命。

恬娜聆聽，終於再度入睡，如果做了夢，夢境也是天空，晨光，在天際移動。

赤楊很早便醒過來，小同伴一整晚都很不安，他也是。他很高興能起床，走到窗前，睡眼惺忪地坐著，看著光線降臨在港口上方的天空，出海漁船與船艦大帆聳

立在低壓大灣的迷霧中，聽城市傳來一日揭幕的紛紛擾擾。正當他想自己是否應該進入錯綜複雜的王宮，好了解該做些什麼事時，傳來了敲門聲。男子端入新鮮水果與麵包、牛奶，還有一小碗給貓咪的肉。「第五小時宣報時，我會來引導您前去晉見國王。」男子嚴肅地告知，然後較輕鬆地說，如果赤楊想散散步，該如何到王宮花園。

赤楊當然知道從子夜到中午是六個小時，中午到子夜也是六個小時，但從未聽過有人宣報時間，正自納悶。

後來才明白，在黑弗諾，有四名喇叭手會站在王宮中至高尖塔的陽臺，塔上冠著纖細的英雄寶劍。午前第四與第五小時，還有中午及午後的第一、第二與第三小時，四人分向東、西、南、北，齊奏喇叭。如此一來，王宮朝臣、城中商人與船家能以此安排作息，在約定時間會見。赤楊在花園中散步時遇見的小男孩解釋了一切。男孩矮小消瘦，穿著過長外衣。他解釋，喇叭手之所以知道該何時吹奏，是因塔中有很大的沙鐘，還有從塔頂高處懸掛而下的阿斯鐘擺，只要在一小時開始前擺動，便會在另一小時開始時停止。男孩還告訴赤楊，喇叭手吹奏的曲調是馬哈仁安王從偕勒多返回時寫成的〈厄瑞亞拜輓歌〉，每小時吹奏不同樂章，只在中午吹奏整首；若希望在某時確實抵達某處，就該注意陽臺，因喇叭手會提早幾分鐘出現；

而若陽光燦爛，他們會舉起閃閃發光的銀色喇叭。男孩名叫羅迪，父親是阿爾克島的麥塔瑪領主，兩人前來黑弗諾一年，在王宮上學，九歲，很想念媽媽與姊姊。

赤楊及時回到房間會見嚮導，心情較為放鬆。與男孩的一席談提醒他，貴族之子也是小孩，而貴族也只是人，須害怕的不是人。

嚮導帶領赤楊穿過王宮走廊進入狹長明亮的房間，一面牆上開著許多窗戶，面向黑弗諾高塔，以及橫越運河、街道，躍過屋頂、陽台，外型變化萬千的橋梁。他一面瀏覽景色，一面遲疑地站在門口，不知是否該走向房間另一端的人群。

國王看到赤楊，走過來和善問好，將他帶領到其他人面前，一一介紹。

有名大約五十歲的女子，體型嬌小，皮膚白皙，頭髮斑白，有著大大灰眸。恬娜，環之恬娜，國王微笑說道。她直視赤楊雙眼，恬靜問好。

有名男子約與王同齡，身著絲絨及輕薄麻布，皮帶、頸項上掛飾珠寶，耳垂穿著大紅寶石。船長托斯拉，國王說。托斯拉臉龐如陳年橡木黝黑，神色敏銳剛毅。

有名中年男子，衣著簡單，表情平穩，讓赤楊覺得可以信賴。是黑弗諾家系的賽智親王。

有名男子約四十餘歲，手握等身長的木巫杖，赤楊一看便知是出自柔克學院的巫師。男子臉龐飽經風霜，雙手細緻，舉止疏遠但有禮。黑曜大人，國王道。

還有名女孩，赤楊以為是僕人，因她衣著十分樸素，遠離人群，半轉過身，彷彿正看著窗外。黎白南將女孩領前，他看到女孩的美麗黑髮如流泉濃密、光滑。

「弓忒之恬哈弩。」國王道，語調響亮如發出挑戰。

女孩直視赤楊片刻。她很年輕，左臉如銅玫瑰光滑，挑揚眉毛下，是深黑的明亮眼眸。右半側臉則遭火毀傷，有粗糙乾厚的疤痕，少一隻眼，右手宛如烏鴉彎曲利爪。

女孩像其他人般，依照伊亞及英拉德島習俗向赤楊伸出手，但伸了左手。赤楊將手與女孩掌心對掌心相碰。她的手極滾燙，如高燒般。他再度看看赤楊，獨眼露出驚訝一瞥，明亮、疑問、猛銳。然後再度低下頭，退後一步，彷彿不願成為他們的一員，不願身處於此。

「赤楊大人帶來令尊弓忒之鷹的口信。」國王看到信差無言站立時，如此說道。

恬哈弩沒抬頭。光滑黑髮幾乎完全遮掩被侵毀的臉龐。

「女士，」赤楊口乾舌燥，聲音沙啞地說，「大人要我問妳兩個問題。」他停了停，舔濕嘴唇，喘息片刻，有那麼驚慌的一瞬間忘記該說些什麼，但暫停變成等待的沈默。

恬哈弩以更沙啞的聲音說：「問吧。」

「大人說，要先問：**誰會去到旱域？**我告別時，他又說：『再問我女兒：**龍會飛越石牆嗎？**』」

恬哈弩點頭表示明白，再度略微退後，彷彿要將謎語一同帶離眾人。

「旱域，」國王說，「還有龍族……」

機敏的目光一一撫過眾人臉龐。

「來吧，」王說道，「讓我們坐下共議。」

「或許我們能在花園討論？」嬌小的灰眸女子恬娜提議，王立即同意。行走間赤楊聽到恬娜說：「一整天待在室內讓她覺得辛苦。她想要天空。」

園丁為眾人搬來椅子，放在池塘邊老柳樹下。恬哈弩站在池邊，垂首望著碧綠池水，幾尾銀鯉懶洋洋游著。顯然她欲思索父親的訊息，而非談論，但她能聽到眾人所說。

所有人坐定，國王要赤楊從頭訴說故事。眾人聆聽，散發出同情的沈默，他毫無拘束、不疾不徐地敘述。結束後眾人仍靜默片刻，巫師黑曜問：「你昨晚做夢嗎？」

赤楊說，沒有想得起來的夢境。

「我有。」黑曜說，「我夢到在柔克學院曾是家師的召喚師傅。有人說他死了兩次，因為他越過牆，從那片大地回來過。」

「我夢見無法重生的靈魂。」恬娜低語。

賽智親王說：「整夜，我以為聽到街道上的聲音，孩提時識得的聲音像過去那般呼喚，但我一傾聽，又只是守夜人或酒醉水手在喊叫。」

「我從不做夢。」托斯拉說。

「我沒夢到那片大地，」國王道，「我記得，而我無法停止回憶。」

王望向沈默女子恬哈弩，但她只是低頭望著池子，沒有說話。

再無人發話。赤楊忍不住道：「如果是我帶來這場瘟疫，你們必須將我送走！」

巫師黑曜下定論，但語氣並不傲慢專制：「如果柔克將你送往弓忒，而弓忒將你送來黑弗諾，那你就該在黑弗諾。」

「三個臭皮匠。」托斯拉嘲諷地說。

黎白南道：「先把夢境擺一邊。客人需要知道他抵達前我們所關切的問題……亦即今年夏初我為何請求恬娜及恬哈弩前來，並將托斯拉自航行途中召回共同商議。托斯拉，請你告訴赤楊整件事的經過好嗎？」

黝黑臉龐的男子點點頭，耳上紅寶如鮮血閃耀。

「與龍有關。」男子說，「近幾年，龍進入西陲的烏里及烏西翟洛島，低飛越過農場及村莊，以利爪抓著房子屋頂，撼動房舍，驚嚇人民。龍已兩度於收穫時節前往托林峽，吐火燃燒田野，焚燒梗堆，讓屋頂茅草著火。牠們並未攻擊人類，但有人死於火災。牠們也不像黑暗年代時攻擊島上領主宅邸，尋求珠寶，而只攻擊村莊及農田。另一名往南到西姆利交易穀類的商人也帶來同樣消息：收割時，龍族前來焚燒莊稼。

「去年冬天在偕梅島，兩頭龍住在安丹登火山頂上。」

「啊。」黑曜出聲，看到國王詢問地一瞥，隨即解釋：「帕恩的塞波巫師告訴我，那座山對龍族而言是非常神聖的地方，古時候龍會去飲用大地之火。」

「總之，龍回來了。」托斯拉說，「而且下山侵擾當地居民視為財富的牛羊，不傷牲畜，只是驚嚇，使牲畜四處竄逃。那裡的人說，那些龍年輕，又黑又瘦，吐不出多少火。

「在帕恩，如今有龍住在島上北端，山上一片沒有農莊的荒僻野地。獵人以往會去獵捕高山山羊、抓鷹隼來馴服，但他們都被龍趕跑，如今沒人敢靠近山邊。也許帕恩巫師知道這件事？」

黑曜點點頭。「他說，有人看到山頭間有龍群像野雁飛越。」

「而帕恩、偕梅與黑弗諾島中間，僅相隔帕恩海。」賽智親王說道。

赤楊正想著，從偕梅到故鄉道恩島不到百哩遠。

「托斯拉駛『燕鷗』號航往龍居諸嶼。」國王道。

「我還來不及看到最靠東的那些島嶼，就有一群龍朝我飛來。」托斯拉帶著剛硬的笑容說，「像對牛羊般侵擾我，俯衝下來燃燒船帆，直到我逃回出發地。但這也不是第一次。」

黑曜點點頭，「只有龍主曾航至龍居諸嶼。」

「我去過。」國王突然露出明朗、孩子氣的微笑，「但我跟龍主同行……我一直在想這件事。我與大法師在西陲尋找還魂術師喀布時，曾經過比西姆利還遠的節西濟，看到燃燒的田野。而在龍居諸嶼，我們看到龍像得狂犬病的動物般彼此廝殺。」

半晌後，賽智親王問：「也許有些龍未從那段邪惡時期造成的瘋狂中恢復？」

「都十五年了，」黑曜道，「但龍的壽命很長，也許時間流逝對牠們而言不同於我們。」

赤楊發覺巫師說話時，瞥向站在池邊遠離所有人的恬哈弩。

「但開始攻擊人類，是最近一、兩年的事。」親王說道。

「龍可沒這麼做。」托斯拉說，「如果龍想摧毀農場或村莊居民，誰阻止得了？牠們是在攻擊人民的生計，莊稼、稻草、農場、牛隻，是在說：『給我走……離開西方！』」

「但為什麼以火焰與引發紛亂的方式說出呢？」巫師質疑，「龍會說話！會說創生語！莫瑞德與厄瑞亞拜都曾與龍族交談，大法師也曾交談。」

「我們在龍居諸嶼看到的龍，」王說，「已喪失言語。喀布在世界造成的裂痕，從人與龍吸取力量。只有巨龍歐姆安霸前來找尋我們，與大法師交談，叫他去偕勒多……」王停語片刻，眼神遙遠，「即便是歐姆安霸，在死之前語言亦遭剝奪。」王再度轉過頭，臉上閃著奇異光芒。「歐姆安霸為我們而死，為我們打開進入黑暗之地的道路。」

眾人皆安靜片刻。恬娜恬靜的聲音打破沈默，「雀鷹對我這麼說過……讓我想想我是否記得他怎麼說……他說，『龍跟龍語是一體兩面，龍不是學會古語，牠就是古語。』」

「如同燕鷗即是飛翔，魚兒便是泅泳。」黑曜緩緩說，「是的。」

恬哈弩聆聽，文風不動站在池邊。所有人都看著她，她母親臉上的表情是期盼，也是急切。恬哈弩別過頭。

「怎麼讓龍與人說話？」王問，語氣十分輕鬆，彷彿只是閒談，但之後又是一陣靜默。「嗯，」王又接道，「希望我們能了解。現在，黑曜師傅，剛好我們談到龍，能不能請你談談那位前去柔克學院的女孩，因為只有我聽過這事。」

「有女孩進了學院！」托斯拉嘲弄地咧嘴笑道，「柔克可真不一樣了！」

「確是如此。」巫師說，對水手漫長、冷淡地看了一眼。「這是八年前的事。她來自威島，假扮成年輕男子，想來研習魔法技藝。拙劣偽裝當然沒騙過守門師傅，但師傅還是讓她進門，而且支持她。當時，學院由召喚師傅領導，就是……」他遲疑片刻，「就是我剛告訴你們，我昨晚夢見的人。」

「黑曜大人，請你告訴我們這人的事，」國王道，「是死而復生的索理安？」

「是的。大法師離開很久，毫無音訊，我們害怕大法師已過世，召喚師傅便運用技藝查看大法師是否真的跨越石牆。他在那裡待了許久，其餘師傅開始擔心，但他終究醒轉，說大法師已成亡者，無法返回，命索理安回到人世管理柔克。但不久後，龍便馱載活生生的雀鷹大法師與黎白南王前來……大法師再度離去，召喚師傅癱軟在地，彷彿毫無生命。藥草師傅以技藝認定索理安已死，我們正準備將他下葬，他又有動靜，還開口說他回到人世是為了完成必須完成的工作。因為我們無法選出新的大法師，召喚師傅索理安便開始掌理柔克學院。」他停頓片刻，「女孩來後，雖然守門師傅讓她進屋，但索理安拒絕讓她留在屋內，不願與她有任何瓜葛，形意師傅將女孩帶去心成林，她在樹林邊緣住了一段時日，與師傅一同在林裡行走。形意、守門、藥草三位師傅及名字師傅坷瑞卡墨瑞坷相信，女孩前來柔克必有其因，她本人或許一無所知，但她正預示或引領某種大事發生，所以他們保護女孩。其餘師傅則服從索理安的看法，認為女孩只帶來紛爭與毀滅，應當將她趕走。我當時是學生，知道師傅間缺乏領袖，相互爭吵，我們因而痛苦憂慮。」

「都只是因為一個女孩。」托斯拉說。

這次黑曜對他投注極冰冷的一眼：「是的。」半晌後黑曜接續：「簡而言之，索理安派我們去逼她離開島上，她向索理安挑戰，當晚相會柔克圓丘。索理安到場，以女孩真名召喚，命她服從。『伊芮安』，索理安這麼喚她，但她說：『我不只是伊芮安。』一邊說著，她開始變形。她變成……她換上龍的形貌。她碰觸索理安，索理安軀體立刻化為灰燼，然後她爬上山。我們雙眼看不清楚到底是如火燃燒的女子，還是有翼生物，但在山頂我們很清楚地看到她，是龍，如赤紅煞金的火焰。她拍擊翅膀，飛向西方。」

黑曜語調變得清柔，臉龐滿是回憶中的敬畏。無人說話。

巫師清了清喉嚨。「在她上山前，名字師傅問她：『妳是誰？』她說不知道自

己另一個真名。形意師傅問她接下來要去哪、是否會回來。她說要去西之彼方，向族人詢問真名，但如果師傅呼喚，她會回來。」

沈默中，一個沙啞低弱，宛如生鐵相擊的聲音發話。赤楊不明白那些字的意涵，卻又聽來熟悉，彷彿幾乎能記起字詞意義。

恬哈弩來到巫師附近，站在身邊，伏身向他，宛如緊繃弓弦。說話的是恬哈弩。

巫師又驚又異抬頭看她，倏地起身向後一步，然後克制說道：「是的，她就是這麼說的：**我的族人，比西方更西**。」

「呼喚她，噢，呼喚她。」恬哈弩悄聲道，對巫師伸出雙手。巫師不禁再次向後退縮。

恬娜起身，對女兒喃喃問道：「怎麼了，怎麼了，恬哈弩？」

恬哈弩環顧眾人。赤楊覺得自己彷彿是被她眼光穿透的鬼魅。「叫她來。」恬哈弩道。她看向國王：「你能召喚她嗎？」

「我沒有這種力量。也許柔克的形意師傅能……也許妳……」

恬哈弩奮力搖頭：「不行，不行，不行，不行，」她悄聲道，「我不像她。我沒有翅膀。」

黎白南望向恬娜，彷彿尋求指引。恬娜哀愁地看著女兒。

恬哈弩轉過身面對王。「先生，對不起，」她以低弱粗啞的聲音僵硬說道，「我必須獨處片刻。我會思考父親所說的話語，試圖回答他的問題。但我必須獨處，請你允許。」

黎白南對她鞠躬，瞥向恬娜。恬娜立刻走向女兒，摟抱著她，兩人從水池及噴泉旁陽光普照的小徑離開。

四名男子再度坐下，數分鐘無語。

黎白南道：「黑曜，你是對的。」然後對其餘人說：「我告訴黑曜恬哈弩的一些事後，他告訴我龍人伊芮安的故事。我告訴他，恬哈弩還是孩子時便召喚凱拉辛前去弓忒，以古語對龍說話，而凱拉辛稱她為女兒。」

「陛下，這事十分奇異，這是個非常奇異的時代。龍是女子，而未受教導的女孩會說創生語！」黑曜受到深沈且明顯的震撼與恐懼，赤楊發現這點，想著自己為什麼感受不到如此恐懼。也許，赤楊想，是因自己所知有限，不知該如何害怕，或該害怕什麼。

「但從前就有這些古老的故事，」托斯拉說，「你們在柔克沒聽說嗎？也許你們的圍牆把故事擋出去了。這些只是平凡人說的故事，有時甚至是歌謠。有首水手

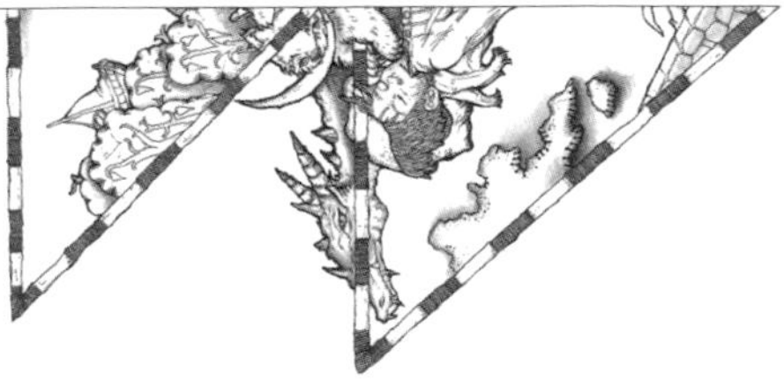

歌叫〈貝里洛小妞〉，歌裡說有個水手在每個港口都會留下為他哭泣的漂亮女孩，直到一名漂亮女孩以赤銅雙翼追向他的船，把他抓出吃掉。」

黑曜極端不耐地看著托斯拉。但黎白南微笑說：「楷魅之婦……大法師的師傅，艾哈耳，又名歐吉安，告訴恬娜楷魅之婦的故事。她是名老村婦，過著村婦的生活。她邀歐吉安進小屋，請歐吉安喝魚湯，說人與龍本是同族。她自己是龍，也是女子。歐吉安以法師之身，看到她是龍。

「黑曜，就如你所見到的伊芮安。」黎白南說道。

黑曜語調僵硬，只得面對王說：「伊芮安離開柔克後，名字師傅讓我們讀最古老的智典中以往一直語意不清的部分，只知道是在說既是人亦是龍的生物。還有兩者間發生爭吵或極大紛爭。我們了解有限，這些內容仍不清楚。」

「我原本希望恬哈弩能解釋清楚。」黎白南說，語調平穩，以致赤楊無法分辨，王是否已放棄，或依然希望。

一位頭髮灰白男子從小徑上快步走來，是王的御林侍衛。黎白南轉頭一看，起身走去。兩人低聲交談片刻，士兵踏步走開，王轉回面對同伴。「有消息了，」他說，挑戰語調再次出現。「黑弗諾島西方出現大群飛龍，牠們放火燒了森林，一艘近海船隻的船員說，逃到南港的人告訴他們，瑞司貝城燒起來了。」

當晚，王麾下最迅捷的船艦載著一行人橫渡黑弗諾灣，乘著黑曜揚起的法術風向前奔馳。船在拂曉來到歐恩山肩下的歐內法河口。自皇家馬廄挑選的十一匹馬同時下船，每匹都是腿長體健的良駒。在黑弗諾及偕梅島之外，馬匹難得一見，恬哈弩習於驢子，卻從未見過馬。在船上整晚，她多半都陪伴馬匹與馬夫，協助控制、安撫馬兒。馬匹血統純正、教養良好，卻不習慣海上航行。

眾人在歐內法沙灘準備上馬。黑曜對騎術一竅不通，馬夫必須多方教導、鼓勵，但王一上馬，恬哈弩隨即跟上。她把轠繩握在殘疾的手中，並未使用，似乎有別的方法與母馬溝通。

騎士筆直向西朝法力恩山腳快速前行。騎馬是黎白南所能運用的交通方式中最迅速的，若是航行過南黑弗諾島會耗時過久。同行的巫師黑曜負責維持天候，清除道路險阻，保護大家安危——龍火除外。如果遇上龍，除了恬哈弩，他人都無抵抗能力。

前晚，黎白南與顧問及將官討論後很快得到結論：他絲毫無法對抗龍群，或保護城鎮及田野不受攻擊。弓箭無用、盾牌無用，只有最偉大的法師能夠打敗龍。他麾下並無此等人才，更不知現世有誰做得到。縱然如此，他仍必須盡力保護子民，除了試圖與龍族談和，別無他法。

黎白南前往恬娜及恬哈弩所住的房間時，總管震驚萬分：王應該召喚想見的人，命其到來。「王有所求時，另當別論。」黎白南道。

黎白南告訴前來應門、十足驚訝的女傭，前去詢問是否能與雪白女士及弓忒之女談話——王宮及城裡人們都如此稱呼兩人。兩人跟王一樣真名公開，但這種行為如此少見，更違背規律、傳統、安全與儀節，以致人們雖然可能知曉兩人真名，卻不願直稱，寧可繞個彎。

進房後，他簡短報告新消息，說道：「恬哈弩，在整個王國中，或許只有妳能協助我。如果妳能呼喚這些龍，如同妳呼喚凱拉辛；如果妳有控制牠們的力量，若妳能與牠們交談，詢問為何要攻擊我的子民，妳願意嗎？」

年輕女子一聽這話便向後退縮，轉向母親。

但恬娜不肯庇護她，靜立不動。一會兒後恬娜道：「恬哈弩，很久以前我便對妳說過：王對妳說話時，妳要回答。妳當時還是個孩子，所以沒回話。妳如今已不是孩子了。」

恬哈弩自兩人身邊退開，像孩子般低垂著頭。「我無法呼喚他們，」她以低弱、粗糙的聲音說，「我不認識他們。」

「妳能呼喚凱拉辛嗎？」黎白南問。

恬哈弩搖搖頭。「太遠了，」她悄言，「我不知道該朝哪裡。」

「但妳是凱拉辛的女兒，」恬娜說，「難道妳無法與這些龍溝通嗎？」

恬哈弩悲慘地回答：「我不知道。」

黎白南說：「恬哈弩，如果有任何一絲機會，牠們願與妳交談，或妳能與牠們交談，我懇求妳把握這個機會。因為我無法對抗，也不通曉其語，我該怎麼向只需一口氣、一個眼神就能摧毀我的巨獸詢問牠們的要求？妳願不願為我、為我們開口？」

恬哈弩沈默，然後以低微到幾乎聽不見的聲音說：「願意。」

「請準備與我同行。我們午後第四小時出發，我的人會帶妳上船。我感謝妳。恬娜，我也感謝妳！」黎白南說，握住恬娜的手須臾，沒很久，因為出發前，他有許多事務必須處理。

黎白南匆忙趕到碼頭時已稍遲，以斗篷遮頭的纖細身影站在碼頭上。最後一匹馬正噴著氣，僵著四腿，抵死不願上船板。恬哈弩似乎在與馬夫討論，之後，她握著馬勒，對馬說了幾個字，便一同安靜上船。

船像又小又擠的房子。近午夜時，黎白南聽到兩名馬夫在後甲板上小聲交談。「她是天生好手。」一人說，聲音較年輕的另一人道：「她的確是，但她長得真可

怕，不是嗎？」第一人道：「如果馬不在意，你有什麼好在意的？」而另一人回：「我不知道，但我就是在意。」

此時，一行人從歐內法沙灘騎到山腳，道路略為寬廣，托斯拉便策馬與黎白南並行。「她要為我們翻譯，對不對？」托斯拉問。

「如果她可以。」

「那她比我想得還勇敢。如果她初次與龍交談就發生這種事，那很可能再發生。」

「此話怎講？」

「她被燒個半死。」

「不是龍燒的。」

「那是誰？」

「她出生時和她在一起的人。」

「怎麼有這種事？」托斯拉面孔扭曲。

「流浪漢，小偷。她那時只有五、六歲。不管她或他們做了什麼，最後就是她被打得昏迷不醒，然後被推到營火中。我想他們以為，只要她死了或瀕死，整件事就會當成意外。他們逃掉。村民找到她，恬娜收留她。」

托斯拉抓抓耳朵。「這故事真顯出人性善良的一面。所以她也不是老大法師的女兒？但他們說她是龍一窩的，又是怎麼一回事？」

黎白南跟托斯拉共同航行過，多年前更在索拉一役並肩作戰，知道托斯拉勇敢敏銳、冷靜沈著。托斯拉的粗俗刮到他時，他只責怪自己皮薄。「我不知道他們是什麼意思，」黎白南和緩答道，「我只知道，龍叫她女兒。」

「你那個柔克巫師，那個黑曜，急著說他在這事兒上毫無用處。但他不是會說古語？」

「是的，只要幾個字，就能把你燒成灰燼。我想他還沒這麼做，是因為尊重我，不是你。」

托斯拉點點頭：「我明白。」

他們整天以馬匹所能保持的最快速度奔跑，晚上來到小山鎮，好餵食馬匹，讓馬休息，騎士也能在各樣不舒適的床上睡一覺。不慣騎馬的人發現自己連路都走不了。那裡的居民未曾聽說龍，只知道一群富有陌生人突然出現，以金銀換取燕麥及床鋪，整件事的燦爛及驚恐令他們難以負荷。

拂曉前，騎士離開。歐內法沙灘距瑞司貝約近百哩。第二天，要爬上法力恩山脈的低矮埡口，從西邊下山。葉耐為黎白南最信任的軍官之一，他騎在眾人前方，

托斯拉殿後，黎白南則帶領幾位主要成員。清晨前的沈悶靜默令他半睡半醒地以小跑步的速度策馬前進，之後被迎面一陣馬蹄驚醒。葉耐返回，黎白南抬頭望著葉耐手指的方向。

一行人正走出開闊山坡頂上的樹林，透過清晰半亮的天光可一路看到埡口，兩側暗黑高山堆擠多雲日出清晨的暗紅光芒。

但他們正面向西方。

「那比瑞司貝還近，」葉耐道，「大約十五哩。」

恬哈弩的母馬雖嬌小卻是最好的馬，堅持應該領導眾人，恬哈弩若不制止，馬會一直推擠超前，直到隊伍前頭。黎白南拉停大馬，母馬立刻上前，恬哈弩因而在黎白南身側，看著所望方向。

「森林燒起來了。」黎白南對她說道。

黎白南只看得見有疤痕的半邊臉，因此她似乎盲目凝視，但恬哈弩看見了，握著韁繩的爪手顫抖。燒傷的孩子害怕火焰，他心想。

什麼樣的殘忍、懦弱的愚蠢念頭讓他對這女孩說：「來跟龍說話，解救我的危機！」將女孩直直帶入火裡？

「我們回頭。」黎白南道。

恬哈弩抬起完好的手，指著。「你看，你看！」火堆中的一點火星、一點餘燼從黑線般埡口上升，鷹形火焰翱翔，一頭龍筆直飛來。

恬哈弩直直從馬鐙上站起，發出尖銳、沙啞的呼喊，彷彿海鳥或鷹隼尖叫。但她喊的是：「玫迪幽！」

巨獸以可怕的速度貼近，修長細薄的雙翼幾乎慵懶地拍擊，失去火光的映照，在漸亮天光中看來彷彿是黑或銅色。

「拉好你們的馬。」恬哈弩才以黯啞的聲音說完，黎白南的灰色閹馬便看到龍，馬匹激烈震動，揮擺著頭向後倒退。黎白南控制住馬，但身後另一匹馬發出驚恐嘶叫，他聽到一陣雜沓及馬夫聲響。巫師黑曜跑上前來站在黎白南的馬邊，一群人或在馬上，或在地上，駐足看著龍來臨。

恬哈弩再度喊出那詞。龍飛轉個彎減緩速度，在約五十呎外空中打住、懸停。

「玫迪幽！」恬哈弩呼喚，而回應像延長的回聲傳來：「玫—迪—幽！」

「那是什麼意思？」黎白南俯身向黑曜問。

「姊妹，兄弟。」巫師悄聲道。

恬哈弩下馬，把韁繩往葉耐一丟，朝龍懸停的小坡走去，龍的修長雙翼如鷹隼

快速短促拍擊，但那對翅膀合計有五十呎寬，拍打時發出大鼓或銅器撞擊的喀啦聲響。她靠近時，一小捲火從龍細長、利牙、大張的嘴冒出。

她伸出手。不是纖細的褐色手，而是燒傷的那隻爪手。手臂及肩膀上的疤痕令她無法完全舉起，僅能與頭同高。

龍在空中微微降低，俯下頭，以乾瘦、開展、覆有鱗片的長鼻碰觸恬哈弩的手。像隻狗，或是隻動物在歡迎、吸嗅，黎白南心想，也像老鷹飛降手腕，像王對女王致敬。

恬哈弩與龍各以鐃鈸般的聲音短暫說了幾句。又一陣交談，靜默，龍繼續發話。黑曜專注聽著。再次交談。一抹煙從龍的鼻孔冒出，女子殘疾、萎縮的手僵硬、尊貴地一比，很清晰地說了兩個詞。

「帶她來。」巫師悄聲翻譯。

龍用力拍擊翅膀，低下長長的頭，嘶了一聲再度說話，然後躍入空中，高掠過恬哈弩，轉身，盤旋，飛箭般筆直朝西飛去。

「龍稱她為至壽者之女。」當恬哈弩靜止站立看著龍離去時，巫師悄聲道。

恬哈弩轉身，在灰色的晨光下，在遼闊山林前，看來渺小脆弱。黎白南翻身下馬，急行到她面前，以為她會精疲力竭、驚恐萬分，因而伸出手要協助她行走，但她微笑。她的臉龐，半恐怖半美麗，帶著尚未升起的太陽紅光亮起。

「牠們不會攻擊了，會在山裡等待。」恬哈弩說道。

她終於環顧四周，彷彿不知身在何處，黎白南扶住她手臂，她允許，火焰及微笑在臉上徘徊不去，步伐更是輕盈。

馬夫拉著馬匹，馬已開始嚼食滿滴露珠的青草，黑曜、托斯拉及葉耐圍繞恬哈弩身旁，尊敬地保持距離。黑曜說：「恬哈弩女士，我從未見過如此勇敢的行為。」

「我也是。」托斯拉說。

「我很害怕。」恬哈弩以不帶感情的聲音說，「但我稱呼他兄弟，而他稱我姊妹。」

「我無法了解你們所說的一切，」巫師說，「我對古語的了解不如妳。妳能否告訴我們，你們說了些什麼？」

她緩緩開口，眼睛朝著龍飛去的西方。隨著東方逐漸明亮，遙遠的暗紅火光亦淡去。「我說，『你們為什麼燃燒王的島嶼？』牠說：『該是我們得回島嶼的時候。』我說：『至壽者要你們用火焰來取得嗎？』牠說，至壽者凱拉辛與歐姆伊芮安已去到西之西處，乘馭異風。留在世界之風的年輕龍說人類背誓，盜占龍的土地。牠們告訴彼此，凱拉辛永遠不會回來了，牠們再也不願等待，要將人類趕出所

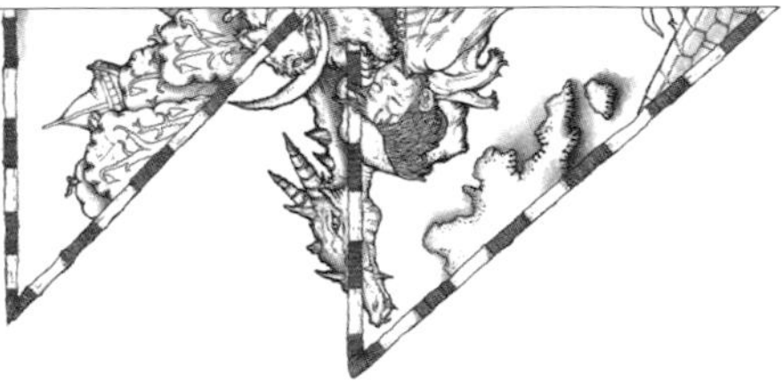

有西方島嶼。但最近歐姆伊芮安回來了，正在帕恩，我叫牠請伊芮安來。牠說，伊芮安會來找凱拉辛的女兒。」

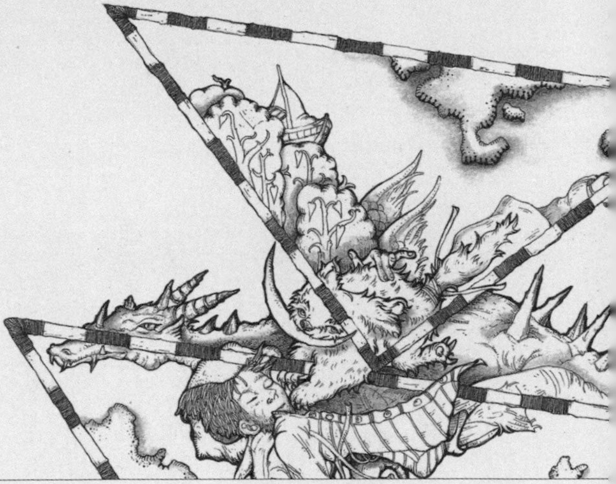

【第三章】

人龍會議
The Dragon Council

恬娜未隨恬哈弩到碼頭，只從房間窗戶目送船艦啟程，載著黎白南與女兒進入黑夜。拒絕同行對恬娜而言十分困難，極端困難，從未有任何要求的恬哈弩乞求恬娜一同前往，她從不哭，也無法哭泣，但呼吸如啜泣哽咽：「我不能去，我不能一個人去！媽媽，跟我去！」

「寶貝、心肝，我願解除妳的恐懼，但妳難道看不出我做不到嗎？我能為妳做的僅有如此。我的火焰、我的星辰，王說的沒錯……只有妳，只有妳才辦得到。」

「但如果妳也在，讓我知道妳在身邊……」

「我在，一直在妳身邊。我若跟去，除了增加負擔之外有何用處？你們必須快速前進，一路會很辛苦，我只會拖累你們，妳也會為我擔憂。妳不需要我，我對妳沒有用，妳必須學會這點。恬哈弩，妳必須離開。」

恬娜轉身背向恬哈弩，開始整理女兒的行李，都是尋常衣裳、一雙結實的鞋子、一件厚實的斗篷，而非在宮中穿的華服。即使一邊整理一邊哭泣，也沒讓女兒看見。

恬哈弩似乎萬般迷惘，因恐懼而僵硬站立。恬娜要她換裝時，她乖乖照做；葉耐少尉敲門詢問著是否能帶領恬哈弩女士到碼頭邊時，她像啞口動物般呆視。

「去吧，」恬娜擁抱女兒，碰觸覆蓋半張臉的巨大傷疤，「妳是凱拉辛的女

兒，也是我女。」

女孩緊抱恬娜良久才鬆手，一語不發地轉身，隨葉耐出門。

恬娜獨自感覺恬哈弩身體與手臂殘留的溫熱，漸漸化為夜晚空氣的冰冷。

她走到窗前看見碼頭上的光芒、來去的男子，馬匹走在通往水邊的陡峭小路，四蹄達達作響，一艘高聳船艦倚在碼頭邊，是她認識的「海豚」。從窗戶向外望，她看見恬哈弩站在碼頭上，終於上船，牽著一匹原本頑強抗拒的馬，黎白南隨行在後。她看到繩索拋起，船艦溫馴地任由划槳船拖離碼頭，黑暗中白帆突然散落、綻放，船首燈的光芒在黑暗海面上顫抖，緩緩縮成一滴光亮，消失。

恬娜繞著房間，摺起恬哈弩穿過的衣服、絲襯衣與罩裙，撿起涼鞋，貼頰片刻，收起。

她在空曠大床上張眼躺著，心裡一再重複同一幕：一條路，恬哈弩獨自行走；一個結，一張網，一團漆黑扭動的糾結物體從天空落下，龍群齊聚飛翔，火焰朝恬哈弩舔噬、流竄，頭髮著火，衣物燃燒……不，恬娜喊，不要！不會發生！她將思緒硬生生抽離，直到再度看到那條路，恬哈弩獨自走著，天空中漆黑、燃燒的糾結逐漸靠近。

第一道天光將房間變成灰色，恬娜終於精疲力竭地睡去，夢見自己在高陵的老法師之屋，身在自己家裡，返家的欣喜難以言喻。格得讓地上積滿灰塵，她從門後拿出掃把清掃閃亮的橡木地板，但屋後出現一扇原本不存在的門，打開後發現一間窄小低矮的房間，裡面是漆成白色的石牆。格得蹲在房裡，手臂放在膝上，雙手無力下垂，頭不像人類，又小又黑，還有尖喙，貌似兀鷹，以低弱沙啞的聲音說：「恬娜，我沒有翅膀。」一聽此語，怒氣及恐懼自恬娜體內狂湧而出，令她驚醒，喘息，看到陽光照在房中高牆，聽到甜美清澈的喇叭聲，宣告已是早上第四小時。

阿莓端來早餐，恬娜稍稍進食，並與阿莓聊天。恬娜從黎白南送來的成群女傭與侍女中選出這名年老僕人，阿莓聰明能幹，出生於黑弗諾島內陸村落，和她相處，遠比與大部分的宮廷仕女更為愉快。仕女待恬娜和善有禮，卻不知如何應對，不知如何跟半是卡耳格女祭司、半是弓忒村婦的人交談。恬娜明白，仕女能輕易對過於羞怯的恬哈弩表示善意、憐憫，卻無法憐憫恬娜。

而阿莓憐憫恬娜，這天早上給了她極大安慰：「王會把恬哈弩安然無恙地帶回來。妳認為王會讓那女孩身陷自己無法解救的危險嗎？絕對不會！王絕對不會！」雖然這不一定真確，但阿莓如此堅信使得恬娜不得不同意，而感受些許安慰。

恬娜必須做點事，恬哈弩不在，留下的空虛隨處皆是。她決心與卡耳格公主談話，看看公主是否願意學習赫語，或至少說出名字。

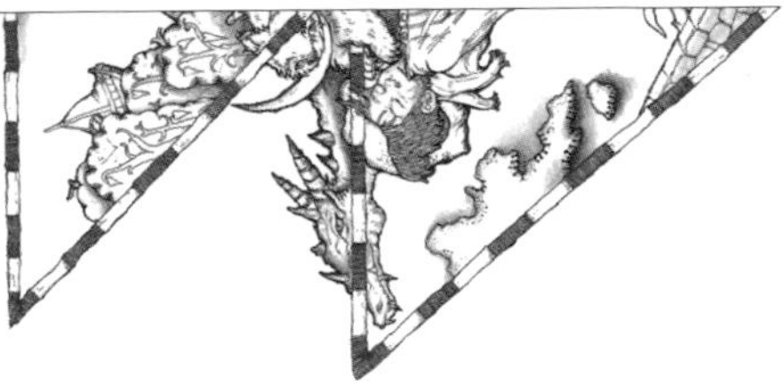

卡耳格大陸人民與赫族不同，他們沒有真名，但卡耳格名字與赫族通名一樣，通常具有某些意涵，如「玫瑰」、「赤楊」、「榮譽」、「希望」，或是傳統名字，襲承祖先之名，人們公開使用此類名字，並自傲於代代相傳的古老名字。恬娜離開父母身邊時還太小，不明白為何取名恬娜，但她認為可能是因某個祖母或曾祖母之故。她被認定為阿兒哈或轉世無名者時名字被拿走，之後才由格得交還。她與格得同感，認為這正是自己的真名，但因不是太古語詞，也不會賦予任何人控制她的力量，所以她從未隱瞞。

恬娜百思不解公主為何隱瞞自己的名字。侍女只稱她為公主、夫人或主人，而大使則以第一公主、索爾之女、胡珥胡夫人等等頭銜談論。如果這可憐女孩只有頭銜，也該是有個名字的時候了。

恬娜明白王的貴客不宜在黑弗諾街道獨行，但阿莓在宮中有責任在身，她便要求一名僕人陪伴。一名迷人男僕應聲隨侍，其實是僕童，年僅十五，但每到路口，男僕便照看她如同步履蹣跚的老太婆。恬娜喜歡行走城中，她已發現也自承，去河宮時若無恬哈弩在旁會比較輕鬆。人們會盯著恬哈弩、別過頭，恬哈弩則帶著僵硬、折磨的自尊前進，痛恨路人目光與別開的頭，恬娜一同受苦，甚至更痛苦。

如今她能在街上逗留，看街頭表演、市場攤販、群島王國各地的臉孔與衣著，偏離直達的路徑，讓男僕領她到一條街，一座座彩繪拱橋連接屋頂，形成在頂上的通風圓拱屋頂，上面垂吊沈甸的紅花攀藤，人們會從窗戶伸出彩漆竹竿，將鳥籠吊在花朵間，看來像座空中花園。「真希望恬哈弩也能看到。」恬娜心想，但不能想恬哈弩、想她可能身在何處。

河宮跟新宮一般，自赫露女王時便存在，歷經五百年。黎白南登基時，建築已完全頹傾，但他細心重建，成為美麗寧靜的處所，家具不多，地板黑亮，未覆地毯。房內一整面牆由一扇扇落地窗組成，能朝柳樹與河川大開，也能讓人走到跨越水面的寬廣木陽臺。宮人告訴恬娜，王最喜歡在此地獨處一晚，或與愛人共度良宵，暗示王讓公主住在此處其實別有意味。恬娜則認為王不想與公主共處屋簷下，因此直接點選唯一可能之處。但也許宮人說的不無道理。

冑甲光鮮的守衛認出恬娜讓她進門，男僕宣告她到訪，帶小男僕去磕乾果、閒聊——這似乎是男僕的主要工作。仕女前來迎接，感激有客來訪，迫不及待想聽王獵殺、抵禦龍族之行的最新消息。全盤托出後，終於得以進入公主的套間。

前兩次拜訪，恬娜都在附近側廳中等待稍時，然後由蒙面女婢帶入內室，那是整棟明亮屋中唯一的昏暗房間，公主頭戴寬緣帽站立著，紅紗直垂到地，彷彿從亙古便佇立在此，與建築合而為一。正如依葉紗夫人所言，真像磚頭煙囪。

這次則完全不同，一進側廳便傳出尖叫與人群奔逃的聲響。公主衝入，瘋狂尖喊，環抱恬娜。恬娜身形嬌小，而高大、精力充沛的年輕公主滿腔情緒無法宣洩，撞得恬娜站不住腳，公主的強健雙臂扶住恬娜。「阿兒哈夫人！阿兒哈夫人！救救我，救救我！」公主正在哭泣。

「公主，怎麼了？」

公主淚流滿面，或因恐懼、鬆懈，或兩者皆有，在哀歎與乞求中，恬娜只分辨得出與龍及祭品有關的隻字片語。

「黑弗諾附近沒有龍。」恬娜嚴正說道，脫出公主的環抱，「也沒人要當祭品。這是怎麼回事？妳聽到了什麼？」

「女婢說龍要來了，他們奉獻的不是山羊，是王的女兒。他們是術士，我很害怕。」公主擦擦臉，緊握雙手試圖克制恐慌。是真正、難以控制的恐懼，恬娜可憐公主，但未顯露，這女孩必須學習保持儀態尊嚴。

「那些女侍很無知，又不太懂赫語，無法明白別人說些什麼。妳更是完全不懂赫語。如果妳懂，就知道沒什麼好怕，妳看這房子裡有別人又哭又叫、橫衝直撞嗎？」

公主呆視恬娜。她未戴帽子、未覆面紗，天氣炎熱，因此只穿輕薄的襯衣洋裝。這是恬娜第一次看到公主本人，而非紅面紗後的依稀身影，雖然她的眼皮因淚水腫脹，滿臉潮紅，卻仍燦爛高貴：髮色金黃、金色雙眸、手臂渾圓、胸脯豐滿、腰肢纖細，是一名正值美貌與精力顛峰的女子。

「但那些人都不會被當成祭品。」公主終於回道。

「沒人會成為祭品。」

「那龍為什麼來？」

恬娜深吸一口氣：「公主，我們有許多事要詳談。如果妳願意當我是朋友……」

「我願意。」公主向前一步，大力握住恬娜右臂，「妳是我的朋友。我沒有別的朋友，我願為妳而死。」

聽來荒謬，但恬娜知道這是真話。

她盡力回應女孩的握勁，說：「妳是我的朋友。告訴我妳的名字。」

公主眼睛圓睜，上唇還殘留一點鼻涕與浮腫，下唇顫抖，深呼吸一口氣，說：「賽瑟菈奇。」

「賽瑟菈奇，我的名字不是阿兒哈，是恬娜。」

「恬娜。」女孩複述，更用力握緊恬娜手臂。

「那麼，」恬娜說，試圖掌控情況，「我走了很長的一段路，口乾舌燥。我們

坐下，讓我喝點水，然後說說話。」

「好的。」公主像隻狩獵母獅躍出房間。內室傳來喊叫、高呼及更多奔跑聲。一名女奴出現，顫抖地調整面紗，語無倫次說了某種方言，腔調濃重，恬娜完全無法理解。公主從內室喊道：「用那該死的語言說！」女子可憐地擠出赫語：「坐？喝？夫人？」

在陰暗悶熱的房中，面對面擺了兩張椅子，賽瑟菈奇站在其中一邊。

「如果公主願意，」恬娜說，「我想坐在外面蔭涼處，在水上。」

公主大喊，女侍奔走，椅子放到寬廣陽臺上，兩人並肩坐下。

「這樣好多了。」恬娜依然不太習慣說卡耳格語，運用雖無困難，卻覺得彷彿不是自己，而是別人在說話，一名樂於扮演這角色的演員。

「妳喜歡水？」公主問，臉龐恢復原先的濃奶油色，消腫的眼睛是藍金色，或是帶有金點的藍。

「喜歡。妳不喜歡嗎？」

「我痛恨水。我以前住的地方沒有水。」

「沙漠嗎？我以前也住沙漠裡，直到十六歲。然後跨越海洋，來到西方。我愛水，也愛海洋、河川。」

「噢，海洋。」賽瑟菈奇整個人蜷縮起來，頭埋入雙掌，「噢，我恨死海洋，恨死了。把靈魂都嘔出來了，一次又一次，一天又一天。我再也不想看到海。」她眼神迅速穿過柳枝，射向兩人腳下的寧靜淺溪。「這條河還好。」她猶疑地說。

女侍端來水壺與杯子，恬娜長飲一口沁涼的水。

「公主，」恬娜說，「我們有很多事得談。第一：龍還在很遠的地方，在西邊。王與我女兒已經去與龍談話了。」

「去跟龍談話？」

「是的。」恬娜本想多說，卻道，「請告訴我，胡珥胡的龍是什麼樣子？」

在恬娜小時候，峨團有人告訴過她胡珥胡有龍。山上有龍，沙漠有匪，胡珥胡既窮又遠，除了蛋白石、藍玉石與柏樹木材外，沒出什麼好東西。

賽瑟菈奇深深歎了口氣，淚水湧入眼眶。「想到家令我哭泣。」如此純粹、直率的情感也令恬娜淚水盈眶。「龍住在山上，離麥斯雷斯約兩、三天路程，上面都是岩石。龍跟人互不侵擾，但每年會下山一次，跟著一條路爬下來。那是條小徑，平滑地鋪滿塵土，自時間之始，龍每年拖著肚子下山，磨出小徑。那條路叫做『龍道』。」公主看恬娜正專注聆聽便繼續說，「跨越龍道是禁忌，一步也不能踏上，得從奉獻之所南邊繞道過去。龍在晚春時開始爬下山，在第五個月的第四天抵達奉

獻之所，沒有一頭遲到。來自麥斯雷斯的人及村民都在等待。龍從龍道下來，祭司就開始奉獻儀式，就是……峨團沒有春日奉獻嗎？」

恬娜搖搖頭。

「我就是害怕這事。奉獻可能是活人祭，若年月不順，就會以公主作為祭品，否則只需普通女孩。但多年來都沒這麼做了，我還小時，這種祭祀方式就停止——從父親擊潰別的王開始。那時起，我們只會祭祀一頭母山羊及一頭綿羊，讓血滴到碗裡，將脂肪丟入祭祀之火，召喚龍群。而龍群會爬上來，喝血、吃火。」公主暫時閉起眼睛，恬娜亦然。「然後牠們回山上去，我們則返回麥斯雷斯。」

「龍約有多大？」

賽瑟菈奇雙手比出約一呎遠：「有些更大。」

「不會飛？也不會說話？」

「不會，牠們的翅膀只是小肉瘤。牠們發出某種嘶叫。動物不會說話。但龍是神聖的動物，是生命的象徵，因火是生命，而龍吃火，還會吐火。也因牠們會來參與春日奉獻。即使沒有人去，龍也會在那裡聚集。我們去那裡，是因為龍去那裡。每次奉獻開始前，祭司都會告訴我們這點。」

恬娜花了一段時間吸收。「在這裡的龍，很大。巨大。」她說，「而且會飛。

牠們是動物，但會說話；是神聖的，也很危險。」

「嗯，」公主接道，「龍也許只是動物，但比那些該死的術士更像我們。」公主隨口吐出「該死的術士」一詞，沒有特別強調。恬娜記得孩提時就聽過這詞，意指「黑族」，即群島王國的赫族。

「為什麼？」

「因為龍會重生！像所有動物一樣，像我們。」賽瑟菈奇以坦白的好奇看著恬娜，「我以為既然妳是最神聖的陵墓地女祭司，妳會比我更了解。」

「但峨團沒有龍。」恬娜說，「我從未學習任何與龍有關的事物。朋友，請妳告訴我。」

「我試試。這是冬天的故事，雖然現在是夏天，但說了應該無妨，反正這裡一切都不對勁。」公主歎口氣，「嗯，在一切之始，在最初，所有民族與動物都一樣，我們都做同樣的事。我們學會如何死亡、學會如何重生，也許轉世為同一種族，或成為另一種族，這都沒關係，因為人會再死、再生，早晚所有種類會輪過一遍。」

恬娜點點頭。到目前為止這故事聽來還算熟悉。

「但重生時最好的是成為人或龍，因為這兩者是神聖的。努力遵守誡律、不打

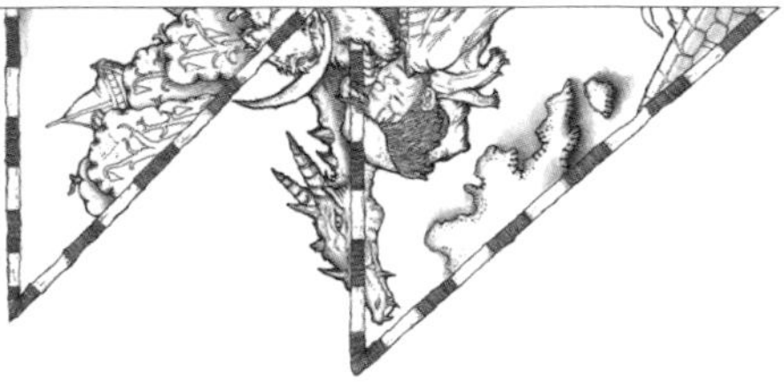

破禁忌，便較可能再當回人，或至少能當龍。如果這裡的龍會說話，又很大，那我可以明白為什麼這是種獎勵。變成我家鄉那種龍，一直讓人覺得沒什麼好期待。

「但這故事是有關該死的術士發現『夫都南』。我不知道這是什麼，它告訴某些人，如果同意永遠不死、永遠不重生，就可以學習如何使用術法。所以某些人選擇如此，選擇夫都南，帶著夫都南往西邊去，他們因此變型了，住在這裡。這裡的人……是選擇夫都南的人，活著，也施行該死的術法，但他們不能死，只有軀體會死，剩下的部分則留在一個黑暗的地方，永遠無法重生。而且他們看起來像鳥，但不會飛。」

「的確。」恬娜悄聲道。

「妳在峨團沒學過這些嗎？」

「沒有。」恬娜說。

恬娜正憶起楷魅之婦告訴歐吉安的故事：在時間之始，人龍同族，但龍選擇野性及自由，人選擇財富與力量。選擇、分離，這是同一個故事嗎？

但恬娜心中的影像是格得蹲在石屋中，頭又小、又黑、又有喙……

「夫都南是不是那個環？他們一直在談，說我要戴的環？」

恬娜試圖將思緒自彩繪室及昨晚夢境抽離，回到賽瑟菈奇的問題。

「環？」

「惡爾薩比之環。」

「是厄瑞亞拜。不，那是和平之環，若妳成為黎白南王的王后，妳就能戴。若果真如此，妳算是個幸運的女人。」

賽瑟菈奇的表情很奇特，非暗怒或譏諷，而是絕望，半帶幽默、耐性，屬於比她大幾十歲的女人。「這一點也不好運，我親愛的朋友恬娜。我必須嫁給他，所以我將消失。」

「為什麼妳嫁給黎白南就會消失？」

「如果我嫁給他，就必須把姓名給他。如果他說了我的名字，便能偷走我的靈魂，該死的術士都這樣，所以他們藏起自己的名字。如果他偷走我的靈魂，我就無法死亡，必須永遠沒有軀體地活著，像不能飛的鳥兒，永遠不能重生。」

「所以妳隱藏名字？」

「我把名字交給了妳，朋友。」

「我很榮幸得到這份賜禮，朋友。」恬娜激切說道，「但在這裡，妳可以向任何人說妳的名字，無人能以此偷竊妳的靈魂。相信我，賽瑟菈奇。妳也能信任黎白南，他沒有……他不會傷害妳。」

女孩抓到了恬娜的遲疑：「但他希望他能。吾友恬娜，我知道我在這裡是什麼。在家父所在的大城阿瓦巴斯，我是個愚蠢無知的沙漠女人，是個非雅加。城裡那些拋頭露面的娼婦，一看到我便交頭接耳地譏笑，指指點點。這裡更糟，我無法理解任何人，他們也無法理解我，而一切，一切都不同！我甚至不知道食物是哪些東西，那些術士食物讓我頭暈；我不知道禁忌是什麼，這裡沒有祭司可以詢問，只有術士女子，皮膚黑，還拋頭露面。我看到他看我的方式，隔著非雅還是看得到外面！我看到他的臉，非常英俊，看來像戰士，但是個黑術士，而且他很恨我。別說他不會，我知道他恨我。我想他一知道我的名字，便會將我的靈魂永遠送到那裡。」

恬娜望著在緩流水面上擺拂的柳枝，哀傷疲累，良久才道：「公主，妳該學習如何讓黎白南喜歡妳，否則妳還能怎麼辦？」

賽瑟菈奇悲哀地聳聳肩。

「如果妳能聽懂他說些什麼，會有幫助。」

「巴嘎巴，巴嘎巴，他們說的話聽起來就像這樣。」

「他們聽我們講話也像這樣。好了，公主，如果妳只會對他說巴嘎巴，巴嘎巴，他怎會喜歡妳？妳看。」恬娜舉起一手，用另一手指著，先以卡耳格語說一個詞，再以赫語說。

賽瑟菈奇乖順地重複，學會幾個身體部位後，突然意會到翻譯的潛力，坐直身子問：「術士怎麼說『王』？」

「阿格尼，這是太古語的一個詞，我丈夫這麼說。」

恬娜說完，發現提起第三種語言實在愚蠢，但引起公主注意的不是這點。

「妳有丈夫？」

賽瑟菈奇明亮、獅子般的眼睛盯視恬娜，大笑出聲。「喔，多棒啊！我以為妳是女祭司！拜託妳，朋友，說說他的事！他是戰士嗎？他英俊嗎？妳愛他嗎？」

王啟程獵龍後，赤楊不知該做什麼，他覺得自己毫無用處，毫無理由留在宮裡受王賜食，只會不斷帶來麻煩。他無法整天坐在房裡，便到街上閒逛，但城市的宏偉與活力令他畏懼，更因沒錢沒目標，只能走到累為止，回到馬哈仁安宮時都會想守衛是否會再次放行。只有在花園，才能勉強得到平靜。他原本希望能再次遇見羅迪，但那孩子沒再出現。或許這樣也好，赤楊覺得不該與別人說話，免得從冥界向他伸出的雙手，也會伸向他人。

王離去後第三天，赤楊下樓到花園池塘邊散步。白天天氣炎熱，夜晚空氣靜

滯、悶灼，他帶著小拖，讓小貓自由在樹叢下追蹤昆蟲，自己則坐在大柳樹附近的長椅，看水中肥胖鯉魚閃動銀綠光澤。他寂寞又沮喪，抵抗聲音及雙手的防禦正漸漸瓦解。在這裡究竟有什麼用？為什麼不乾脆進到夢裡一了百了，下到山底就此結束？世上沒有人會為他哀傷，他的死會讓別人免受他帶來的病態侵害。光是龍就一定讓他們忙不過來。如果他去那裡，也許看得到百合。

如果死了，他與百合便無法碰觸彼此。巫師說，他們甚至不會想這麼做，亡者會忘記活生生時是如何。但百合向他伸出了手。在最初的短暫片刻，也許兩人會記得足夠的生命，能看著對方、看到對方，即便無法碰觸。

「赤楊。」

赤楊緩緩抬頭看著站在身邊的女子，嬌小的灰髮女子恬娜。看到她表情中的關切，卻不知她為何煩憂。赤楊想起她女兒，那個燒傷的女孩跟王同去，也許來了壞消息，也許他們都死了。

「赤楊，你不適嗎？」恬娜問。

赤楊搖搖頭。說話很困難，他如今知道在另外那片土地，不用說話會是多麼輕鬆。不用看著別人的眼睛，不用煩憂。

恬娜坐在赤楊身旁的長椅，說：「你看來心事重重。」

赤楊隨手比個手勢，表示沒事、不打緊。

「你原本待在弓忒，跟我丈夫雀鷹在一起是嗎？他怎麼樣？有好好照顧自己嗎？」

「有的。」赤楊道。稍後，他試圖更有禮地回答：「他是最善良的主人。」

「聽你這麼說，我真高興。」恬娜說道，「我擔心雀鷹，他跟我一樣會打理家事，但我不喜歡留他一人……能不能請你告訴我，你在那裡時，他做些什麼？」

赤楊告訴恬娜，雀鷹摘了李子賣、兩人修補圍籬、雀鷹協助他睡眠。

恬娜專心、認真聆聽，彷彿這些瑣事跟三天前談論，諸如死者召喚活人、女孩變成龍、龍焚燒西方之島等奇聞異事一般重要。

赤楊的確不清楚究竟什麼事較有分量：是偉大的奇異事件？或是微小平凡瑣事？

「我希望能回家。」恬娜說。

「我也是，但這只是空想。我想我再也無法回家了。」赤楊不知自己為何這麼說，但一出口便知這是真話。

恬娜沈靜的灰色雙眸凝視片刻，沒發問。

「我希望女兒能一起回家。」恬娜說，「但希望只是希望。我知道她必須前進，但不知道會去哪裡。」

「能否告訴我，她有什麼樣的天賦、是什麼樣的女子，讓王向她請益，還帶著她去見龍？」

「噢，如果知道她是什麼，我會告訴你的。」恬娜的聲音充滿哀傷、愛與苦悶，「你可能已經猜到或早已明白，她不是我的親生女兒。她還小時來到我身邊，從火中被救出來，差一點就死了，但也永遠無法完全癒合。雀鷹回到我身旁，她也成為雀鷹之女，召喚凱拉辛，人稱至壽者的龍，讓我和雀鷹免遭慘殺，而龍也稱她為女兒。她是許多人的女兒，卻也不是任何人的；受過無盡痛苦，卻從火焰中獲救。我可能永遠無法知道她究竟是誰，但我希望她現在就在這裡，安全地跟我在一起。」

赤楊想安慰恬娜，但自己心情太沈重。

「赤楊，談談你妻子。」

「我辦不到。」良久，赤楊對兩人間安適的沈默如此吐露：「恬娜夫人，如果我說得出，一定照辦。今晚我心情好沈重，更有對未來的憂慮與恐懼，我試著想念百合，卻只有那片無盡綿延的黑暗沙漠，在那裡看不到她。有關她的一切記憶就像清水與空氣重要，卻都進入了旱域。我一無所有。」

「很抱歉。」恬娜悄聲道。兩人繼續靜坐。暮色漸深，空氣靜止，非常溫暖，宮內燈火映透圓弧的窗扇及文風不動的濃密垂柳。

「發生了某件事，」恬娜說，「世界正歷經極大改變。也許我們所知的一切都將消失。」

赤楊抬頭看著漸暗天色，王宮高塔清晰可見，淺白的大理石與雪花石膏捕捉西方餘光。他尋找安在至高塔頂的寶劍，發現它正散出微弱銀光。「看！」赤楊喊道。劍尖亮著一顆星子，宛若鑽石或水滴，在兩人注視下，星辰自劍尖脫離，筆直上升。

宮內或宮牆外傳來騷動，號角鳴響，有人銳聲發出命令。

「他們回來了。」恬娜說著站起身。一陣興奮潛入空氣，赤楊也隨之站起。恬娜快步走回王宮，從裡面可看到碼頭。赤楊帶小拖進屋前，再次抬頭看著如今微弱閃爍的寶劍，以及明亮照耀其上的星星。

「海豚」在無風夏夜航入港口，船身急切前傾，法術風漲滿船帆。宮裡無人預料王會這麼早返回，但王抵達時一切井然有序，嚴陣以待。碼頭立刻擠滿迎接的朝臣、未值班的兵士，以及鎮民、歌謠作家與琴師，等著聽王訴說如何打敗龍族，好撰寫新歌謠。

他們全都失望。王一行人直朝王宮前進，船上守衛和水手只說：「他們從歐內法沙灘入山，兩天後便返回。巫師送來傳訊鳥，當時我們在海灣峽門，原本預計去南港迎接。返回時，就看到他們毫髮無傷地站在河口等待。但我們看到南法力恩森林失火的濃煙。」

恬娜擠在碼頭人群中，恬哈弩直直朝她走來，兩人緊緊擁抱。但穿過燈火及歡欣鼓舞的聲響，走在街道上時，恬娜依然心想：「已經改變了。她改變了，再也不會回家去。」

黎白南走在士兵間，全身充滿張力與精力，顯得尊貴、宛如戰士，燦爛無比。人民看著他呼喊：「厄瑞亞拜！莫瑞德之子！」在宮前階梯，他轉身面向人群。必要時，他的嗓音能變得強勁無比，如今響亮地制服所有喧嘩：「黑弗諾子民，聽我說！弓忒之女代表我們與龍族首領談話，締結和平。龍將來訪。一頭龍將會來此，來到黑弗諾城，來到馬哈仁安宮。不是前來摧毀，而是前來議和。人族與龍族相談的時刻到了，所以聽我說：龍來臨時，不要害怕、不要攻擊、不要逃跑，以和平之符迎接，像迎接來自遠方的王公般，不要恐懼。厄瑞亞拜之劍、葉芙阮之環與莫瑞德之名庇佑我們。我以真名向你們承諾，只要活著一天，就會保衛這座城市與這片國土！」

眾人屏息聆聽。黎白南語畢轉身大步進入宮殿之後，爆出一陣歡呼與大喊。

「我覺得先提醒一下比較好。」黎白南以慣常的沈靜語調對恬哈弩說，她點點頭。黎白南以夥伴相待，她也同樣回應，恬娜與附近的朝臣都看到這幕。

黎白南命令在隔天早上第四小時召開議會，眾人散去，但他拉住恬娜，任恬哈弩先行離去。「恬哈弩保護了我們。」黎白南說。

「只有她？」

「別為她擔憂，她是龍的女兒、龍的姊妹。她能去我們到不了的地方。別為她擔憂。」

恬娜垂首表示接受：「我感謝你，將她安全帶回給我。雖然她只是暫時回到我身旁。」

兩人站在通往王宮西殿的走廊，遠離眾人。恬娜抬頭看著王道：「我最近在跟公主談龍的事。」

「公主。」黎白南茫然唸道。

「她有個名字，但我不能告訴你，她認為你會以此摧毀她的靈魂。」

黎白南皺起眉頭。

「胡珥胡有龍。公主說，牠們小而無翅，也不會說話，但牠們是神聖的，是死亡與重生的神聖象徵及承諾。這讓我想起，我族人死後不會去你們一族去的地方，赤楊所說的旱域，不是我族人，如公主、我，或龍去的地方。」

黎白南的表情從警戒保留轉為專注，低聲問：「格得給恬哈弩的問題……這就是答案嗎？」

「我只知道公主告訴我或提醒我的事，今晚我會跟恬哈弩討論。」

王皺眉思索而後舒展眉頭，彎身親吻恬娜臉頰祝她晚安，踏步離去。恬娜望著他的身影。王融化她的心，令她目眩，但她卻不盲目。他還是害怕公主，恬娜心想。

王座廳是馬哈仁安宮最古老的房間，曾屬於海生格瑪，他在黑弗諾登基，是伊里安家系的王子，之後的赫露女王及其子馬哈仁安均出自他的血脈。《黑弗諾敘事詩》寫道：

百名戰士，百名女子
端坐生於海生格瑪之廳

王之桌。言談高潔
黑弗諾之瀟灑慷慨貴冑
至勇戰士，至美女子

格瑪的後裔在大廳周圍建造更雄偉的王宮，耗時百餘年，之後赫露及馬哈仁安增建石膏塔、女王塔、古劍之塔。

宮殿與高塔依然安在，雖然黑弗諾人民自馬哈仁安死後百年，猶堅持稱之為新宮，但直到黎白南繼位時，宮殿已老舊，近半頹圮。他幾乎完全重建，造得更富麗堂皇。內環諸島商人如此喜悅再度有王與法令保障貿易，主動調高賦稅，讓王有更多錢整修。黎白南統治的頭幾年甚至沒有商人抱怨稅賦摧毀事業，讓子孫貧苦潦倒，新宮因而再度簇新華美。重建梁柱屋頂、粉刷石牆、磨光狹長高挑的窗戶後，黎白南保留王座廳原本的儉樸。

歷經短暫的偽朝與暴君、竄位者、海盜王橫行的黑暗年代，歷經時間與野心的侮辱，王座置於狹長房間末端：一張高背木椅擺放在樸素平臺上，曾以金片包裹，如今已脫落，小金釘子挖出時，在木材上留下裂痕，絲墊與壁掛早已遭竊，或被蛾、鼠與黴摧毀殆盡，只有所在位置及椅背上輕刻出的英拉德家系徽章：飛翔蒼鷺

啣著一段山梨枝，說明這是王座。

八百年前，該家系諸王從英拉德島來到黑弗諾。他們說，莫瑞德的至尊寶座在哪，王國就在哪。

黎白南命人清理王座，替換腐朽木塊，將椅子上油、打磨，直到恢復原有的深暗光澤，卻未加上彩繪、金箔或裝飾。某些富商前來欣賞輪捐打造的昂貴王宮時，曾對王座廳及王座多有抱怨：「簡直是座穀倉嘛。」或說：「那是莫瑞德的至尊王座，還是老舊的農夫椅啊？」

一說，王對此回以：「沒有餵養人民的穀倉與種植禾稼的農夫，哪來的王國？」還有一說，王答：「我的王國是金箔及絲絨的虛殼，抑或依憑木頭及岩石而立？」也有人說，王未回答，只說喜歡這個樣子。既是王的尊臀坐在硬椅板上，評論此事的人均無法遽下定論。

籠罩夏末海霧的涼爽清晨中，議會成員魚貫進入氣氛嚴肅的挑高大廳，計有九十一名男女，若全數到齊則該有百名。成員由王親自挑選！有內環諸島尊貴家系的代表，均是對王宣示效忠的諸侯；有些代表群島王國中其餘島嶼及區域的利益；還有些人，王認定或希望他們成為有用且值得信賴的諮政；來自黑弗諾、伊亞海與內極海各大港口的商人、船運商、金融商，華貴地包裹在刻意的嚴肅神色與暗色絲綢長袍中；公會的師傅級人物善觀詞色、精明敏銳，皆是談判高手，其中最引人注目的便是甌司可島礦工領袖，一名淡色眼眸、雙手厚繭的女子；亦有黑曜一般的柔克巫師，身著灰斗篷，手拿木巫杖，還有名帕恩巫師，人稱塞波師傅，未持巫杖，言談和藹，卻讓人退避三舍；有來自采邑及侯國的老少貴族女子，穿著洛拔那瑞絲綢，戴著沙島出產的珍珠；還有兩名女島長，身體結實、衣著樸素、神情高貴，一名來自易飛墟，另一名來自扣兒圃，為東陲人民發言；亦有詩人、來自伊亞島及英拉德島古老學院之學者，還有幾名戰艦與皇家船艦的船長。

這些都是王挑選的議員，每二或三年，王會邀其留任，或以感謝及榮耀送其返家，另選他人。王與議員討論所有法律、賦稅，及需要王處理的判決，聽取建議。議員會對王的提案舉行投票，多數人同意後才能通過執行。有人說議會只是王的寵物及傀儡，若在另一人統治下，的確可能：只要黎白南強力爭取，多半能獲得議會同意，但他經常不表示意見，讓議會自行決定。許多議員發現，若有充分立論支持，條理清晰表達，便極可能動搖他人，甚至說服王。因此，議會各派系及不同團體間的討論經常引發熱烈爭議，在幾次全員議會中，甚至會與王反對、爭論，投票否決王的提案。黎白南善於外交，政治手腕卻普普。

黎白南發現議會能提供極佳意見，而有權者逐漸尊重議會；平凡百姓則甚少關

切議會，希望及注意力都集中於王本身。上千首敘事詩與歌謠講述莫瑞德之子是騎龍從冥界返回光明之岸的王子，是索拉之役的英雄，揮舞瑟利耳之劍，又名山梨樹、英拉德島之高梣木，以和平符文統治，廣受愛戴。相較之下，要以議會爭議船運稅為題吟詩作賦，就困難得多。

未受歌頌的議員魚貫進入，坐在鋪有軟墊的長椅上，面對硬木板王座。王進入時全體起立，弓忒之女走在王身旁，由於大多數人都見過，她的外表未引起太大騷動，此外，還有個穿著襤褸黑衣的矮小男子。「似乎是個村野術士。」柯梅瑞商人對威島船商說，後者語帶無奈、寬恕地答：「應該沒錯。」土普受議員愛戴，少數人即便非如此，也至少是喜歡他的。他畢竟將權力交予他們手中，因此儘管他們不會因此覺得必須對他表示感激，至少都會尊重他的決定。

年老的伊比亞夫人遲來，連忙進入，主持的賽智親王請議員坐下。眾人坐定，賽智說：「靜聽王宣旨。」眾人聆聽。

王告訴議員，龍如何攻擊西黑弗諾，以及自己如何與弓忒之女恬哈弩出發去與龍族議和。這是許多人首次聽聞此事真況。

王首先敘述龍族早先攻擊西方諸島，簡述黑曜所說女孩在柔克圓丘上變身成龍的故事，並提醒議員，環之恬娜、前柔克大法師，及馱載王離開偕勒多的龍凱拉辛，都宣告恬哈弩是他們的女兒。這一切吊足議員的胃口。

終於，王說出三天前的清晨，在法力恩山脈隘口發生的事。

王最後說：「那龍帶著恬哈弩的訊息，去找目前正在帕恩的歐姆伊芮安，而她必須飛越三百多哩才能抵達。但龍比任何有法術風協助的船隻更快，歐姆伊芮安隨時可能到訪。」

賽智親王首先提問，他知道王會樂於回答：「主上，您與龍族議和，希望從中得到什麼？」

王立即答道：「我們能得到的，絕對勝於與之相鬥。若有任何龍惱怒前來，我們將無法相抗，這點或許難以承認，卻是事實。智者告訴我們，也許有個地方可以抵禦龍，那便是柔克島；在柔克，也許有人可以面對一頭龍的怒火而不受摧毀。因此，我們必須了解龍族為何發怒，解決緣由，平息牠們的怒氣。」

「龍族是動物，」老飛克威領主說，「人無法與動物說理談和。」

「難道我們沒有殺死巨龍的厄瑞亞拜之劍嗎？」一名年輕議員大喊。

另一名議員立刻回應：「又是誰殺死了厄瑞亞拜？」

議會中的爭論經常十分吵雜，但賽智親王嚴格控制，不讓任何人打斷他人發言，或發言超過沙漏一轉的兩分鐘。親王的鑲銀儀杖會往地上重重一擊，打斷胡言

亂語和言不及意，喊出下一名發言者。議員快速討論、來往呼喊，所有該說的、不該說的，都說出口，反駁，再次爭論，多數人認為該準備迎戰龍族，將之擊潰。

「皇家艦隊上的弓箭手就足以把龍像鴨子一樣射下！」一名瓦梭的熱血商人喊道。

「難道我們要在毫無智慧的野獸面前卑躬屈膝嗎？難道我們之間沒有英雄了嗎？」尊貴的偶托克尼夫人質問。

一聞此語，黑曜銳聲回答：「毫無智慧？龍能說創生語，而創生語承襲我們所有智慧與力量。若龍是野獸，我們亦然。人類只是會說話的動物。」

一名年老、見多識廣的船長說：「那麼巫師不就該與龍溝通？既然你們通曉龍族語言，還分享了龍的力量？王談到一名年輕、未受教導的女孩變身為龍，法師不也能隨意變換形體？柔克師傅難道無法與龍溝通，甚至在必要時旗鼓相當地與其戰鬥？」

帕恩巫師起身，他的身形矮小，聲音輕柔。「船長，變形就是成為別的形體，」巫師禮貌地說，「法師可以將外表變得像龍，但真正的變形是危險技藝。尤其是現在，在巨變中的小變化，有如以吐氣對抗狂風吹拂……但我們之中有人不需使用任何技藝，卻比任何人都更能與龍族溝通。只要她願為我們發言。」

聽到這句話，坐在王座腳邊長椅上的恬哈弩站起，說：「我願意。」而後坐下。

這句話讓爭論稍歇，旋即再度爆發。

王靜聽，沒說話，想了解子民的性情。

古劍之塔上的銀喇叭甜美地四度吹響，奏出整首樂曲，告知第六小時，已是正午。王起身，賽智親王宣布休息直到午後第一小時。

赫露女王塔中房裡擺著午餐，有新鮮乳酪與夏季鮮果。黎白南邀請恬哈弩、恬娜、赤楊、賽智及黑曜相陪。黑曜獲得王首肯後，領帕恩巫師塞波一同入席。眾人同桌共食，安靜少言。向窗外看去，是整面海灣及北海岸線，此時逐漸消失在泛藍迷霧中，不知是晨霧的殘餘，還是西方森林大火的濃煙。

赤楊依然摸不著頭腦：為何自己會被視為王的親信，參與議會？他與龍有何關連？他無法相鬥，亦無法交談，如此巨偉生物在他心裡既偉大又奇異，議員的誇耀與叫囂在耳裡聽來不過是犬吠。他曾見一隻小狗，在海灘上對著大海一再大吠，向後退的海波奮衝狂咬，卻在浪花前轉身逃跑，濕淋淋的尾巴夾在雙腿間。

但赤楊很高興能與恬娜同處，感覺自在，喜愛她的善良勇敢，也發現自己與恬哈弩相處同樣輕鬆。

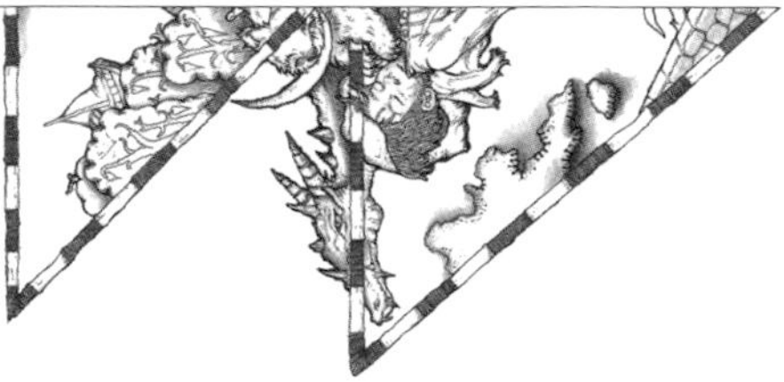

半毀的容貌讓恬哈弩彷彿擁有兩張臉，赤楊一次只能看到一面，無法同時看見，但習慣之後便不感惴惴。母親的臉也半掩在酒紅色胎記下，恬哈弩的臉讓赤楊想起母親。

與之前相較，恬哈弩顯得較沒那麼坐立不安或憂煩。她安靜坐著，幾次害羞地如對夥伴般向身旁的赤楊說話。赤楊覺得恬哈弩與自己一樣，不是自願在此，而是因為必然的選擇，受驅策走上不明的道路，也許兩人的道路朝同一方向，或至少暫時如此。這念頭給了赤楊勇氣，雖然只知道必須完成某件事，某件已經開始的事，但他覺得無論是何任務，與恬哈弩分擔比獨力來得好。或許她也因為同樣的寂寞，而受赤楊吸引。

但兩人未談及如此深奧的話題。「我爸爸給了你一隻小貓。」眾人離開餐桌時，恬哈弩對赤楊說道，「是蘑絲阿姨的貓嗎？」

赤楊點點頭。恬哈弩又問：「灰色那隻？」

「是。」

「那是整窩中最好的貓。」

「她在這裡愈住愈胖了。」

恬哈弩遲疑片刻，膽怯說道：「我想，牠是公貓。」

赤楊察覺自己在微笑。「他是個好友伴。一名水手為他起名小拖。」

「小拖。」恬哈弩複述，神情顯得滿意。

「恬哈弩，」王在深廣窗臺邊與恬娜同坐，喚道，「我今天在議會中沒有請妳講述雀鷹大人詢問的問題，時機不對。不過，那場合妥當嗎？」

赤楊看著恬哈弩，她思索過後方才回答，向母親瞥了一眼，但恬娜不欲回應。

「我寧願在這裡對你說。」恬哈弩以沙啞聲音說道，「或許也對胡珥胡公主說。」

短暫靜默後，王和善地問：「要我請公主來嗎？」

「不，我能去看她。過一陣子。我真的沒什麼能說的。爸爸問：**死後有誰會去旱域**？媽媽跟我談過，我們想，人會去，但動物會去嗎？鳥在那裡飛翔嗎？那裡有樹嗎？草會長嗎？赤楊，你看過那裡。」

赤楊陡然一驚，只能說：「在……在牆這端有草，但似乎都枯死了。牆那端我不清楚。」

恬哈弩看向王：「陛下，你跨越了那片土地。」

「我沒看到野獸、飛鳥，或生長的植物。」

赤楊再度開口：「雀鷹大人說過，只有灰塵、岩石。」

「我想，只有人類死後才會去那裡，」恬哈弩道，「但不是所有人。」她再度

望向母親，未轉開臉。

恬娜開口：「卡耳格人跟動物一樣，」她的聲音乾澀，不露一絲情感，「死後便能重生。」

「那是迷信。」黑曜說，「原諒我，恬娜夫人，但您自己……」他停語。

「我已不再相信他們對我說的，說我是或曾是永遠重生的阿兒哈，唯一不斷重生、永生不朽的靈魂。」恬娜說，「但我相信死後會跟所有凡人一般，重新融回世界的大生命體，一如草、樹和動物。人類只是會說話的動物，先生，一如你今早所說。」

「但我們會說創生語。」巫師抗辯，「我們學會兮果乙創世的語言，生命的語言；我們教導靈魂該如何征服死亡。」

「那個只有灰塵與陰影的地方，就是你所謂的征服嗎？」恬娜的聲音不再乾澀，眼神精光逼人。

黑曜憤慨，卻只能無言站立。

王介入兩人之間。「雀鷹大人問了第二個問題：龍能跨越石牆嗎？」他看著恬哈弩。

「先前的答案便已說明。」恬哈弩道，「如果龍是唯一會說話的動物，而動物不會去那裡。法師在那裡見過龍嗎？陛下見過？」她先看著黑曜，然後看看黎白南。黑曜思索片刻後便答：「沒有。」

王神色訝異：「我怎麼從來沒想到這點？沒有，我們沒看到。我想那裡沒有龍。」

「陛下！」赤楊發話，自從來到王宮，從未如此大聲說話，「那裡有頭龍。」他面窗而站，指向窗外。

眾人一同轉身。在黑弗諾灣上空，一頭龍自西方飛來，身形修長，緩慢拍擊，布滿長羽的翅膀閃耀泛紅金光。迷濛夏空中，一縷煙短促飄在身後。

王道：「我該為這位貴客準備哪間客房？」

王似乎語帶戲謔，抑或迷惘。但一看到龍轉向，朝古劍之塔飛來，他立刻跑出房間，跑下樓梯，驚動並超越了大廳及門口衛兵，首先抵達白塔下的陽臺。陽臺是間宴會廳的屋頂，寬闊大理石四周以低欄圍住，古劍之塔凌駕於上，女王塔佇立不遠處。王出現時，龍剛降落，收摺雙翼，發出金屬般的敲擊巨響，降落之處的大理石上留下深刻爪印。

修長、鋪滿金色鱗甲的頭轉過來，龍看著王。

王低下頭，未直視龍的雙眼，但他向前端望，清晰說道：「歐姆伊芮安，歡

迎。我是黎白南。」

「阿格尼·黎白南。」聲音響亮嘶道，一如歐姆安霸在極西之處稱呼尚未繼位的他。

身後，黑曜、恬哈弩與幾名士兵一同跑上陽臺。一名士兵抽出長劍，黎白南也看到女王塔上一扇窗中，有另一名士兵舉著滿張弓箭正對龍的胸膛。「放下武器！」王喊道，聲音在高塔間迴響，守衛照辦，慌亂得幾乎掉了長劍，但弓箭手遲疑地放下滿弓，不願讓王毫無抵禦能力。

「玫迪幽。」恬哈弩悄喚，上前一步站在黎白南身旁，眼光穩穩地看著龍。巨龍的頭再度轉過，在皺紋滿布、鱗甲閃爍眼眶中的一隻巨大琥珀色眼睛，眨也不眨地回視。

龍開口。

黑曜對王低喃龍與恬哈弩的對話。「凱拉辛之女，我的姊妹，」龍道，「妳沒有飛翔。」

「姊妹，我無法變身。」恬哈弩道。

「我變嗎？」

「若妳願意，暫時如此。」

在陽臺上及從高塔窗戶向外望的眾人，即便久居於法術與奇景間，卻看到終生無法與之相較的奇景。他們看到巨碩的龍有著鱗甲覆蓋的肚子，與一條拖曳過半個陽臺長、荊棘遍生的尾巴，長有紅角的頭舉起時，有王的兩倍高……巨頭俯低，全身顫抖，雙翅如鑼鈸敲擊作響，一團水霧而非煙霧自深黑鼻孔拋出，包裹全身，茫如薄霧或花白玻璃，而後消失。正午太陽照耀在燒焦、刻毀、雪白的地板上，沒有龍，只有一名女子，站在離恬哈弩及王十步遠處。女子的位置，原本該是龍的心臟。

女子年輕高大、身材結實、皮膚黝黑、頭髮烏黑，身著農婦的襯衣與長褲，裸足。她毫無動靜地站著，彷彿不知所措，低下頭看著身體，抬起手觀察。「這麼小的東西！」女子以普通話說道，笑了，看著恬哈弩，說：「感覺像穿上五歲時穿的鞋子。」

兩名女子走向彼此莊重行禮，彷彿武裝戰士相互致敬，或兩艘在海上相遇的船艦。兩人相擁，輕輕摟抱，長達數刻。分開後，一同轉身面向王。

「伊芮安女士。」王招呼，鞠躬。

女子有些不知所措，約略行個村婦的禮。抬起頭時，王看到她的雙眼是琥珀色，立刻掉轉過頭。

「我現在的形貌不會傷害你，」女子說著露出大大微笑，牙齒雪白，「陛下。」她不自在地加道，試著表現禮貌。

王再度鞠躬，如今手足無措的人是他。他看著恬哈弩，然後轉過頭看向與赤楊一同走上陽臺的恬娜。無人說話。

伊芮安的眼光投向身著灰色斗篷，立於王身後的黑曜，臉龐再度亮起。「先生，」她問，「你從柔克島來嗎？你認得形意師傅嗎？」

黑曜鞠躬，點點頭，亦不直視伊芮安。

「他還好嗎？還是在林間行走嗎？」

巫師再度鞠躬。

「那麼，守門師傅、藥草師傅與坷瑞卡墨瑞坷呢？他們是我的朋友、支持我。如果你回到柔克，如果你願意，請代我向三位致上鍾愛與崇敬。」

「我會的。」巫師說。

「我媽媽來了。」恬哈弩輕輕對伊芮安說，「峨團之恬娜。」

「弓忒之恬娜。」黎白南以特殊的嚮亮語調說道。

伊芮安毫不隱瞞對恬娜的好奇，問：「是妳跟大法師把符文之環從白髮番那裡帶回嗎？」

「是的。」恬娜說，以同樣的坦白看著伊芮安。

在眾人頭頂，圍繞古劍之塔塔頂的陽臺上起了某種騷動：喇叭手出現，準備報時，但此刻四人都聚集在與陽臺同方向的南面，低頭看龍。城堡高塔中的每扇窗戶都是臉，街道人聲鼎沸，一如洶湧波濤。

「喇叭手奏報第一小時後，」黎白南說，「議會將再度開議。夫人，議員已看到或聽說妳來臨。如果妳願意，我們最好直接進去，讓他們瞻仰妳。如果妳願意對他們說話，我可以保證他們會聆聽。」

「很好。」伊芮安說。在這片刻，她顯露出龍族的沈重漠然，但她一旦走動，那種端莊卻立刻消失，看來只是個腳步笨拙的高大年輕女子。她微笑對恬哈弩道：「我好像會如火花飛起，整個人彷彿毫無重量！」

高塔上四支喇叭分向西、北、東、南吹奏，每段歌謠都是五百年前一位王為摯友而寫的輓歌。

片刻，黎白南憶起厄瑞亞拜的臉：眼光深暗、哀傷，垂死地站在偕勒多海灘，站在殺死自己的龍之骨骸間。黎白南不解為何此時此刻想起如此遙遠的事物，卻又不訝異，因為生者與死者、人族與龍族，都正聚集而來，朝自己看不見的事件前進。

黎白南停步，直到伊芮安及恬哈弩上前。一同走入王宮時，他說：「伊芮安女

士，我想請教許多事，但我的子民所害怕，以及議會想知道的是：妳的族人是否打算攻擊我們？為何攻擊？」

伊芮安點點頭，強勁果決道：「我會說出所知的一切。」

一行人來到高臺後由垂簾遮隱的門口，廳內正一片混亂，呼聲震天，幾乎隱沒賽智親王敲擊儀杖的聲響。然後沈默突然降臨，全體轉身看著王與龍進門。

黎白南未就坐，站在王座前，伊芮安站在左側。

「聆聽王宣旨。」賽智對著死寂宣布。

王開口：「諸位，這一日將長久傳誦與歌頌！諸位後裔將會說：『我是人龍議會一員的子孫！』尊崇她，一如她的到來尊崇我們。聆聽歐姆伊芮安！」

之後，有些出席議會的人說，若直視伊芮安，會認為她看來只是個靜立的高大女子，但若別過頭，則會從眼角瞄到一片金色濃霧，籠罩王與王座。許多人知道不能直視龍的雙眼，所以別過頭，但依然偷偷窺伺。女人看著伊芮安，或覺她外表平庸，或覺美麗，有人則同情她必須在宮中裸足行走。還有幾名議員尚未進入狀況，依然在想這名女子是誰、龍何時會到。

伊芮安發話時，一室沈默，她嗓音一如多數女子清麗，卻輕易在大廳迴響，她緩慢而正式地開口，彷彿腦中正翻譯古老語言。

「我的真名曾是伊芮安，來自威島的舊伊芮亞領地，如今則是歐姆伊芮安，至壽者凱拉辛喚我為女。我是王的舊識歐姆安霸的姊妹、歐姆的子孫，他殺死王的友伴厄瑞亞拜，也遭其所弒。我今天在這裡，是因為姊妹恬哈弩呼喚我。

「歐姆安霸死於偕勒多，摧毀巫師喀布的肉身，凱拉辛從西之彼方前去，將王與大法師帶回柔克。回返龍居諸嶼後，至壽者召喚西方子民，其語言均遭喀布剝奪，神智尚未清晰。凱拉辛對他們說：『你們允許邪惡將你們變得邪惡、曾經瘋狂。你們雖已回復神智，但只要風從東方吹來，就再也無法回復如初，超然於善惡之外。』

「凱拉辛說：『很久以前，我們選擇。我們選擇自由，人選擇重擔；我們選擇火與風，人選擇水與土；我們選擇西方，人選擇東方。

「『但總有龍羨慕人的財富，總有人羨慕龍的自由，因此邪惡侵入，並會再度襲來，直到我們再次選擇，永遠自由。我即將去到西方彼岸，乘異風飛翔，你們若願前來，我會引領你們，或是等待。』

「有些龍對凱拉辛說：『人類因為嫉妒，在很久以前偷去了我們在西之彼方一半領土，設下法咒阻擋我們進入。現在讓我們將人趕去極東之地，奪回島嶼！人與龍無法分享風。』

「凱拉辛說：『我們曾是同族。因此，在人類每代中總會出現亦龍亦人的子孫；在我們比人類眨眼即逝的生命更長久的每個世代，也有出生時亦為人族的龍，一位目前住在內環諸島，還有一位住在那裡的人類也是龍。這兩位是信差、是獲選的使者。龍或人之中，再也不會降生這樣的後裔，因為萬物平衡正改變。』

「凱拉辛接著說：『選擇吧，是和我一同在世界遠方、乘馭他風，或者留下、背負善惡重擔。或退化為沈默的野獸。』最後凱拉辛說：『最後選擇的會是恬哈弩，在她之後將再無選擇、再也沒有通往西方的路，只有森林會在中心，一如永恆。』」

所有人如石般靜止，聆聽。伊芮安文風不動，說話時眼光彷彿穿透眾人。

「幾年後，凱拉辛飛入西方，有些龍跟隨，有些沒有。我加入族人時，跟隨凱拉辛的道路，但只要風能承載，我便在兩處來回。

「我族生性獨占、易怒。留在世界之風中的龍開始群集，或獨自飛向人類島嶼，再次強調：『人偷去我們一半的領土。現在我們要奪回人所有的西方領土，趕走人，讓他們再也無法將善惡傳給我們。我們不願在脖子上套入人的重擔。』

「但我族不願殺島民，他們仍記得瘋狂時自相殘殺的慘況。他們痛恨人，但除非你們動念殺戮，否則他們不會肆殺人類。

「其中一群龍已來到我們稱為『冷山』的黑弗諾。帶領族人並與恬哈弩說話的是我兄弟阿莫德。龍想把你們趕入東方，但阿莫德跟我一樣，目的在執行凱拉辛的意志，希望將子民帶離你們擔負的重擔。若阿莫德、我與凱拉辛之子能阻止人龍互相傷害，我們樂意代勞。但龍沒有王，也不服從任何人，肆意飛翔。他們暫時尊重我兄弟與我以凱拉辛之名所提的要求，但無法長久。他們對這世上一切毫無所懼，除了你們的巫術，因為它能抗拒死亡。」

大廳內，最後一詞迴響在伊芮安語畢所帶來的沈默中。

王向伊芮安致謝，說：「妳願意訴說真相，讓我們感到無比榮幸，我以真名起誓，對妳同樣據實以告。將我帶回王國的凱拉辛之女，我懇求妳告訴我，妳方才說龍害怕什麼？我以為龍對世界之中或之外萬物毫無所懼。」

「我們害怕永生的咒語。」伊芮安率直說道。

「永生？」黎白南遲疑，「我不是巫師。黑曜師傅，如果凱拉辛之女允許，請你代我發言。」

黑曜站起身，伊芮安以冰冷、無所偏袒的眼光看著他，點點頭。

「伊芮安女士，」巫師說，「我們沒有永生的咒語，只有巫師喀布試圖讓自己永生，因而墮落我們的技藝。」黑曜緩緩道來，措辭仔細，一面思索一面回答，

「大法師及吾王在歐姆安霸協助下摧毀喀布，彌補他造成的傷害，大法師因此奉獻所有法力以治癒世界，恢復一體至衡。在我們這一代，沒有別的巫師試圖……」黑曜突然停語不發。

伊芮安直視黑曜，黑曜直視地面。

「我摧毀的巫師，」伊芮安問，「柔克的召喚師傅，索理安……他希求的是什麼？」

一語中的，黑曜無言以對。

「索理安從冥界返回，」伊芮安說，「但不像大法師及工以活人之身回來。他死了，但他跨越園牆返回，依憑技藝……你的技藝……你們柔克男子！我們如何信任你們所說的任何事？你們毀壞了世界平衡！你們能恢復嗎？」

黑曜看著王，焦慮不安。「陛下，我認為此時此地不宜討論此等事宜……在所有人面前……直到我們明白所言及的事物，以及該採取的行動……」

「柔克留守它的祕密。」伊芮安以冷靜的輕蔑說道。

「但在柔克……」恬哈弩並未起身，微弱的聲音逐漸消失。賽智親王及王轉頭看她，示意她繼續。

她站起身，起先讓左臉朝向並排而坐、宛如有眼能見的石像的議員。

「柔克有心成林。」恬哈弩說，「姊妹，凱拉辛說在中心的森林時，這不就是他的意思嗎？」她轉向伊芮安，讓凝視的眾人看見毀損臉龐，但她已忘卻眾人存在。「也許我們該去那裡，去萬物中心。」

伊芮安微笑：「我願去。」

兩人一同看著王。

「在我送妳們去柔克，或與妳們同行之前，」王緩緩說道，「我必須知道會有何影響。黑曜師傅，我很遺憾，如此嚴重且冒險的事件，迫使我們如此公開討論下一步。但我信任諸位議員會在我尋得並掌握方向時支持我。議會須知道的是，我們的島嶼毋須害怕西方之族的攻擊……至少維持停戰協定。」

「妳能告訴我們，有多久嗎？」

「能。」伊芮安答。

「半年？」伊芮安隨口提議，彷彿只是說一、兩天。

「我們會維持半年的停戰協定，並期待出現長久的和平。伊芮安女士，若要與我們達成和平，妳的族人會希望知道我們的巫師對生死的……攪和，不會危及他們。這樣說對嗎？」

「危及我們全體，」伊芮安說，「是的。」

黎白南思索片刻，以最尊貴、親切、風度翩翩的態度說：「那麼，我該與妳們一同前往柔克。」他轉向眾人：「諸位，確定停戰後，我們要尋求和平。為達成此目標，我願走遍天涯海角，因我的王治遵從葉芙阮之環的象徵。若諸位預見任何對此次旅程的阻礙，請立刻提出。群島王國的力量平衡與萬物之一體至衡正岌岌可危，若我要去，必須現在離開。秋季已近，到柔克頗有段距離。」

長眼的石像繼續端坐，眼睛大張，無人發言。賽智親王說：「去吧，陛下，帶著我們的希望與信任，讓法術風漲滿風帆。」議員發出小小的贊同呢喃：沒錯，沒錯，說得好。

賽智詢問是否還有問題或爭議，無人開口。議會結束。

與賽智一同離開王座廳時，黎白南說：「賽智，謝謝。」老親王回答：「黎白南，夾在你跟那龍之間，那群可憐人還能說什麼？」

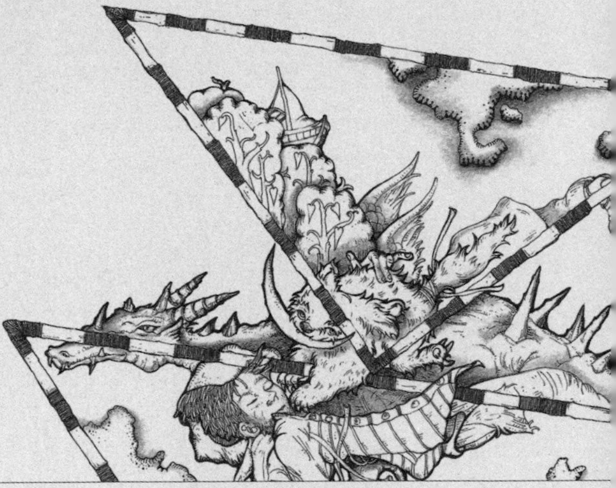

【第四章】

海豚
Dolphin

離開首都前，黎白南必須先決議、安排諸多事務，另一道難題是決定哪些人同往柔克：伊芮安跟恬哈弩是當然人選，而恬哈弩希望母親能陪同；黑曜說赤楊一定得去，還有帕恩巫師塞波，因為帕恩智識多涉及跨越生死界線；「海豚」由托斯拉再度引領，政事由賽智親王及一群特選議員共同處理。

一切就緒——至少黎白南如此以為，直到出發前兩日，恬娜對他說：「你將談及我們與龍族間的戰事與和平協定，伊芮安說這甚至會影響地海萬物平衡。我認為卡耳格人民應參與討論，並有發言權力。」

「妳可以擔任代表。」

「我不行，我不是至尊王的子民。這裡唯一能代表他子民的，是他的女兒。」

黎白南自恬娜身旁退一步，轉身側背向她，良久才以壓抑怒氣的平板聲調說：「妳知道她完全不適合參與此次航程。」

「我對這事一無所知。」

「她沒受過教育。」

「她很聰明、實際、勇敢，明白自己的身分帶來何種責任。她的確未受訓學習掌權，但和僕人及一群宮廷仕女關在河宮，又能學到什麼？」

「先從學語言開始！」

「她正在學。如有需要，我會為她翻譯。」

短暫沈默後，黎白南小心翼翼地說：「我了解妳關心她的子民。我會想想該如何處理，但這趟旅行沒有她的位置。」

「恬哈弩和伊芮安都說她該一起來，黑曜師傅說她與道恩島的赤楊一樣，此時來到此地，並非偶然。」

黎白南踱開，語氣有禮但勉強：「我無法允許，她無知小毫無經驗，會是沈重負擔，我也不能讓她遭遇危險。與她父親的關係……」

「你所形容的無知告訴我們該如何回答格得的問題！你像她父親一般，不懂得尊重她，把她說得像是不會思考的動物！」恬娜氣得面色發白，「如果你擔心讓她遭遇危險，就去請她自願冒險！」

沈默再度出現，黎白南依舊木然冷靜，不肯直視恬娜：「如果妳、恬哈弩與歐姆伊芮安都認為那女人該一起去柔克，而黑曜也同意妳們的看法，那我接受妳的判斷，但我認為這是錯的。請告訴她，若她希望，可以加入。」

「該由你去告訴她。」

黎白南靜立，一語不發地走出房間。

他經過恬娜身邊，雖未直視，卻清楚看到恬娜表情：老又疲累，雙手顫抖。他同情她，為自己的無禮感到羞愧，慶幸沒有別人看到這一幕，然而這些感覺只是火星，由於對恬娜、公主、一切人事物的巨大黑暗憤怒而瞬間熄滅，因為他們在他身上加諸這虛假的義務、醜惡的責任。走出房間時，他扯開領子，彷彿頸項被勒緊。

皇宮總管是名行動緩慢、個性平穩的男子，名叫全善，沒想到王會這麼早回來，也沒想到會從那扇門進入，嚇得跳起身，眼睛大張。黎白南冰冷回瞪：「叫第一公主下午前來見我。」

「第一公主？」

「難道這裡還有別的公主嗎？你不知道至尊王的女兒是我們的客人嗎？」

詫異的全善結結巴巴道歉，卻被打斷：「我自己去河宮。」黎白南說完便大踏步出門，總管在後緊追、阻擋，終於拖慢他的步伐，剛好及時召集合適的隨從、備妥馬匹、請長廳中等候接見的請願者等到下午……諸如此類。所有讓他成為王的義務、責任、限制、束縛，像流沙般將他拉扯、吸入、拖曳，令他喘不過氣。

坐騎從中庭另一端牽到面前，黎白南倏地翻身上馬。馬匹感染了情緒，向後退步、人立，驅趕身後的馬夫及馬僕。黎白南看著圍繞的人圈擴大，心裡湧上粗暴的滿足，不等隨從上馬便逕自催促坐騎朝大門馳去。他遙遙領先，帶領一行人以急促小快步行過街道，很清楚自己為年輕軍官造成何種煩惱：軍官該騎在王前面，高

喊：「王駕到，讓路！」卻被拋在後頭，又不敢超越。

時近中午，黑弗諾城中街道及廣場炙熱明亮，少有人跡。一聽達達馬蹄，人們匆忙湧向小而昏暗的店舖門口，他們睜大眼睛，認出國王，敬禮。坐在窗前搖扇、隔著街道嚼舌根的婦女低頭看著路面揮手，一人丟來花朵。蹄聲迴盪在寬闊炎熱的廣場，場上空曠無人，只有一隻尾巴捲曲的狗，邁著三條腿跑開，對王族視而不見。出了廣場，他選擇一條狹窄街通向賽倫能河邊的石板路，在舊城牆邊的柳樹蔭下，朝河宮騎去。

路程改變他的情緒。城市的熱氣、沈默及美麗，牆壁及窗板後無數人家的感受、向他投擲花朵的女子微笑、領先所有侍衛與排場儀仗所帶來的瑣細滿足、河邊涼蔭與林蔭滿布的中庭，在那屋中度過平靜愉悅的白天黑夜。這一切都將他稍稍帶離怒氣，感覺與自身分離，不再被充滿，而是傾空。

他翻身下馬，第一批隨從正好騎入中庭。馬高興地站在樹蔭下，他進入屋內，像顆石子投入光滑如鏡的水面，降臨在打盹的男僕間，引發逐漸擴散的不安及驚慌呼喊。「告訴公主我來了。」

伊里安島古戴米司尼家族的奧珀夫人，目前負責管理公主的仕女，旋即出現，優雅地迎接黎白南，送上飲料，表現得彷若王的來臨是意料中事。夫人柔和文雅的態度半安撫、半惱怒他。無窮盡的虛偽！但奧珀夫人還能怎麼辦？為了國王出乎意料終於造訪公主，便該像在岸上擱淺的魚般張大嘴？（一名很年輕的仕女正是如此。）

「我很遺憾恬娜夫人目前不在此。」夫人說，「有夫人協助，與公主交談容易許多，但公主在語言上有令人讚歎的進步。」

黎白南忘記語言問題，接過送上的冷飲，一語未發。在其餘仕女協助下，奧珀夫人閒談，王極少回應，但開始意識到眾人可能期待他與公主在所有仕女陪同下交談，這也是應盡之禮。無論原本想對公主說什麼，都已不可能。他正準備起身告退，一名頭與肩以圓形紅色面紗遮蓋的女子在門口出現，雙膝一跪詢問：「請？王？公主？請？」

「公主會在房中接見您，陛下。」奧珀夫人轉述，朝一名男僕揮揮手，由男僕陪同王上樓，走過長廊，穿過側房，穿過一間似乎擠滿紅紗蒙面女子的寬闊陰暗房間，來到河面上的陽臺。那裡站著他記憶中的身影：紅與金的靜止圓柱。

水面微風輕輕吹動面紗，讓身影不再僵硬，而顯得纖細、飄逸，宛如柳枝。身影似乎正在縮小、縮短，公主正向他行禮。他朝公主鞠躬，兩人站直身，沈默對看。

「公主，」伴著某種不真實感，黎白南聽見自己的聲音說，「我來請妳一同前往柔克島。」

公主未發一語。他看見細緻的紅面紗間分出橢圓空隙，公主正以雙手撥開面紗，修長、金黃的雙手分撥，展露隱在紅色陰影下的臉龐。他看不清公主五官，她幾乎與他同高，眼睛直視他。

「吾友恬娜說：王見王，臉對臉。我說：好的，我會。」

黎白南半理解，再度鞠躬：「我很榮幸，公主。」

「是的，」公主說，「我給你榮幸。」

黎白南遲疑：這是完全不同的領域，她的領域。

公主筆直靜立，面紗金邊閃動，她從陰影中看著他。

「恬娜、恬哈弩，還有歐姆伊芮安同意，如果卡耳格大陸的公主一同前往柔克，倒會是好事。所以我請妳同行。」

「同行。」

「去柔克島。」

「坐船。」公主突然發出小小的哀怨呻吟，然後道，「我會。我會同行。」

黎白南不知該說什麼，僅答以：「公主，謝謝妳。」

她點頭，不亢不卑。

黎白南鞠躬，照著在英拉德所學的宮廷禮儀，於正式場合時從父親面前告退的方式，不轉身背向公主，而是向後倒退離去。

公主看著他，依然拉開面紗，直到他抵達門口。她放下雙手，面紗闔起；他聽見她喘氣，大聲吐氣，彷彿從幾乎超越忍耐極限的意志力中解放。

勇敢，恬娜如此形容公主，他不明瞭，卻知道自己剛才看見了勇氣。所有填塞他、引他前來的怒氣消失殆盡，未被吸入、勒抑，而是突然面對一塊岩石，一塊清新空氣中的高地，一份真實。

他穿過充滿低語、香氣濃郁、薄紗覆面女子的房間，女子自他身邊縮離，隱入黑暗。他在樓下與奧珀夫人等人閒談片刻，特別親切地對待那名目瞪口呆的十二歲仕女。他對在中庭內等待的隨從和顏悅色，安靜登上高大的灰色坐騎，安靜、若有所思地回到馬哈仁安宮。

赤楊認命地聽取返回柔克的消息，清醒時的生活已變得如此奇特，比夢境更夢幻，令他失去質問或抗拒的意志。如果命運就是終生在諸島間航行，就聽天由命吧，他明白如今已無法回家，但至少能與令他心境安寧的恬娜及恬哈弩兩人同行，

黑曜巫師也親切。

赤楊生性害羞，黑曜內斂，兩者的學養地位更是天差地別，但黑曜曾數次拜訪赤楊切磋法藝；黑曜十分尊重赤楊的意見，令謙虛的赤楊不解，但不禁信任起黑曜。啟程在即，他便請教黑曜一件苦惱萬分的問題。

「跟小貓有關，」赤楊尷尬開口，「我覺得帶小貓同行不合適。要悶在船上這麼久，對這麼年幼的動物不好，而且我想，將來……」

黑曜未追問緣由，只問：「小貓還是能讓你遠離石牆？」

「嗯，經常如此。」

黑曜沈思。「抵達柔克前，你需要保護，我想……你跟巫師塞波談過嗎？」

「那個從帕恩來的人？」赤楊語帶一絲不安。

黑弗諾以西最大島嶼帕恩，長久即以怪異聞名。帕恩人的赫語帶奇特腔調，使用許多特有詞彙，遠古時代，領主曾拒絕效忠英拉德與黑弗諾的王。帕恩巫師不去柔克受訓，且帕恩智識能召喚大地太古力，常被視為危險、甚至詭異的力量。很久以前，帕恩灰法師因召喚死靈為他與領主提供建言，而使災難降臨島嶼，自此，術士都謹記這教訓：生者不應聽從死者建言。柔克法師與帕恩法師間曾多次以巫術決鬥，兩百年前一場決鬥，使帕恩及偕梅島上人民感染瘟疫，荒蕪半數農莊城鎮；十五年前，巫師喀布使用帕恩智識跨越生死之界，雀鷹大法師用盡自身法力，摧毀喀布，癒合傷害。

赤楊一如宮中成員及王廷議員，一直禮貌地避免與巫師塞波接觸。

「我請王帶他前去柔克。」黑曜說。

赤楊驚訝地眨眨眼。

「帕恩人民對此類事物的知識較我們深厚。」黑曜解釋，「我們的召喚技藝主要來自帕恩智識，索理安深諳此道……現任柔克召喚師傅烙德來自芬圍島，不願操持任何引用帕恩智識的技藝。誤用只會招來惡果，但也許正因無知，才會不當使用。帕恩智識歷史久遠，其中可能含有我們所喪失的知識。塞波是個智者，我想他該同行。他應該也能幫助你，只要你信任他。」

「若他已贏得你的信任，」赤楊說，「我亦然。」

每當赤楊展現道恩巧舌，黑曜便自嘲地略略微笑。「赤楊，這類事，你的判斷跟我的有同等價值，甚至更好。希望你能善用判斷力，我會帶你去見塞波。」

兩人一同進城。塞波的住所位於船廠附近的舊城區，就在造船街旁，帕恩人的造船技術極高超，應聘前來為王建造船艦，因而在那兒形成帕恩人社區，房屋古老、密集，屋頂間接以橋梁，令黑弗諾大港除了石板路外，更有第二層飛躍於空中的街道網絡。

塞波的房間位於三樓，在夏末熱氣中顯得陰暗、密不通風。他帶著兩人更上一層，來到屋頂。屋頂兩邊各有一座橋連接其他屋頂，行人來往穿梭路口，矮欄杆上搭起棚架，港口吹來的海風帶來涼意。屬於塞波的屋頂一角鋪有條紋帆布軟墊，三人在墊上坐下，塞波端來沁涼微苦的茶。

他身形矮胖，年約五十，身材渾圓，手腳嬌小，頭髮鬈曲微亂，黝黑臉頰及下巴上還長著群島男子臉上少見的短鬚。態度和善，語音簡潔，帶著悠揚、柔軟的腔調。

塞波與黑曜交談，赤楊聆聽好一陣子，當兩人開始談起他一無所知的人與事時，思緒旋即飄盪開來，探頭看出屋頂及棚帳。屋頂花園還有精雕細琢的拱橋。北方是歐恩山，一座巨大的灰白圓頂凌駕朦朧的夏季山巒。他終於回神，聽帕恩巫師正在說：「也許連大法師都無法完全癒合世界傷口。」

世界的傷口，赤楊想，正是。他更為專注地凝視塞波，而塞波朝他一瞥。雖然塞波全身都給人柔和的印象，眼神卻十分銳利。

「也許讓傷口無法癒合的，不只是我們對永生的慾望，」塞波說，「更是死者尋死的慾望。」

赤楊再度聽見奇特言論，雖無法理解，卻頗覺熟悉。塞波再度瞥向他，似乎尋求回應。

赤楊沒回答，黑曜亦未開口。塞波終於問：「赤楊大爺，你站在界線時，死者對你有何要求？」

「放他們自由。」赤楊答，聲如耳語。

「自由。」黑曜喃喃。

又是沈默。兩名小女孩與一名小男孩跑過屋頂，又笑又叫：「再下去！」玩著在城市中以街道、運河、臺階與橋梁組成的無盡追逐遊戲。

「也許一開始就打錯算盤。」塞波說。黑曜丟去詢問眼神，他答：「**夫爾納登**。」

赤楊知道這是太古語，卻不明白意思。

赤楊看著表情嚴肅的黑曜，他只說：「好吧，希望一切終能真相大白，而且要盡快。」

「在存有真實的山丘上。」塞波說。

「很高興你也會在那裡。對了，赤楊每夜都受召喚到邊界，因此想尋求解脫，我告訴赤楊，你或許知道該如何幫忙。」

「你願意接受帕恩巫術的碰觸嗎？」塞波問赤楊，略帶嘲諷，眼神明亮，如黑玉銳利。

赤楊口乾舌燥：「師傅，我家鄉俗語說，溺水的人不問繩價，如果你能讓我遠離那裡，即便只有一晚，我都衷心感謝，雖然這跟如此恩賜相較，微不足道。」

黑曜帶著淺淡、有趣、毫無責難意味的微笑望向赤楊。

塞波毫無笑意：「在我這行，鮮少獲致感謝，我會為此盡力付出。赤楊大爺，我想我能幫助你，但我必須說，繩子所費不貲。」

赤楊低下頭。

「你是在夢中，而非憑自己的意志去到邊界，是嗎？」

「我如此相信。」

「說得好。」塞波敏銳的眼光讚許赤楊，「誰能明瞭自己的意念？如果你是在夢中去到那裡，我可以讓你遠離夢境……暫時。但如方才所說，你必須付出相當代價。」

赤楊投以詢問眼光。

「你的力量。」

赤楊一開始還不了解，接著問：「你是指我的天賦？我的技藝？」

塞波點點頭。

「我只是個修補師。」半晌後，赤楊說，「這不算放棄偉大力量。」

黑曜彷彿想抗議，但一看赤楊，便未開口。

「那是你的生計。」塞波道。

「曾經是我的生命，但已消失。」

「也許在必須發生的事發生後，天賦會重回你身上，我無法承諾，但會盡量歸還自你身上取走的部分。如今我們在黑夜中行走，進入陌生領域，白晝來臨時，我們可能知道身在何處，也可能不知道。如果我以這代價讓你脫離夢境，你會感謝我嗎？」

「我會。」赤楊說，「我的天賦能帶來的小利，與無知造成的傷害相比，算得了什麼？如果你能讓我免於時時感受的恐懼、害怕會造成的恐懼，我這一輩子都感謝你。」

塞波深吸一口氣：「我一直聽說，道恩豎琴從不走調。」他看向黑曜，問：「柔克不反對嗎？」語氣再次回到先前溫和的嘲諷。

黑曜搖搖頭，神情十分嚴肅。

「我們該去奧倫洞穴。若你願意，今晚就去。」

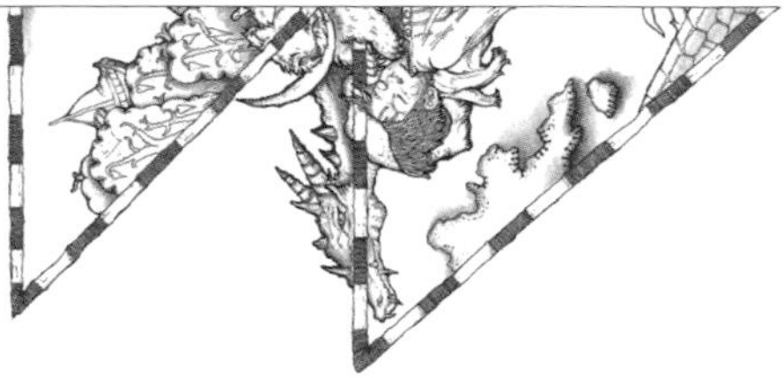

「為什麼是那裡？」黑曜問。

「因為能幫助赤楊的不是我，而是大地。奧倫是聖地，充滿力量，雖然黑弗諾人民已忘卻這點，只懂得玷污那裡。」

隨塞波下樓前，黑曜找到機會與赤楊私下交談。「赤楊，你不必進行這事，我原以為能信任塞波，但現在可不確定了。」

「我信任他。」赤楊說，理解黑曜的疑慮。他說會不計代價甩脫可能鑄成大錯、無可彌補的恐懼，字字認真。每次被吸入夢中，去到石牆前，他便感覺某種東西正試圖透過自己進入世界，只要聽從亡者呼喚，它就會進入，而隨著一次次聽到亡者，他愈漸虛弱，愈難抵抗呼喚。

炎熱午後，三人穿過城市走了好一段路，出到城市南邊鄉間，粗獷崎嶇的山陵朝港口延伸，到達富庶島嶼的貧瘠地帶：山脊間沼澤密布，多岩山背上僅有零星耕地，此處城牆十分古老，以運自山上未經雕琢的岩石堆砌，之外再無住宅，僅有幾座農莊。

三人沿崎嶇道路前行，蜿蜒爬上第一道山脊，沿著山巔朝東走向更高山巒。在山頂，他們看到城市在北，浸淫金色迷霧中，左方道路散成交錯縱橫的步道。直向前行不久，突然碰上地面一大縫隙橫擋路中，那是一道約二十幾呎寬的黑裂口。

彷彿岩石的脊椎被大地一扭而斷，此後再未癒合。西下陽光流洩在洞口周圍，點亮不遠處的直立岩面，但在此之下是一片黑暗。

山脊下方谷中，裂縫以南，有座鞣革廠。皮革匠將廢料帶來山上，隨意傾倒在裂縫中，半加工的皮革碎片四散，瀰漫腐爛與尿液的腥臭。接近陡峭邊緣時，洞穴深處湧出另一股氣味，冰冷、鮮明，充滿大地氣息，令赤楊卻步。

「我真痛心！真痛！」帕恩巫師大歎，帶著奇特神情環顧周圍垃圾與下方鞣革廠屋頂，一會兒後以慣常的柔和語調對赤楊說：「帕恩最古老的地圖顯示，此處正是稱為**奧倫**的洞穴，或縫隙，在地圖上也叫**帕歐之唇**。人類剛從西方來到此處時，它會對這裡的人說話，那是很久以前。如今人已改變，但它一如過往。如果你想，可以在此處放下重擔。」

「我該怎麼做？」赤楊問。

塞波領著他走到地面裂溝逐漸合攏為狹隙的南端，叫赤楊趴躺，直視身下無盡延伸的深層黑暗。「攀住大地，」塞波說，「你只需這麼做。即使天搖地動，也要攀牢。」

赤楊趴在地上，直視石牆縫隙。趴低時，他可以感覺岩石戳壓胸膛及腰臀，聽塞波開始以高亢聲音唸誦創生語，感受陽光溫暖照耀雙肩，聞到鞣革廠的腐臭。洞

穴在吸吐間從深處噴出一股令他無法呼吸、頭暈目眩的空虛鮮明氣味，大地在身下移動，搖晃震動，他緊攀，聽見高亢的聲音唱誦，吸入大地氣息。黑暗升起，虜獲住他，他失去陽光。

回神時，太陽已西沈，變成掛在海灣西岸上空迷霧的紅球。他看見塞波在不遠處坐著，疲憊寂寥，黑色影子長長延伸在石頭修長的投影間。

「你醒了。」黑曜說。

赤楊發現自己正仰躺，頭靠在黑曜膝上，有塊石頭刺壓背脊。他暈眩坐起，一面道歉。

赤楊一能行走，三人便出發下山，尚得趕路數哩，但他跟塞波的步伐顯然無法加快。三人回到造船街時天已全黑，塞波道別，在隔壁酒館投射出的燈光中探索著赤楊神情。「我照你的要求做了。」他說，依然不開心。

「我為此感謝你。」赤楊道，照英拉德島習俗伸出右手。一會兒後，塞波伸出手相碰，隨即告辭。

赤楊累得連腿都動不了，洞穴空氣的鮮奇味道依然流連在口喉中，令他感到輕飄、茫然、空虛。回到王宮時，黑曜想送他回房，但他說無大礙，只需休息。

進入房間，小拖腳步輕盈、尾巴搖擺地前來迎接。「啊，我現在不需要你了。」

赤楊彎下腰撫摸光滑的灰色毛背，眼淚湧入眼中。只是太疲累。他躺在床上，貓隨同跳上，蜷窩在肩，一面呼嚕呼嚕作響。

他睡了，漆黑空白的睡眠，沒有能記起的夢境，沒有呼喚真名的聲音，沒有長滿枯草的山丘，沒有昏暗石牆。什麼都沒有。

南航前夜，恬娜漫步宮中花園，心情沈重焦慮。她不想前往柔克，智者之島、巫師之島（**該死的術士**，一個聲音在她腦海以卡耳格語說）。在柔克能做什麼？能有什麼用？她想回家、回弓忒、回格得身邊，回自己的房子、自己的工作、自己親愛的男人身邊。

她疏遠黎白南，失去他。他有禮、和善，卻拒絕軟化。

恬娜在最後一季的玫瑰間漫步，心想：男人就這麼害怕女人！不怕單獨一個女人，而是害怕一同交談、工作，聲援彼此的女人們。男人只看到計策、陰謀、束縛、陷阱的鋪設。

男人當然是對的。身為女人，女人很可能支持下一代，而非這一代；女人編織男人視為鐵鏈的連結、視為束縛的聯繫。若黎白南堅持必須完全獨立、不受約束，才不算無足輕重，那恬娜與賽瑟菈奇確是一夥，隨時準備背叛他；若他認為自己只

是空氣與火焰，沒有泥土的重量、流水的耐性……

但這不是黎白南，而是恬哈弩。不屬於土地的，是她的瑟魯、前來共處一段時日的有翼靈魂，很快地，她明白，恬哈弩將會離開。火裡來，火裡去。

還有伊芮安。恬哈弩將與她一同離開，那燦爛猛烈的生物，與該掃的老房子、該照顧的老頭子有何關連？伊芮安怎麼可能了解這種事？對身為龍的她而言，人選擇肩負責任、結婚、生子或背負大地重擔，能算得上什麼？

恬娜看見自己在一群肩負高遠超凡命運的人之中，孤獨、無用，因而完全屈服於想家的念頭。不僅想念弓忒。為何自己不該支持賽瑟菈奇？她是公主，如同自己是女祭司，她完完全全、從頭到腳都是大地的女子，不會拍動炙熱雙翼飛去，還會說自己的母語！自己盡責地教導公主赫語，欣喜於她學習的進度，但至今才發現，真正的欣喜在於能與她說卡耳格語，所聽所說的字詞，盛滿自己失落的童年。

恬娜來到通往柳樹下魚池的小徑，看到赤楊，他身邊有個小男孩，兩人正安靜、認真交談。她總是樂於見到赤楊，憐憫他身處的痛苦與恐懼，也尊敬他在忍耐時表現的耐性，喜歡他誠實、英俊的臉龐，與靈巧言詞。在平凡詞語中多一點優雅裝飾，何過之有？何況，格得信任他。

恬娜在一段距離外停步，以免打擾兩人交談，看赤楊與孩子跪在小徑上，探進矮樹叢。一會兒，他的小灰貓從樹叢下出現，絲毫未注意兩人，逕自橫越草皮，躡掌躡腳，壓低肚腹，眼睛閃亮地獵捕飛蛾。

「你可以讓牠整晚待在外面，」赤楊對孩子說，「牠在這裡走不丟，也不會受傷。小貓愛好戶外，你該能了解，這片大花園就像整座黑弗諾城。你也可以讓牠在早上自由活動，要是喜歡，也能讓牠跟你一起睡。」

「我喜歡。」男孩害羞地說。

「要在房裡放一盒貓砂，隨時要有一碗水，不能乾掉。」

「還有食物。」

「沒錯，一天一次，別放太多，牠有點貪嘴，總覺得兮果乙創造諸島就是為了讓牠填飽肚子。」

「牠會抓池裡的魚嗎？」小貓如今在鯉魚池旁，坐在草地上環顧四周。蛾飛走了。

「牠喜歡看魚。」

「我也喜歡。」男孩說。兩人站起身走向水池。

恬娜感覺一陣溫柔的感動，赤楊有某種純真，男人的純真，而非孩子氣。他該有自己的孩子，會是個好父親。

恬娜想到自己的孩子，還有小孫子、孫女……不過艾蘋的大女兒琵萍……可能嗎？琵萍要十二歲了？今年或明年就會取得真名！噢，該是回家的時候了。該拜訪中谷，帶個命名禮給孫女，玩具給娃娃，確定老靜不下來的兒子星火未過度削剪梨樹枝葉，和善良的女兒艾蘋促膝相談一會兒……艾蘋的真名是哈佑海，由歐吉安賜予……想及歐吉安，她便湧上一陣慈愛與渴望的心痛。恬娜看見在銳亞白屋裡的壁爐，看到格得坐在壁爐邊，看他轉過黝黑臉龐，問個問題。在黑弗諾新宮花園裡，離壁爐數百哩外，恬娜大聲答道：「我會盡早回去！」

隔天是明亮的夏日早晨，一行人從王宮出發，登上「海豚」。黑弗諾人民彷彿參與慶典般，擠滿街道及碼頭，稱為片舟的撐篙小船堵塞河道，帆船與小艇綴點海面，升起鮮豔旗幟；壯麗房舍上的高塔和長短不一的橋梁旗杆，皆飛揚著旗幟與錦旗。恬娜穿過雀躍人群，想到很久以前與格得航入黑弗諾，帶回和平象徵葉芙阮之環。環戴在臂上，她舉起手讓銀環迎日光閃爍，好讓人民看到，眾人立刻大聲歡呼，對她伸出雙手，彷彿都想擁抱她。想到這件事令她微笑。她走上船板向黎白南鞠躬時，正面露微笑。

黎白南以船長的傳統詞句歡迎：「恬娜夫人，歡迎上船。」某種莫名衝動令她答道：「感謝你，葉芙阮之子。」

他看著恬娜一會兒，略微訝於這稱呼，但恬哈弩緊跟在後。他重述正式的歡迎：「恬哈弩女士，歡迎上船。」

恬娜朝船首走去，想起絞盤附近有個角落，不會干擾奮力工作的水手，卻又能看到擁擠甲板上一切事物，也看得到船外。

通往碼頭的大街上一陣騷動，第一公主抵達。恬娜滿意地看到黎白南（或王宮總管）安排與公主身分相稱的華麗儀仗。騎馬的隨從在人群間開道，馬匹英姿勃勃，噴氣、踏步，載著公主穿越城市的金箔馬車廂與拖車的四匹灰色駿馬頂上，裝有類似卡耳格戰士頭盔上的長紅羽飾。碼頭邊等待的樂師演奏起喇叭、低音鼓、鈴鼓，群眾一發現有個公主可以歡呼、窺探，立刻大聲歡呼，逼近得幾乎貼上騎兵與步兵，目瞪口呆，讚不絕口，隨意喊出歡迎。「卡耳格女王萬歲！」有些人喊道。旁人說：「她不是。」還有人說：「看，她們都穿著紅衣，跟紅寶石一樣漂亮。哪一個是公主？」更有人喊：「公主萬歲！」

恬娜看到賽瑟菈奇，雖然從頭到腳覆著薄紗，但身高與儀態卻明白顯露身分。她下了馬車，如船艦莊嚴地行向船板，兩名戴著薄面紗的女侍快步追跑，伊里安的奧珀夫人跟隨在後。恬娜的心情突地下沈，黎白南曾宣告這趟航程不帶任何僕人或

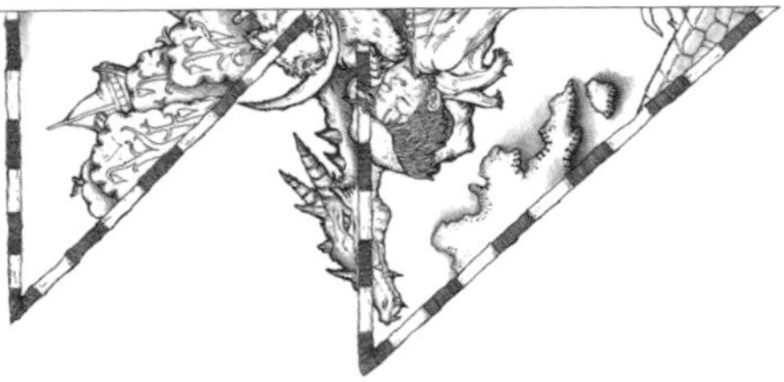

隨從，嚴厲表示這不是去遊山玩水，上船的每個人都必須有充分理由。難道賽瑟菈奇不了解嗎？還是她如此依賴那些愚蠢族人，寧願反抗王？這會是旅程最不幸的開始。

但一到船板前，金光波動的紅色圓柱便停步轉身，伸出雙手，金戒指在金色皮膚的雙手上閃耀。公主擁抱女僕，顯然在告別，也以皇族在公開場合中應有的莊嚴態度擁抱奧珀夫人。奧珀夫人將侍女趕回馬車，公主再次轉向船板。

片刻停頓，恬娜可以看到毫無特徵的紅金色圓柱深呼吸一口氣，挺直背脊。

公主緩緩步上船板。這時已經開始漲潮，船板陡峭，但從容的尊貴儀態令岸上觀眾安靜、著迷地觀看。

她抵達甲板後停步，面對國王。

「卡耳格大陸第一公主，歡迎上船。」黎白南以響亮聲音說。一聽此語，群眾爆賀：「公主萬歲！王后萬萬歲！阿紅，走得好！」

黎白南對公主說了些什麼，在群眾歡聲鼓噪下無可辨認。紅柱轉身面對岸上群眾，背脊挺直卻優雅地行個禮。

恬哈弩在國王站立不遠處等著公主，她上前說話，然後將她領到船艦後艙，沈厚、柔軟流動的紅色金色面紗消失不見。群眾歡呼，更瘋狂地高喊：「公主，回來！阿紅在哪？夫人在哪？王后在哪？」

恬娜越過船身看向國王，疑慮、沈重的心中湧出狂野不羈的低語，想著：可憐的孩子，你現在該怎麼辦？即使看不到公主，大家卻一眼便愛上她……噢，黎白南，我們都是反對你的一夥！

「海豚」體積不小，提供國王一定程度的奢華及舒適，但最重要的性能還是航行，與風同飛，以最快速度帶王到想去之處。即便只有水手、高等船員、王及幾個同伴在船上，艙房也已顯得狹窄，而在這趟前往柔克的旅程中更是擁擠。水手睡在前艙的三呎高窩舍，感受的不適與平常相差不遠，但所有高等船員必須分享前甲板下一個又小又黑的破舊小室。至於乘客，四名女子擠在王原本的艙房，一間沿著船尾延伸的狹長房間；之下的船艙原本由船長及一、兩名高等船員分享，如今則塞著王、兩名巫師、一個術士與托斯拉。恬娜心想，引發悲慘及暴躁脾氣的機會真是無窮無盡，但最重要、最緊急的可能情況，就是第一公主會暈船。

船正航在大灣上，最柔和的順風吹拂，海面平靜，船像水塘中的天鵝滑行，但賽瑟菈奇蜷縮在床上，每透過面紗隔著廣幅船尾舷窗看到波濤不驚的明亮海面、船身後溫柔白波，便絕望地喊出聲，以卡耳格語哀呼：「船會上下動。」

「根本不會上下動。」恬娜說，「公主，用用妳的腦袋！」

「是我的肚子，不是腦袋。」賽瑟菈奇抽噎。

「這種天氣不可能有人暈船，妳只是害怕。」

「媽媽！」恬哈弩抗議，雖不了解卻聽得出語氣，「別罵她，暈船很難受的。」

「她沒暈船！」恬娜說，完全相信自己說的是事實，「賽瑟菈奇，妳沒暈船，妳是害怕暈船。克制自己，上去甲板，新鮮空氣會讓一切不同。新鮮空氣和勇氣！」

「噢，我的朋友，」賽瑟菈奇以赫語喃喃：「做勇氣給我！」

恬娜有點驚愕：「公主，妳必須為自己做勇氣。」而後終於心軟，「來，在甲板上坐會兒試試。恬哈弩，妳勸勸她，妳想如果我們碰上不好的天氣，她會多可憐！」

在兩人努力下，終於讓賽瑟菈奇站起，踏入紅色薄紗的圓柱中——她當然不能沒戴面紗就出現在男人眼前。兩人半哄半勸帶著公主蹣跚出了船艙，走到不遠的甲板陰涼處，三人可以在骨白潔淨的甲板上並排坐，看著蔚藍閃爍的海面。

賽瑟菈奇略微撥開面紗好看到正前方，但較常看雙腿，偶爾短暫、恐懼地瞥向水面，隨即閉上眼，然後再度凝視雙腿。

恬娜與恬哈弩交談，指出經過的船隻、飛鳥、島嶼。「真美。我都忘了我多愛航海！」恬娜說。

「我如果能忘掉這都是水，就很喜歡。」恬哈弩說，「就像飛翔。」

「啊，妳這隻龍。」恬娜說。

語調輕盈，卻不輕鬆。恬娜首次對收養的女兒說出這種話，知道恬哈弩轉過頭，以視力正常的一眼看著。恬娜的心沈重擊跳，說：「空氣與火焰。」

恬哈弩未發一語，但探出手，褐色、纖細的那隻手，而非枯爪。她握住恬娜的手，緊緊抓握。

「媽媽，我不知道我是什麼。」她以難得大於耳語的聲音悄聲道。

「我知道。」恬娜說，心愈發沈重地跳動。

「我跟伊芮安不同。」恬哈弩試圖安慰母親令她心安，但聲音中帶有想望，嫉妒的盼望、深沈的渴望。

「等待。等待就會明白。」恬娜回答，覺得難以啟齒，「時機到來時……妳會知道該做什麼……明白自己是什麼。」

兩人輕柔交談，就算公主聽得懂，也聽不見。兩人忘卻公主的存在，但她一聽到伊芮安之名，便以修長雙手撥開面紗，轉向兩人，眼睛在溫暖紅影中閃閃發亮，

問：「伊芮安，她在？」

「在前面……那邊……」恬娜向別處揮比兩下。

「她為自己做勇氣，啊？」

半晌，恬娜說：「我想，她不需要做，她無懼一切。」

「啊。」公主歎道。

她明亮雙眼從陰影下看著整艘船艦，望向船首。伊芮安站在黎白南身旁，王正指著前方，比出手勢，興奮地說話；王大笑，伊芮安站在身旁，等高，也在大笑。

「光臉，」賽瑟菈奇以卡耳格語喃喃道，又以赫語沈思、近乎不可辨地說，「無懼。」

她闔起面紗，隱身端坐，文風不動。

黑弗諾綿長海岸變成船後一片蔚藍，朦朧的歐恩山漂浮在北方高空。船航過伊拔諾海峽，朝內極海前行，歐莫島的黑色玄武岩柱聳立在船艦右方。陽光明亮，海風清新，又是美好的一天，女士都坐在水手於後艙邊搭起的帆布棚下。女性為船帶來好運，水手因此爭相準備小小的舒適與享受；水手也極禮遇巫師，因巫師能為船帶來好運，或同等厄運。巫師的帆棚架在後甲板一角，前方景致一覽無遺；女士們有絲絨坐墊（國王或王宮總管的先見之明），巫師則有帆布包，效果也很好。

赤楊發現自己被視為巫師一員，獲得同樣待遇，無能為力卻十分尷尬，擔心黑曜與塞波以為他自認能平起平坐，更因自己如今連術士都稱不上而憂慮。他的天賦消失了，完全沒有力量，他十分確定，就像失明、手麻痺一樣清楚。如今他除非用膠，否則無法修補水壺，但一定做得不好，因為他從不必使用這種方法。

除了技藝，他還失去某樣東西，比技藝更廣泛、已消失的事物，令他經歷妻子過世時的空白，沒有喜悅，再也無法體會嶄新事物。一切都無法發生、無法改變。失去後，他才了解天賦更完整的面貌，他思索、猜想天賦的性質：彷彿知道該怎麼走，像知道回家的方向，雖無法明白辨認或形容，但與萬物息息相關。失去之後，他感到悽慘悲涼，一無是處。

但至少不會造成大害。他的夢境短促而無意義，再未帶他去到寂寥荒原、枯草山丘、矮牆，沒有聲音在黑暗中呼喚。

赤楊經常想到雀鷹，希望與他談談：用盡力量的大法師曾是人上人，如今貧困而無人問津地度過餘生。但王渴望能尊崇他，因此他的貧困是出於自願。赤楊心想，也許對失去自身真正財富、真正道路的人而言，金錢或地位只會帶來恥辱。

黑曜顯然很後悔讓赤楊進行這項交易或交換，他對赤楊始終極度有禮，如今卻

以尊敬與歉意對待，並略微疏遠帕恩巫師。赤楊自己對塞波毫無反感，也不懷疑他的意圖。大地太古力就是大地太古力，運用就得甘冒風險，自己原先不了解要付出多少代價，但這不是塞波的錯，是自己的錯，因自己從未珍視天賦的真正價值。

赤楊與兩名巫師共坐，覺得自己像金幣中的偽幣，但仍全心聆聽兩人交談，巫師信任他，無所不談，兩人的對話教導他身為術士時從未想像的知識。

坐在明亮的帆棚蔭下，兩人談到某樁交易，比赤楊為了阻絕夢境而做的更大交易。黑曜多次提及塞波在屋頂上說的太古語詞**夫爾納登**。赤楊自兩人談話中一點一滴拼湊出其意：像是某種選擇、分裂、一分為二。很久很久以前，在英拉德出現王以前，在赫語文字出現之前，也許甚至在有赫語之前，只有創生語時，似乎人做出某種選擇，放棄某種偉大的所有物，以換取另一種。

兩人的討論聽來難以理解，並非因為有所隱瞞，而是連巫師自己都只能盲目搜索迷霧重重的過往，那個記憶尚未存在的年代。必要時，交談中會出現太古語詞，有時黑曜全以太古語談話，但塞波會以赫語回答。塞波鮮少用創生語，有次甚至舉起手阻止黑曜繼續說。柔克巫師投以驚訝與疑問的眼光，他只溫和說：「咒詞引發行動。」

赤楊的老師塘鵝也稱太古語為咒詞。「每個詞都是力量的行為，真字實現真實。」除非必要，塘鵝吝於使用所知咒詞，寫任何用於撰寫赫語的符文時，除非最普通的符文，否則一寫畢便擦去。大多術士皆如此謹慎，以保留自己的知識，或因尊敬創生語的力量。即便塞波身為巫師，對這些字詞有更廣泛的智識與了解，也不願在交談中使用，而謹守普通語言，因赫語即便或有謊言與錯誤，也允許模糊與回收。

也許這正是人類在遠古時代做的一部分選擇：放棄與生俱來便知曉的太古語，人類曾與龍族分享的能力。赤楊猜想，人這麼做是否為了擁有自己的語言？一種適合人類的語言，可用於說謊、欺瞞、詭詐，並發明前所未有、無法實現的神奇概念？

龍只會說太古語，但長久以來，眾人均說龍會說謊。是這樣嗎？赤楊忖度。若咒詞為真，龍怎能用咒詞說謊？

塞波與黑曜進入對話中常出現的漫長、輕鬆、沈思的靜默。發覺黑曜已半昏睡，赤楊輕聲問帕恩巫師：「龍真的能以真語說假話嗎？」

帕恩巫師微笑：「帕恩人常說，這正是一千年前阿斯在昂圖哥廢墟詢問歐姆的問題。『龍說謊嗎？』法師問，而歐姆答：『不能。』然後吐氣，將阿斯燒成灰燼……但我們是否真能相信這個故事？這可能只是歐姆片面之詞。」

法師的爭論永無止境，赤楊自語，但未大聲說出。

黑曜絕對是睡著了，頭向後靠著艙壁，嚴肅、緊繃的臉龐放鬆。

塞波開口，語音比平常更安靜：「赤楊，我希望你不後悔我們在奧倫做的事。我知道我們的朋友認為我沒有更清楚地警告你。」

赤楊毫不遲疑地說：「我很滿足。」

塞波點點烏黑的頭。

赤楊終於又說：「我知道我們試圖維持一體至衡，但大地太古力有自己的打算。」

「凡人難以理解太古力的正義。」

「沒錯。我一直在想，為什麼得放棄法藝好擺脫夢境？這兩者間有何關係？」

塞波半天沒有回答，之後答以另一疑問：「你不是依憑法藝去到石牆邊？」

「從來沒有。」赤楊斬釘截鐵地說，「我沒有力量前去，一如我沒有力量不去。」

「那麼你怎麼到那裡？」

「我妻呼喚我，我的心朝她而去。」

更長的靜默。巫師說：「別人亦失去心愛妻子。」

「我也如此對雀鷹大人說，而大人說話雖如此，但真愛間的羈絆最貼近永久不滅。」

「在石牆彼端，沒有羈絆。」

赤楊看著巫師，臉龐黝黑柔軟，眼神銳利，問道：「為何如此？」

「死亡斬斷羈絆。」

「那為何死人不死？」

塞波震驚地盯視赤楊。

「對不起，」赤楊說，「無知令我失言。我的意思是，死亡斬斷靈魂與肉體間的羈絆，因此肉體死亡回歸大地。但靈魂必須去那黑暗之地，背負肉體的外貌，留存那裡……多久？永遠？在彼處塵土與黃昏中，沒有光芒、愛，或喜悅。我一想到百合得在那種地方，就無法忍耐。她為什麼必須在那裡？為什麼她不能……」他的聲音踉蹌一跌……「自由？」

「因為風吹拂不到那裡，」塞波表情奇特，嗓音粗啞，「人的技藝阻止風吹入。」

他繼續盯視赤楊，漸漸重新看到他，臉上的眼神與表情也改變了。他別過頭，看著前帆美麗白色彎弧滿載西北風的氣息，又瞥回赤楊。「你對這件事的了解不比

我少，朋友。」塞波以近乎平常的柔軟聲調說，「但你是以你的身體、你的血液、你的脈搏知道，而我只知曉詞語，古老詞語……所以我們最好快去柔克，那裡的智者或許能告訴我們應當知道的事物。如果他們不能，或許龍可以。也或許會由你為我們指引道路。」

「那我不就成了將先知帶往懸崖邊的瞎子！」赤楊一笑。

「啊，但我們已雙眼緊閉地站在懸崖邊了。」帕恩巫師說。

黎白南感覺船艦小得無法承載他的巨大焦躁。女士坐在小小帆棚下，巫師坐在各自帆棚下，像排成一列的鴨子，但他前後踱步，對狹窄拘束的甲板感到不耐。他覺得讓「海豚」如此快速南行的不是海風，而是自己的不耐——卻依然不夠快。他希望旅程快快結束。

「還記得前往瓦梭島的艦隊嗎？」他正站在舵手旁研究航海圖及眼前的開闊海面，托斯拉站到身旁問，「那一幕真壯觀！三十艘船艦排成一排！」

「真希望我們是去瓦梭島。」黎白南說。

「我一直不喜歡柔克，」托斯拉同意道，「那片海岸二十哩內沒一道好風，也沒海流，只有巫師的湯藥；北方的石塊每次都在不同位置，鎮上都是騙子跟變身怪。」他技巧卓越地朝海邊呸了一口，「我寧願再面對老狗血和他那群奴隸販子！」

黎白南點點頭，卻一語未發。與托斯拉在一起經常帶來如此欣悅：他會替黎白南說出自己不當說的話。

「那個話都不會說的傢伙……那個啞巴，」托斯拉問，「就是在城牆上殺死法肯那個，叫啥名字來著？」

「埃格。從海盜變成奴隸販子。」

「沒錯。在索拉時，他認得你，直接攻擊你。我一直想，怎有此事？」

「因為他曾抓我去當奴隸。」

托斯拉見識大風大浪，但此時目瞪口呆，顯然不信黎白南，卻又不得不信，無話可說。黎白南享受這片刻，終於同情他的處境。

「大法師帶我去追捕喀布時，我們先往南。霍特鎮上有個人向奴隸販子告密，他們往大法師頭上敲了一記，我則快步逃走，以為能將他們引開。但他們追的是我……我值錢。醒來時已被鐵鏈五花大綁，在一艘航向肖爾的戰船上。隔晚，大法師就把我救了出去，鐵鏈像枯葉從我們身上散落。大法師告訴埃格，除非他想到值得說的話，否則永遠別再開口……大法師像一盞大燈，越過海面朝戰艦而來……直到那時我才明白他的真實面貌。」

托斯拉凝神思索半天。「他解放了所有奴隸？奴隸為什麼沒殺死埃格？」

「也許他們把他帶到肖爾賣掉。」黎白南說。

托斯拉思索更久。「你那麼執著於禁絕販奴，原來是這原因。」

「其一。」

「這一行通常不會讓人的個性轉好。」托斯拉說，研究釘在舵手左方的內極海海域圖，注意到某地，「威島，龍女人就是從這兒來的。」

「我發現你總避著她。」

托斯拉噘起嘴，不過因為在船上，沒吹出口哨。「記得我提過的〈貝里洛小妞〉嗎？這麼說吧，我一直以為那只是個故事，直到看到她。」

「托斯拉，說不定她會吃了你。」

「那也死得很光榮。」水手酸酸地說。

王大笑。

「別太大膽。」托斯拉說。

「別擔心。」

「你跟她在那裡那麼自由隨性地聊天，簡直跟與火山輕鬆相處一樣……但我跟你打包票，我不介意多看一點卡耳格人送你的禮，從那雙腳看來，內容很值得一看。你要怎麼把她從帳棚中弄出來？那雙腳是很棒，但我想先多看一點腳踝。」

黎白南感覺自己臉色一沉，他轉過頭去，不讓托斯拉看見。

「如果有人送我這樣一個禮，」托斯拉凝望海面說，「我會打開。」

黎白南無法抑制不耐的小動作，托斯拉反應一向靈敏，咧嘴露出歪斜笑容，再無多言。

船長上到甲板。黎白南問：「前面雲層有點厚？」船長點點頭說：「南邊與西邊都有暴風雨，今晚就會進入範圍。」

隨著時間漸晚，午後海面起伏不定，溫柔陽光染上黃銅色調，一陣陣海風從不同角度吹襲。恬娜告訴過黎白南，公主害怕大海與暈船，他向後艙瞥了一、兩眼，想確定在一排鴨子中不會見到紅紗覆面的身影。但進入船艙的是恬娜與恬哈弩，公主依然在那裡，伊芮安坐在旁邊，兩人專注交談。來自威島的龍女人跟胡珥胡的後宮女子有什麼好談？有何種共通語言？黎白南迫不及待想知道，便走向後艙。

伊芮安一見黎白南便抬頭微笑。她有堅強開朗的臉龐，笑容大方，寧願裸足行走，對衣著漫不經心，讓風糾結長髮。若不看她的雙眼，會以為她只是個帥氣、熱心、聰穎、缺乏教育的村婦。她的眼睛是矇朧琥珀色，她像現在這般直視黎白南時，他無法直接回視，便垂下視線。

黎白南明白表示過，在船上不准使用宮廷儀節、不准打躬作揖，他靠近時不准任何人跳起身立正。但公主站起身，確如托斯拉所說的，雙腳漂亮，不小，卻高拱、健壯、美麗。他凝視白色木甲板上的一雙纖細裸足，抬起目光，看到公主像上次面對他時一般，撥開面紗，只讓他一人看見她的臉。紅影下莊嚴、幾乎悲愴的美麗，令他微微目眩神馳。

「一切……一切都好嗎，公主？」他結結巴巴地問，難得如此。

公主道：「我朋友恬娜說，呼吸海風。」

「沒錯。」他隨口抓兩個字回答。

「你想……或許……你的巫師能為公主做些什麼？」伊芮安問，伸展修長四肢，也站起身。她與公主皆身材高挑。

黎白南正試圖分辨公主的瞳眸是什麼顏色，因他終於能看見她的雙眸。是藍色，他心想，但像藍色蛋白石般，蘊含別色，也可能因為穿過紅紗的陽光所致……

「為公主做些什麼？」

「她非常希望不會暈船，從卡耳格那裡過來時，受了很多苦。」

「我不害怕。」公主說，直視黎白南，彷彿向他挑戰……為何？

「當然，當然。我去問黑曜，我想他一定能做點什麼。」黎白南恍惚地對兩人鞠個躬，快步離開去找巫師。

黑曜及塞波交談片刻，便前去請教赤楊。對抗暈船的咒語較屬於術士、修補師、治療師的範疇，而非智慧深奧、法力強大的巫師，赤楊目前當然什麼都做不了，但或許還記得某個誦咒？可惜他不記得，一切煩惱開始前，做夢都沒想過自己會出海；塞波承認每次搭小船或碰上惡劣天候時也會暈船。黑曜終於走到後艙向公主請罪：他無能為力，也未能提供方法，只有（很抱歉地）一個水手聽到她的困境後（水手可是包打聽），堅持要黑曜交給她的咒符，或護身符。

公主修長的雙手從紅金薄紗間探出，巫師在她手中放入一個怪異的黑白相間小東西：乾海草編繞在一塊鳥胸骨上。「是信天翁，牠們能凌駕暴風之上。」黑曜羞愧地說。

公主俯低隱藏的頭，以卡耳格語喃喃道謝。小法寶消失在薄紗中，她退入艙房。黑曜遇上站在近處的王，道歉。船艦如今因強烈古怪的風向，在波濤洶湧的海面上猛力起伏，他說：「陛下，您知道，我可以對風說個真詞……」

黎白南很清楚天候操控術的兩派做法：傳統做法是，袋子師能命令風服侍船隻，一如牧羊人命令牧羊犬來回奔跑；新作風（頂多出現了幾百年）屬於柔克一派，認為真正必要時可以召喚法術風，但最好讓世界之風自由吹拂，他明白黑曜忠

誠擁護柔克之道。「黑曜，憑你判斷吧，如果這晚真的很難過……但若只是幾場狂風……」

黑曜抬頭看著船桅頂，一、兩道枯葉色火焰閃耀在烏雲密布的黃昏，雷聲在南面黑暗中隆隆作響。身後，最後幾道日光蒼白虛弱地落在海波上。「好吧。」他頗為沮喪地說，回到甲板下狹窄擁擠的船艙。

黎白南幾乎未曾踏入船艙，需要睡眠時便睡在甲板上。今晚「海豚」上眾人都不得安眠。來的並非一陣狂風，而是一連串從西南方醞釀誕生的猛烈夏末暴風雨，夜晚漫長又吵雜，閃電亮起的刺目海面，宛如要將船身敲碎的雷鳴，與讓船身前俯後仰、怪異跳動的瘋狂暴風，交替呈現。

黑曜曾詢問黎白南，是否該對風說個詞。黎白南看看船長，船長聳聳肩，船員雖十分忙碌，卻不擔憂，船沒問題。至於女士，據報正在船艙聚賭。伊芮安與公主曾上甲板，但有時難以立足，也發現自己只會擋路，因此又回到船艙。廚房小弟說她們聚賭，他被派去詢問女士是否想吃些什麼，她們說儘管端去，會照單全收。

黎白南發現自己身陷與午後同樣的強烈好奇。船尾艙房顯然燈火通明，金色燈光流洩船身之後的泡沫與漣漪上。大約子夜，他走向後方，敲門。

伊芮安開門。歷經暴風的刺目光芒及黑暗後，艙房燈火顯得溫暖穩定，但油燈擺盪，投射搖晃陰影。他混亂地意識顏色：女子衣服的繽紛柔和色彩，膚色棕褐、淺白或金黃，髮色烏黑、灰白或金褐，而眼睛……公主一面抓起絲巾或某片布料遮面，一面驚訝地直視他。

「噢！我們以為是廚房小弟！」伊芮安笑道。

恬哈弩看著他，以害羞、同伴般的口吻問：「有麻煩了嗎？」

他意識自己正在門口盯視，像個目瞪口呆的噩耗使者。

「沒有……一點沒有……妳們還好嗎？我很抱歉船這麼顛簸……」

「我們不會把天氣怪在你身上。」恬娜說，「大家都睡不著，所以公主跟我教她們卡耳格賭戲。」

他看到五面象牙骰棍散落桌面，可能是托斯拉的。

「我們在賭島嶼。」伊芮安說，「但恬哈弩跟我一直輸，卡耳格人已經贏走阿爾克島與伊里安島。」

公主放下絲巾，堅定坐著面對黎白南，十分緊張，彷彿是名年輕劍士，在比劍前與他對視。溫暖船艙中，她們都裸著手臂、裸著足，但她對自己裸露臉龐的強烈意識，像磁鐵吸引鐵針般吸引他全副心神。

「我很抱歉船這麼顛簸。」他再度像個白痴般說著，關上艙門。轉身離去時，

聽到女子一起大笑。

他站到舵手身邊，看著遙遠不定的閃電點亮漆黑狂風暴雨，船尾艙房的一切猶在眼前：恬哈弩黑亮長髮；恬娜溫情、逗弄的微笑；桌上的骰子；公主渾圓的手臂如同燈火的蜂蜜色，咽喉隱在秀髮投射的陰影中。但他不記得自己注視她的手臂與咽喉，只記得看著她的臉，她的雙眼滿是反抗、絕望。那女孩害怕什麼？她認為他想傷害她嗎？

一、兩顆星辰在南方高空中閃爍。他回到擁擠艙房，臥鋪已被占滿，便掛起吊床睡了幾個小時。他在拂曉前甦醒，依舊焦躁，便爬上甲板。

白晝明亮平靜來到，彷彿從未有暴風雨。黎白南站在船首欄杆邊，看見第一道陽光斜射海面，一首古老歌謠浮現腦海：

喔，我的喜悅！
先於明燦之伊亞
先於兮果乙造嶼
拂曉之風撫於海
喔，我的喜悅，自由吧！

這是童年時聽過的歌謠或搖籃曲，他記不得更多。曲調十分甜美，他輕輕哼唱，讓海風將字詞從唇邊帶走。

恬娜從船艙中走出，看見他後前來身旁。「早安，親愛的大人。」他親密地向恬娜道安，依稀記得曾對她生氣，卻不知曉是何理由，或怎麼可能會有理由。

「你們卡耳格人昨晚贏走了黑弗諾嗎？」他問。

「沒有，你可以留住黑弗諾，我們上床睡了。年輕人還在船艙裡賴床。今天是否要……怎麼說？抬起柔克？」

「喚起柔克？還不用，明早再說。中午前應該可進入綏爾港——如果他們肯讓我們上島。」

「此話怎說？」

「柔克保護自己免受不速之客造訪。」

「噢，格得跟我說過。他曾在一艘船上試圖回柔克，而他們命風向逆轉，他稱那為柔克風。」

「對他？」

「很久以前。」恬娜欣悅地微笑，看見他的不可置信。他不願允許任何行為冒犯格得。「當時他是個在攪和黑暗事物的小男孩，他是這麼說的。」

「他成年後還是在攪和。」

「現在不了。」恬娜恬淡地說。

「沒錯，現在輪到我們。」黎白南神情轉為嚴肅，「我真希望我們知道自己在攪和什麼。我很確定萬物正逼近某種偉大的機運或改變……一如歐吉安預言……一如格得告訴赤楊。我很確定必須在柔克迎接一切，但除此之外什麼都不確定，一無所知，不知道我們正面對什麼。格得帶我入黑暗之地時，我知道敵人是誰；我率艦隊到索拉島時，我知道我想消滅何種邪惡。但如今……龍是敵是友？到底是什麼不對勁？我們必須做，或消滅什麼？柔克師傅能告訴我們嗎？或許他們會逆轉風向對抗我們？」

「因為害怕……」

「害怕龍。他們認識的那隻，或不認識的那隻……」

恬娜神情也很嚴肅，但逐漸露出微笑。「你可真帶給他們一團亂七八糟的人物！做噩夢的術士、帕恩島的巫師、兩頭龍，還有兩名卡耳格人。這船上唯一有頭有臉的乘客，就只有你跟黑曜。」

黎白南笑不出來。「若他也在就好了。」

恬娜將手放在他臂上，開口欲語，卻又無言。

他將手覆蓋在恬娜手上，兩人沈默並立稍時，凝望躍動海面。

「抵達柔克前，公主有件事想告訴你。」恬娜說，「是來自胡珥胡的故事。在沙漠中，他們記得某些事物。除了楷魅之婦，我想這比我聽過的任何事都久遠，與龍有關……希望你能善意邀請她，讓她免於請求。」

意識到恬娜語中的仔細與謹慎，他感到片刻不耐、一閃而過的羞愧。他看著遙遠的南方海面，一艘戰艦正前往柯梅瑞島或威島，船槳高舉，微弱、細小一閃。

「當然。正午好嗎？」

「謝謝你。」

約正午時，他派遣一名年輕水手到船尾艙房，請公主到前甲板會見國王。她立刻出現，而因船只五十呎長，他能看著她前來：距離不遠，但對她而言或許很遙遠。接近他的並非一根無頭無臉的紅圓柱，而是一名高挑的年輕女子，身著柔軟的白色長褲、暗紅色長衫，頭戴一只金環，固定覆蓋頭臉的透明紅紗，面紗在海風中飄盪。年輕水手領著她繞過阻礙物，在擁擠、侷促、狹窄的甲板上上下下。她緩慢而驕傲地行走，雙足赤裸。船上每雙眼睛都注視著她。

她抵達前甲板，立定不動。

黎白南鞠躬。「公主，妳願到來，是我們莫大榮幸。」

她低身、背脊筆直地行禮，說：「謝謝。」

「妳昨晚沒有不適吧？」

她將手放在以繩索串連、綁在脖子上的護符，一根以黑線綁繫的小骨頭，拿給他看：「**凱雷茲**，**阿卡司**，**阿卡沙瓦**，**艾瑞維**。」他知道阿卡司在卡耳格語中意指術士或巫術。

到處都是視線，在艙口、在繩索上，像占卜師、像鑽子的視線。「如果妳願意，請向前來。我們或許很快便可看到柔克島。」其實到明天清晨前，連柔克的影子都看不到。他一手虛扶她的手肘，引領她走上陡峭甲板來到船首艙前。絞盤、斜桁與欄杆形成一塊小三角形，原本修補繩索的水手快速溜走，兩人終於有私人空間，雖依然暴露在眾目睽睽之下，但至少能夠轉身背對一切，這是皇族所能期待最大限度的隱私。

得到這塊小小避難所後，公主轉向他，撩起面前薄紗。他原本打算詢問能為她做些什麼，但這問題如今顯得無用又無關。他一語未發。

公主說：「國王大人，在胡珥胡我是**非雅加**，在柔克島我要成為卡耳格王之女。要成為如此，我不是**非雅加**，我裸臉，如果令你滿意。」

片刻後，黎白南說：「是的。是的，公主，這麼做……這麼做很好。」

「令你滿意？」

「非常滿意。是的，我感謝妳，公主。」

「**巴雷祖**。」公主尊貴地接受他致謝，高貴氣質令他窘迫。她剛撩起面紗時面紅耳赤，如今毫無血色，但筆直冷靜站立，聚集所有力量好繼續開口。

「也，」她說，「還有，我朋友恬娜。」

「我們的朋友恬娜。」他帶著微笑說。

「我們的朋友恬娜。她說我要告訴黎白南王關於夫都南。」

黎白南複述。

「很久以前很久以前……卡耳格族、術士族、龍族，嗯？懂？……所有族一個，所有說一個……一個……噢！**烏羅，麥喀雷夫！**」

「一個語言？」

「嗯！是！一個語言！」她激切地想說赫語，說出希望讓他知道的事，因而擺脫原本的不自在，臉龐與雙眼閃閃發光。「但是，龍族說：放掉，放掉一切，飛！但我們這族，我們說：不，留住，留住一切，住！所以我們分開，嗯？龍族跟我們族？所以他們做夫都南。這些放掉……這些留住。懂？但要留住所有，我們必須放

掉語言。龍族語言。」

「太古語？」

「是！所以我們族，我們放掉太古語，留住一切。而龍族放掉一切，卻留住，留住語言。嗯？**賽內哈**？這就是夫都南。」美麗修長的大手生動比畫，凝視他的表情，迫切期望他了解。「我們去東，東，東。龍族去西，西。我們住，他們飛。有些龍與我們一起來東，但沒留住語言，忘記，忘記飛。像卡耳格人。卡耳格人說卡耳格語，不是龍語。都遵守夫都南，東，西。**賽內哈**？但在……」

她不知該如何表達，將示意「東」、與「西」的雙手合攏。黎白南說：「在中間？」

「哈，是！在中間！」公主因找到字眼而開心笑出聲。「在中間……你們！術士族！嗯？你們，中間族，說赫語但還，也，留住說太古語。你們**學習**。像我**學**赫語，嗯？學會說。然後，然後……這是壞事。壞事。然後你們說，用那個術士語，用那個太古語，你們說：**我們不會死**。然後就這樣。夫都南打破。」

她的眼睛有如藍色火焰。

片刻後，她問：「**賽內哈**？」

「我不確定了不了解。」

「你們留住生命。你們留住。太久。你們不放掉。但死亡……」她將雙手大大分開一甩，彷彿將什麼拋入空中，拋越海面。

他遺憾地搖搖頭。

「啊。」她想了片刻，卻無法繼續，氣餒地將雙手朝下優雅擺動，顯示放棄。「我必須學更多字。」

「公主，柔克的形意師傅，心成林的師傅……」他在公主臉上尋找了解的神情，再度發話，「柔克島上，有個人，一位偉大法師，是卡耳格人。妳可以告訴他，妳對我說的事……以妳自己的語言。」

她專注聆聽，點點頭，道：「伊芮安的朋友。我會在心裡去跟這人說話。」一想到此，她的臉龐倏地亮起。

這句話感動黎白南。「公主，我很遺憾妳在這裡感到寂寞。」

她看著他，雙眼敏銳明亮，卻未回答。

「我希望，隨著時間過去……妳學會語言……」

「我學快。」她說。他無法分辨是陳述或是預測。

兩人直視彼此。

她再度回復莊重態度，如一開始時正式地開口：「我感謝你去聽，國王大人。」

她點一下頭，以手遮眼，表示尊敬，再次曲膝行禮，一面以卜耳格語喃喃道出某句制式祝詞。

「請妳，」黎白南說，「告訴我妳剛說什麼。」

她停頓，遲疑，思索，回答：「你的……你的，啊……小王？……兒子！兒子，你的兒子，讓他們成為龍與龍之王。嗯？」她燦爛地微笑，讓面紗重新落在面前，向後退四步，轉身離去，腳步輕盈穩健地走到船彼端。黎白南呆站，彷彿昨夜的閃電終於擊中了他。

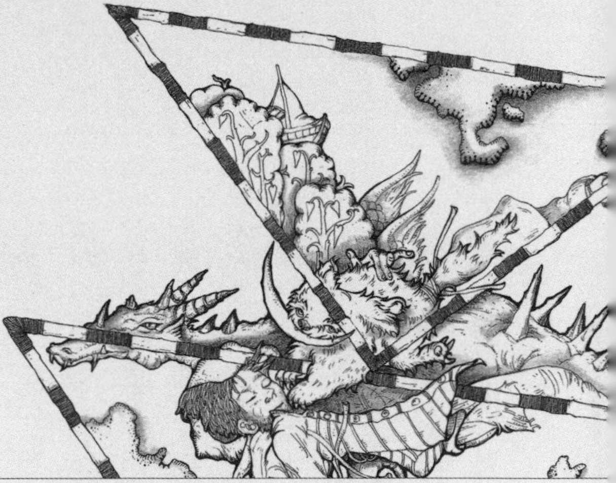

【第五章】

重合
Rejoining

航程的最後一夜平靜、溫暖、無星。「海豚」輕鬆悠長地擺盪，越過打向南方的平滑波浪。睡眠得來輕易，眾人皆入睡，在睡眠中進入夢境。

赤楊夢到一隻小動物，從黑暗裡來碰觸他的手。他看不到那是什麼，伸出手，牠已然離去、消失，手上又感覺小小、絨軟鼻子碰觸。半醒，夢境自腦海隱退，但尖銳的失落感滯留心中。

在赤楊下方的臥鋪，塞波夢見自己正在帕恩島費繞的家中，讀一本黑暗年代的古老智典，沈浸於工作，卻被打斷。有人想見他。「要不了多久。」他自語，前去與訪客說話。來客是個女人，頭髮深黑，帶有一抹紅光，美麗、神情憂慮，說：「你必須派他來找我。你會派他來找我，對不對？」塞波心想，我不知道她說誰，但我得假裝知道，便說：「妳知道這不容易。」聽到這話，女人手向後舉起，他看到她握著一塊石頭，一塊沈重的黑色石頭。他大吃一驚，心想她打算將石頭砸向他，或以石頭擊打他，於是一面退縮，在黑暗船艙醒來。他平躺聆聽其他人沈睡的呼吸聲，及海浪打在船側的低語。

小船艙另一端臥鋪，黑曜仰躺著凝視黑暗，以為自己的眼睛張著，以為自己醒著，卻感覺許多細繩綁縛手臂、雙腿、雙手與頭顱，繩子朝黑暗延伸，越過陸地與海洋，越過世界的彎弧；繩子正拉他、扯他，他與船和所有乘客都被輕輕、輕輕拖

曳到海洋枯竭之處，船將沈默地擱淺在盲目延伸的黑暗沙灘上。但他無法說話或動作，繩子勒閉他的下頷、眼瞼。

黎白南進入船艙想小睡片刻，希望明天清晨喚起柔克時能精神充沛。他快速而深沈地熟睡，夢境飄盪變換：海面上有座高聳綠丘……一名微笑女子抬起手，讓他看見她能命太陽升起……在黑弗諾中的法庭，一名請願者讓他震驚而羞愧地發現，王國中半數人民正在屋下密閉的房中餓死……一個孩子對他大喊：「來我這裡！」但他找不到那孩子……他一面睡，右手一面握住掛於頸項的小錦囊，握著裡面的石子，緊抓不放。

男子沈於夢境，而頂上艙房內，女子夢著。賽瑟菈奇走上山，故里美麗親愛的沙漠高山，但她正走在禁忌的龍道之上，人類雙腳永遠不能踏上那條路，甚至不能經過。光裸足心下，龍道的塵土光滑溫暖，雖知不能走在上面，她仍繼續前進，直到抬起頭，發現眼前並非熟識高山，而是絕對無法越過的烏黑、崎嶇懸壁。但她必須爬越。

伊芮安欣悅地飛翔在暴風雨中的狂風，但暴風雨在她翼上綁縛一圈圈閃電，將她拖入雲中，愈趨逼近時，她看到那非雲朵，而是黑色石塊，一道烏黑崎嶇的山脈。閃電繩索將雙翼綁縛身側，她墜落。

恬哈弩爬過地底深處一條隧道，裡面沒有足夠空氣，她一面爬，隧道逐漸縮窄，無法回頭。深入隧道泥土的晶亮樹根讓她有使力點，有時她能藉著攀拉樹根，繼續朝黑暗前進。

恬娜爬上神聖峨團之地，累世無名者寶座的臺階。她非常嬌小，臺階非常高，她爬得十分艱辛。抵達第四階時，她未照女祭司的要求停步轉身，反而繼續前進。爬上一階、一階，又一階，灰塵厚得完全遮掩臺階，必須以手摸索人跡未至的階級。她快速爬行，在空虛的寶座後，格得忘了或掉了某樣東西，某樣對無數人民極端重要的東西，她必須找到，但不知那是什麼。「一顆石頭，一顆石頭。」她告訴自己。但等她終於爬到，寶座後只有灰塵、貓頭鷹糞便，還有灰塵。

弓忒高陵上的老法師之屋，格得在內室夢見自己仍是大法師，與朋友索理安走在通往學院師傅會議廳的符文走廊。「許多年來，」他認真地告訴索理安，「我毫無半點力量。」召喚師傅微笑說道：「你知道那只是夢。」但格得對於拖曳身後與走廊地板上的修長漆黑翅膀感到不安。他聳聳肩，想抬起翅膀，卻只像空袋子攤在地上。「你有翅膀嗎？」他問索理安，對方回答，「噢，有的。」語氣安適，並讓格得看看自己的翅膀被許多細小繩索綁縛在背與腿後。「我被束縛得緊。」索理安道。

柔克島心成林間，形意師傅阿茲弗如同往常，於夏夜中睡在樹林東側邊緣一塊開闊草地，抬起頭，能透過葉子看見星辰。在此處，睡眠輕盈、透明，心緒由星辰與樹葉的舞步引導，往返念頭與夢境。但今晚毫無星辰，樹葉不動。他抬頭望入毫無光芒的天空，看穿雲層。高遠的黑暗天空中有星星：細小、明亮、靜止，不會移動。他知道將沒有日出……他終於坐起，神智清醒，凝視總懸浮在排排樹木間的昏暗、柔細光芒，心臟緩慢而強烈地跳動。

宏軒館中，沈睡的年輕人輾轉反側，大聲呼叫，夢見必須在一片只有塵土的平原作戰，但敵方戰士是老人、老婦、衰弱病重的普通人與哭泣的孩童。

柔克師傅夢見有艘船越洋航來，負載重物，低壓海面。有人夢到船上貨物是黑岩，另一人夢到負載燃燒的火焰，更有人夢到貨物是夢境。

睡在宏軒館中的七名法師在石室中陸續醒來，變出一點假光，站起身。他們發現守門師傅已起身，在大門邊等待。「王即將到來，」他微笑說，「在天亮時抵達。」

「柔克圓丘。」托斯拉向前凝視西南方薄暮海浪上，遙遠、模糊、毫無動靜的波浪，身旁的黎白南一語不發。雲層散去，天空在海面圓弧上罩下純淨無色圓拱。

船長加入，在沈默中悄聲道：「美麗的清晨。」

東方緩緩亮成金黃。黎白南瞥向船尾，兩名女子已經起身，站在船艙外的欄杆旁；兩位高大的女子，赤足、沈默，凝望東方。

圓形綠丘捕捉最初的陽光，當船航入綏爾灣峽角時天色大明。船上所有人都在甲板上觀看，但依舊低聲少言。

風在港口中止息，海面平靜，水波映照灣邊小鎮及小鎮上方的宏軒館圍牆。船向前滑行，速度一緩再緩。

黎白南瞥向船長與黑曜。船長點點頭，巫師開始施咒，舉起雙手，緩緩外推，低聲說出一詞。

船輕柔地向前滑行，速度未曾減緩，直到靠上最長的碼頭。船長開口，大帆捲起，船員朝岸上拋擲繩索，打破沈默。

有人在碼頭等待迎接：聚集的鎮民與一群來自學院的年輕人，其中一人魁梧、皮膚黝黑，握著等身長的沈重巫杖。橋板搭出、置穩時，男子向前數步：「西地之王，歡迎來到柔克。我們同樣歡迎你的同伴。」

同來的年輕人與鎮民一致向王歡呼致意，黎白南走下橋板，愉快回應，向召喚師傅道安，兩人交談片刻。

觀看的人可以發現，召喚師傅雖致歡迎之詞，蹙眉眼神卻一再飄向船身，看著站在欄杆邊的女子，而他的回答未能令王滿意。

黎白南步離，回到船上，伊芮安上前面對他說：「陛下，你可以告訴師傅，我不想進入他們的屋子……這一次，就算他們邀請我，我也不去。」

黎白南極端嚴肅地說：「邀請妳去心成林會面的，是形意師傅。」

伊芮安一聽大笑，神情燦爛：「我就知道他會。恬哈弩跟我一起去。」

「還有媽媽。」恬哈弩悄聲說。

黎白南望向恬娜，她點點頭。

「那就這樣吧。我們其餘人則住宏軒館，除非還有人偏好別處。」

「大人，請您允許，」塞波說，「我也想請形意師傅收留。」

「塞波，不需如此，」黑曜粗聲說，「跟我一起去我屋內。」

帕恩巫師微微比出安撫手勢，說：「吾友，與你友人無關。我一輩子渴望在心成林中行走，在那裡我也比較安心。」

「也許宏軒館之門會像之前，拒絕對我開啟。」赤楊遲疑地說，黑曜灰黃膚色則因羞愧而赤紅。

公主頭覆薄紗，看向一張張臉，殷切聆聽，試圖理解旁人說些什麼。如今她說：「請你，國王大人，我要跟朋友恬娜一起？我朋友恬哈弩？還有伊芮安？還有去跟那卡耳格人說話？」

黎白南看著眾人，朝站在船板底的壯碩召喚師傅瞥了一眼，大笑，以清澈友善的聲音自欄杆發話：「召喚師傅，我的部下困在艙房裡太久了，他們似乎渴望能腳踏青草、頭頂樹葉。若我們都懇求形意師傅收容，他也同意，你是否會原諒我們暫時婉拒宏軒館的邀請？」

一陣靜默後，召喚師傅僵硬鞠躬。

一名矮小圓胖男子來到碼頭，站在召喚師傅身側，微笑抬頭望黎白南，舉起銀色巫杖。

「陛下，」男子說道，「很久以前，我曾帶您繞過一次宏軒館，扯了許多漫天大謊。」

「阿賭！」黎白南喚道，兩人在橋板中央會合、相擁，邊聊邊下到碼頭。

黑曜首先跟隨，莊重多禮地向召喚師傅道安，然後轉向名為阿賭的男子。「你如今是風鑰師傅？」黑曜質問，阿賭大笑承認，他擁抱阿賭說道：「當得好！」並將阿賭拉到一旁，開始皺眉、急切地交談。

黎白南望向船，示意其餘人上岸。眾人陸續下船後，他介紹兩位柔克師傅：召

喚師傅烙德、風鑰師傅阿賭。

群島王國多數島嶼並不行英拉德以掌心相碰的習俗，只會垂首，或雙手在心口前攤開，比出奉獻手勢。伊芮安與召喚師傅相見時，既未鞠躬，也未比出手勢，只是雙手垂在身側，僵硬對峙。

公主背脊挺直，屈膝行禮。

恬娜比出平常人相會時的禮貌手勢，召喚師傅同樣回應。

「這是弓忒之女，大法師之女，恬哈弩。」黎白南說。恬哈弩低下頭，做出一般禮貌手勢，但召喚師傅震驚地盯視她，倒喘一口氣，彷彿遭受重擊，還往後退了一步。

「恬哈弩女士！」阿賭連忙說，上前一步擋在兩人之間。「歡迎妳前來柔克，令尊、令堂，以及妳尊貴身分，讓我們蓬蓽生輝。旅程還順利吧？」

恬哈弩迷惘地看著阿賭，沒有鞠躬，而是壓低頭隱藏臉龐，悄聲做出某種回應。

黎白南的臉龐宛如平靜的金銅面具，回道：「是的，阿賭，旅程很順利，但旅程終點仍是未定。我們進鎮吧。恬娜、恬哈弩、公主、歐姆伊芮安？」他邊唸邊看著每個人的臉，特別強調最後一個名字。

黎白南與恬娜領先在前，其餘人尾隨。賽瑟菈奇從橋板上下來時，堅決地將紅薄紗自臉前撥開。

阿賭與黑曜、赤楊與塞波，兩兩並肩共行；托斯拉留船看守。召喚師傅烙德最後離開碼頭，獨行、腳步沈重。

恬娜曾多次詢問格得心成林之事，她喜歡聽格得形容：「初看，會以為跟一般樹林別無二致。心成林不大，北與東緊接田野，南貼山丘，西方通常也是……看來不甚起眼，卻吸引目光。有時從柔克圓丘上，可以看到心成林是片綿延不絕的森林，即使看穿眼，也看不見盡頭，直朝西方延伸……走在裡面又顯平凡無比，那裡的樹多半是一種只生長在那裡的品種，高大、褐色樹幹，有點類似橡樹，又有點像栗樹。」

「叫什麼名字？」

格得笑道：「太古語是**阿哈達**，赫語則是**樹**……心成林的樹……葉子不會全在秋天變色，而是每季變一點，所以葉色總是綠中泛金。即使在陰暗天氣，樹木似乎都蘊含陽光；夜晚，樹下不會完全黑暗，葉隙有某種閃爍光芒，有如月光或星光。那裡長有柳樹、橡樹、冷杉等等樹種，但深入則只有心成林的樹。那些樹的根扎得

比島嶼的根還深，有些非常巨大，有些很纖細，但極少見到倒落枯木，小樹也很少見。樹齡非常、非常久。」格得語調變得柔軟、夢幻，「可以在樹下陰影、在光芒下不停向前行走，卻永遠達不到盡頭。」

「但柔克島有這麼大嗎？」

格得平和地看向恬娜，臉帶微笑：「弓忒山上的森林就是那片森林，所有森林都是。」

如今她目睹心成林。一行人尾隨黎白南，穿越綏爾鎮狡獪多變的街道，引出一群鎮民與孩童前來欣賞、迎接王。訪客從一條穿過矮樹叢與農場間的小徑離開鎮上，歡欣鼓舞的追隨者漸漸散去，小徑漸漸隱匿成一條步道，行經高大渾圓的柔克圓丘。

格得也告訴過恬娜圓丘的事。他說，在圓丘，所有魔法均強大，萬物均是真實面貌。「在那裡，我們的巫術與大地太古力相會，合而為一。」

風在山上的半乾長草間穿動，一匹小驢子腳步笨拙地奔過只剩殘株的田野，甩動尾巴，牛群緩緩沿著橫越小溪的籬笆成列邁步。前方長著樹木，深色的樹木，滿是陰影。

眾人跟隨黎白南爬越一道籬梯，走過小橋，來到樹林邊緣陽光普照的草地。小河附近有間年久失修的小屋。伊芮安脫隊，奔越草地來到屋前，拍撫門框，有若拍撫迎接久未見到的愛馬或愛犬。「親愛的小屋！」她轉向其他人，微笑道，「我還叫蜻蜓時，住過這裡。」

伊芮安環顧四周，搜索樹林深處，再度跑向前。「阿茲弗！」她喚。

一名男子從樹下陰影走入陽光，頭髮在陽光下如銀箔閃閃發光。伊芮安跑向他，他停步，朝她抬起雙手，她緊握。「我不會燒到你，這次不會燒到你。」伊芮安說，又哭又笑，卻未流出半滴眼淚，「我把火掩住了！」

兩人拉近彼此，面對面站著，他對伊芮安說：「凱拉辛之女，歡迎回家。」

「阿茲弗，我的姊妹和我在一起。」

形意師傅轉過臉，直直望向恬哈弩，恬娜看到一張皮膚白晰、剛毅的卡耳格臉。他來到恬哈弩面前，在跟前雙膝跪地。「哈瑪·弓登！」然後再次說，「凱拉辛之女。」

恬哈弩靜立片刻，終於緩緩伸出手，右手，燒傷的枯爪。阿茲弗握住，俯頭，親吻。

「我很榮幸預言妳到來，弓忒之女。」他以歡沁的溫柔語調說。

他起身，終於轉向黎白南，鞠躬說：「陛下，歡迎。」

「形意師傅，再次見到你真令我滿心喜悅！但我帶來一群人打擾你的獨居生活。」

「我的獨居生活已經很擠了，」形意師傅說，「幾個活人可能有助於維持平衡。」

他灰藍帶綠的眼睛環視眾人，突然一笑，充滿溫暖，在如此剛毅的臉上顯得格外出奇。「但這裡有我族女子。」他以卡耳格語說，走向並肩站立的恬娜與賽瑟菈奇。

「我是峨團……弓忒之恬娜。在我身邊是卡耳格大陸第一公主。」

師傅彬彬有禮地鞠個躬，賽瑟菈奇照例行了僵直的屈膝禮，但卡耳格語滔滔不絕湧出。「噢，祭司大人，我真高興你在這裡！如果沒有我朋友恬娜，我早瘋了，以為除了那些從阿瓦巴斯來的白痴女侍外，世上沒有人會說人話……但我正學習像他們一般說話……我也學習勇氣，恬娜是我的朋友與導師。但昨夜我打破禁忌！我打破禁忌！噢，祭司大人，請告訴我該如何才能贖罪！我踏上龍道了！」

「但妳在船上，公主。」恬娜說。「我夢到的。」賽瑟菈奇不耐地說。恬娜又道：「形意師傅不是祭司，而是……術士……」

「公主，」阿茲弗說，「我想我們都踏上了龍道，所有禁忌也將撼動、打破，不只在夢裡。等會兒到樹下繼續詳談，不要害怕。若妳願意，能否先讓我迎接我的朋友？」

賽瑟菈奇尊貴地點點頭，阿茲弗轉身迎接赤楊與黑曜。

公主看著他，以卡耳格語滿意地對恬娜說：「他是戰士，不是祭司。祭司沒有朋友。」

眾人緩緩前行，來到樹蔭下。

恬娜抬頭望入縱橫交錯的樹枝、層疊堆砌的樹葉，看到橡樹及一棵巨大寒橞樹，但大多仍為心成林之樹。橢圓形葉片在風中靈動擺盪，宛如山楊及鵝掌楸的葉子；有些葉片已轉黃，樹根四周也散落金與褐色，晨光中的葉色則是夏日的綠，滿是陰影與深沈的光芒。

形意師傅帶領眾人走在樹間小徑。恬娜想到格得，憶起他形容此地時的語調。自從初夏與恬哈弩在門庭前與格得道別，下山到弓忒港搭乘皇家船艦前來黑弗諾，她從未如此刻感覺與他如此貼近。很久以前，格得曾與形意師傅住在這裡，也曾一同在此處行走，她知道心成林對格得而言是萬物至中、神聖處所、寧靜的中心，彷佛只要抬頭，就能在綿長、灑滿陽光的空地盡頭看到格得。這念頭令她心安。

昨晚夢境令恬娜不安，賽瑟菈奇道出打破禁忌的夢境時，恬娜極為震驚。她在

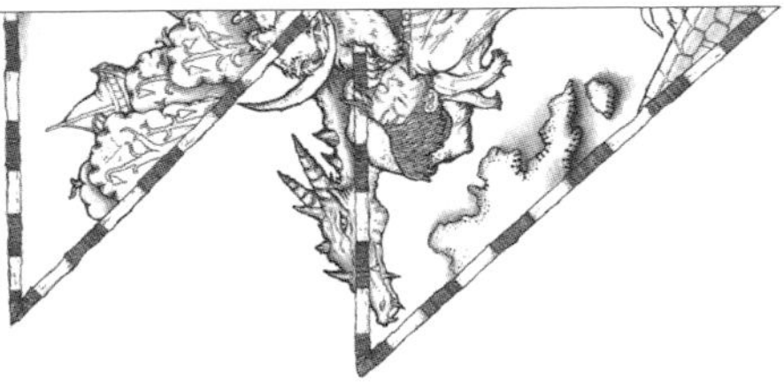

自己夢中也打破禁忌、僭越，爬上通往空寶座的最後三層臺階，禁忌的臺階。峨團陵墓早已屬於過往，位在遠方，或許大地震早已摧毀取走她真名之處，寶座或臺階半點不剩。大地太古力雖在那裡，卻也在此處，未曾改變或移動，太古力正是地震、正是大地，其正義並非人之正義。她走過柔克圓丘，知道自己走在所有力量會合之處。

很久以前她背叛了太古力，逃離陵墓掌握，偷走寶藏，逃來西方。但祂們在這裡，就在腳下，在這些樹根裡，在這座山的根裡。

在大地力量會合的中心，人類力量亦會合：王、公主、巫術師傅。還有龍。

還有女祭司小偷變成的農婦，與一名心碎的村野術士……

她轉頭看赤楊，他走在恬哈弩身邊，兩人安靜交談。他是恬哈弩最常主動說話的對象，甚至超過伊芮安，和他在一起，恬哈弩也顯得自在。看著兩人令恬娜心情輕鬆，她繼續行走大樹下，讓意識滑入充滿綠光與飄盪樹葉的半冥想中。走不了多遠，形意師傅停步，令她十分遺憾，希望自己可以永遠在心成林中行走。

眾人聚集在綠草如茵的林間空地，枝葉未交及處，朝天空大開。綏爾河支流從一邊流洩而過，柳樹與赤楊木生長在河邊。離小河不遠，有間石頭與草泥搭建的低矮房子，其貌不揚，牆邊接著一間較高的單坡小屋，以柳條與編織蘆葦建成。「我的冬宮，我的夏宮。」阿茲弗說。

黑曜與黎白南驚訝地盯視這些房舍，伊芮安說：「我從來不知道你有房子！」

「以前沒有，」形意師傅說，「但現在骨頭老了。」

來往船與森林間搬運數趟後，床榻安置妥當，房子給女士，單坡小屋給男士。男孩在宏軒館廚房與心成林間穿梭，滿載食物。向晚，柔克師傅應形意師傅之邀，前來與王等一行人相會。

「他們聚集在此遴選大法師嗎？」恬娜詢問黑曜，因格得曾提過那處祕密林地。

黑曜搖搖頭：「我想不是，王才知道。他們上次聚集時，王也在，但或許只有形意師傅能回答，因這林內一切都會改變，妳知道的，事物的位置無絕對。我想其中的路也不總是相同。」

「這件事聽來駭人，」恬娜說，「但我似乎不怕。」

黑曜微笑：「的確如此。」

恬娜看著眾師傅走入空地，由高壯如熊的召喚師傅與年輕的天候師傅阿賭帶領。黑曜介紹其他人：變換師傅、誦唱師傅、藥草師傅、手師傅，每人都灰髮蒼蒼。變換師傅因年歲衰老，將巫杖當枴杖；皮膚光滑、杏眼的守門師傅既不年輕，也不年老；最後進入空地的名字師傅年約四十，臉龐冷靜、莫測高深，對王自我介

紹，自稱坷瑞卡墨瑞坷。

一聽此語，伊芮安氣憤地爆發出：「你才不是！」

名字師傅看著伊芮安，平和說道：「這是名字師傅的真名。」

「那我的坷瑞卡墨瑞坷已經死了？」

師傅點點頭。

「噢！」伊芮安高喊，「這真令我難以忍受！我在這裡孤立無援時，他曾是我朋友！」她轉過頭不願面對名字師傅，憤怒而無淚地沈浸在哀傷中。她親密迎接藥草師傅與守門師傅，卻未對其他人說話。

恬娜看到幾位師傅不安地從灰白眉毛下看著伊芮安。

他們將眼神從伊芮安身上轉向恬哈弩，再次轉開，又從眼角瞥回去。恬娜開始揣想，他們以巫師之眼看著恬哈弩與伊芮安時，看到些什麼。

因此她敦促自己原諒召喚師傅初見恬哈弩時表現粗野、明白的憎惡。也許那並非憎惡，而是敬畏。

眾人相互介紹完畢，圍成圓圈坐下，有需要的人坐在軟墊及板凳上，其餘人則以草地為毯，天空與葉片為頂幕。形意師傅帶有卡耳格腔調的聲音說：「諸位師傅，若王願意，請王發言。」

黎白南起立說話，恬娜帶著難以扼抑的驕傲看著：青春的他如此美麗、如此睿智！起初她未聽清楚每個字，只聽到話語中的大意與熱情。

黎白南簡短而清晰地告訴眾師傅，令他前來柔克的緣由：龍與夢。

他下結論：「隨著每夜過去，這些事似乎更確定指向某件事，某種結果漸趨聚合。若在這裡，在這片土地上，有諸位的知識與力量協助，我們便能預見、迎向那件事，不讓它超出我們的理解範圍。最睿智的法師曾預言，某種巨變正降臨在我們身上，我們必須團結一致，了解那是何種變化、緣由、發展，阻止隨之而來的爭端與毀滅，不許它影響世界和諧與和平，因為我以和諧與和平為治。」

召喚師傅烙德起身回應，莊重致敬，特別歡迎第一公主的來臨，說：「柔克師傅與巫師皆同意，人類夢境，甚至不只夢境，都警示巨變來臨，也確信生死疆界遭受嚴重紛擾、疆界遭僭越，甚至有更嚴重的威脅。但我們懷疑除了魔法師傅外，是否有別人能理解或控制紛擾？另外，我們是否能相信生死與人類完全不同的龍族，願為人類福祉放棄狂野的怒氣與嫉妒？」

「召喚師傅，」黎白南在伊芮安開口前便說，「歐姆安霸在偕勒多為我而死，凱拉辛載我返回取得王座。在這圈圈裡，坐著卡耳格族、赫族，與西方之民三個種族。」

「這些人曾是同一族。」名字師傅平淡無調地說。

「今非昔比。」召喚師傅說，字字沈重清晰，「陛下，忠言逆耳！我尊重你與龍族締結的停戰協定。度過眼前危險後，柔克會協助黑弗諾共尋與龍族締結永久和平之法，但龍族與降臨在我們身上的危機毫無關連，東方族群亦是，他們遺忘創生語時，便已放棄永生不滅的靈魂！」

「**厄司·艾姆拉**。」恬哈弩站起身，以輕柔且帶著氣音的語調說。

召喚師傅呆望向她。

「我們的語言。」恬哈弩以赫語重述，回應他的注視。

伊芮安大笑：「**厄司·艾姆拉**。」

「你們不是永生不滅，」原本不打算開口的恬娜對召喚師傅說，她未起身，但所說出的詞句卻爆發如敲擊岩石迸出的火花，「**我們**才是！我們死亡，是為了與永生的世界重合，放棄永生的是你們！」

眾人突然安靜，因形意師傅方才比出個小手勢，雙手溫柔一動。

他的神情專注、平靜，盤坐草地上，研究雙腿前以細枝與葉片拼湊的圖形，抬起頭，環顧眾人：「我想我們再過不久就要去那裡。」

又一陣靜默，黎白南問：「去哪裡，大人？」

「黑暗中。」形意師傳說。

赤楊盤坐在地聆聽眾人討論。語音漸漸淡去、減弱，夏末近晚的溫暖陽光退入黑暗，只剩下樹，在空盲天地間，高大盲然的存在。世上最古老的大地之子。兮果乙，赤楊在心中說道，被創者與創世者，讓我來到你跟前。

黑暗繼續向前伸展，越過樹林，越過一切。

全然的虛無之前，他看到山，那座離開小鎮時在右方的高聳山丘，看到通往山對面的路途、小徑、上面的塵土與石塊。

如今他背離小徑，離開眾人，走上山坡。

草長得很高，星花草開盡的花蒂在長草間點頭。他來到狹窄小徑，沿著走上陡峭山邊。我是我自己，赤楊在心中說道，兮果乙，世界多美麗，讓我透過世界來到你跟前。

我可以再次進行與生俱來的工作，赤楊邊走邊想，可以修補毀壞事物，能令它重合。

他抵達山頂。站在點頭的長草間、山風裡、陽光下，在右方看到田野、小鎮屋頂與宏軒館、島外的明亮海灣及大海；若轉頭，會在身後、西方看到無盡森林中的

樹木，漸漸暈退成遙遠的淡藍；面前，山坡隱約灰暗，向下延伸到石牆與牆後的黑暗，以及在牆邊聚集、呼喚的陰影。**我會去**，他對陰影說道，**我會去**！

一陣溫暖散落在肩頭與雙手，風吹動頂上樹葉。有人的聲音，有人在說話，而非呼喊，未呼喊他的名字。形意師傅隔著草圈觀察他，召喚師傅也是。他低下頭，心神迷茫，試圖聆聽。他收攝心神專注傾聽。

王正在說話，運用所有技巧與意志力，讓這群性情剛烈　任性而為的男女朝同一目的合作。「各位柔克師傅，讓我試著陳述在航程中，我從第一公主處得知的事情。公主，我能代妳敘述嗎？」

公主裸露著臉，隔著圓圈凝視黎白南，莊重地點頭示意。

「這是公主的故事：很久以前，人與龍是同一族，說同一種語言，但因追求不同事物，雙方同意分開，去向不同的方向。這協議叫夫都南。」

黑曜抬起頭，塞波明亮的黑眼閃閃發光，輕聲說：「**夫爾納登**。」

「人往東，龍往西；人放棄創生語，換來雙手技術、手藝，擁有雙手所能創造的事物，龍則放棄這一切，保留太古語。」

「還有翅膀。」伊芮安說。

「還有翅膀。」黎白南複述，擒住阿茲弗雙眼，「形意師傅，或許你比我更適合說這故事？」

阿茲弗接道：「弓忒及胡珥胡的村民，還記得柔克智者與卡瑞構祭司遺忘的事物。沒錯，我還是孩子時，有人跟我說過這故事或類似情節，但故事中的龍卻遭遺漏忘卻。故事敘述群島王國的黑族如何打破誓言。卡耳格族承諾放棄巫術及法術語言，只說普通話，不會命名、不會唸咒，仰仗兮果乙，仰仗大地之母，亦即戰神母親的力量。但黑族打破協定，以技藝網住創生語，以符文寫下，保留、教導、使用，他們以雙手技巧，以唸誦真字的虛假口舌，用創生語締造咒文。因此卡耳格人永遠不能相信黑族，故事便是如此。」

伊芮安開口：「人類害怕死亡，龍族卻不然。人類想擁有生命，占有它，彷彿它是盒中珠寶。古代法師渴求永恆生命，透過真名阻止凡人死亡，但無法死亡的人也永遠無法重生。」

「真名與龍是一體兩面。」名字師傅坷瑞卡墨瑞坷說，「人類在夫爾納登時失去真名，但我們學會如何重新取回，真名便是自己。為何死亡能改變這點？」

他看向召喚師傅，但烙德沈重而沈鬱地坐著聆聽，不願說話。

「師傅，若你願意，請繼續說。」王說道。

「我說的是半學半猜的事情，不來自鄉談野事，而是孤立塔中最古老的紀錄。

在英拉德島最初的王出現前一千年，伊亞與索利亞島上，有最初也是最偉大的法師，創符者。他們最先學會撰寫創生文字，創造龍從未學習的符文，教導我們賦予每個靈魂真名。真名便是真實、自我，他們憑藉力量，賜予擁有真名的人在肉體死亡後的生命。」

「永恆的生命。」塞波輕軟的語音包圍詞語，略帶微笑說，「在一片有河流、高山、美麗城市的大地上，再無艱辛或苦痛，自我將永久存活，毫無改變，永無改變，永遠……那是古老帕恩智慧的夢想……」

「在哪裡？」召喚師傅問，「那片土地在哪裡？」

「在他風上，在西之西處。」伊芮安輕蔑、煩躁地環顧眾人，「你們以為我們龍族只會在這世界的風上飛行嗎？你們以為我們放棄所有而換來的自由，與蠢笨海鷗的自由相差無幾？你們以為我們的領土，是在你們富庶島嶼邊緣的幾塊小岩石？你們擁有大地、擁有海洋，但我族是陽光的火焰，御風而翔！你們想擁有土地，想創造、保留事物，你們得到了。這就是分離，就是夫爾納登，但你們不滿足於得到的那份，不只想要自己的憂慮，更想要我們的自由。你們想要風！憑藉毀誓者的咒文與巫術偷去屬於我族的半片領土，隔絕生命與光芒，好永遠生活在那裡！小偷！叛徒！」

「姊妹，」恬哈弩說，「這些不是偷竊的人，而是付出代價的人。」

她沙啞低暗的聲音帶來一陣靜默。

「代價是什麼？」名字師傅問。

恬哈弩望向伊芮安，伊芮安遲疑片刻，較為收斂地說：「**貪婪熄滅白日**，凱拉辛這麼說。」

阿茲弗開口，望向空地對面成排樹木，眼光似乎追描出樹葉的些微飄動。「古人發現龍的領域不限於軀體，他們發現龍可以超越……時間，也許是如此……他們嫉妒這份自由，便跟隨龍族道路進入西之西處。他們將該處一半領土占為己有，一個時間不存在的領域，好讓自我永久留存。但人的自我不能像龍一樣與肉身同在，只有人類的靈魂能去該處……他們因畏懼龍族的怒氣，而建起一道無論人或龍的肉體都無法跨越的圍牆，命名技藝則在西方諸島鋪撒一張大咒文網，島民死後，會去到西之西處，靈魅永遠居留在那裡。

「但牆壁建起、咒文施畢後，牆內的風停止吹拂，大海退乾，甘泉枯竭，日出的高山成為夜晚的高山，死者去到一片黑暗大陸、乾旱的境域。」

「我曾走在那片土地上。」黎白南語調低沈而不情願地說，「我不害怕死亡，但我害怕那裡。」

沈默籠罩。

召喚師傅以粗糙、不情願的聲音說：「喀布與索理安試圖打破那道牆，好令死者復生。」

「不是復生，大爺，」塞波說，「他們像創符者一樣，依然在尋求脫離軀體、永生不死的自我。」

「但他們的咒文擾動那地方，」召喚師傅悶鬱地說，「龍族因而憶起遠古的錯誤……因此亡靈如今越過圍牆，渴望重新回到生界。」

赤楊起身說：「他們渴望的不是生界，是死亡，渴望再次與大地合一、重合。」

眾人望向赤楊，但他對此近乎毫無所感，只有一半意識與眾人同在，另一半則在旱域。他腳下的草地既是碧綠而陽光滿布，亦是死枯而昏暗不明；樹葉在他頭頂顫動，低矮石牆在不遠處，就在黑暗山腳下。眾人中，他只看得到恬哈弩，雖無法清楚分辨出她的身影，卻知道她站在他與牆之間。他對她說：「他們建起牆，卻拆不掉。恬哈弩，妳願幫助我嗎？」

「我會的，哈芮。」恬哈弩說。

一道陰影衝入兩人之間，一捆巨大的黑暗力量隱蔽她，擒牢、束縛他。他掙扎、喘息，無法呼吸，在黑暗中看到赤紅火焰，然後一切消失。

西方諸島之王與柔克師傅，地海兩大力量齊聚草地邊緣，在星光下會合。

「赤楊能活嗎？」召喚師傅問，黎白南答，「藥草師傅說他已脫離險境。」

「我錯了，」召喚師傅說，「我很後悔。」

「你為何召喚赤楊回來？」王問，並非責怪，但想得到答案。

良久，召喚師傅沈鬱地說：「因為我有力量這麼做。」

兩人沈默踏上大樹間的開闊小徑，左右一片漆黑，但腳下照耀著灰白星光。

「我錯了。但想死是不對的。」召喚師傅口音帶有東陲的濃重捲音，低低說道，近乎懇求，「對年老、病重的人而言，或許該是如此。但生命是我們領受的賜禮，想保留、珍視這份偉大賜禮，怎麼會錯！」

「死亡也是我們領受的賜禮。」王說。

赤楊躺在草上一方軟墊。形意師傅說他該躺在星辰下，老藥草師傅也同意。他沈睡，恬哈弩靜靜坐在身邊。

恬娜坐在低矮石屋的門口看著恬哈弩。夏末的主要星辰在空地上閃耀，其中最高的星便叫做恬哈弩、天鵝之心，蒼拱的中心。

賽瑟菈奇安靜走出屋子，到了門口邊在恬娜身旁坐下。她取下固定面紗的金環，讓金褐的濃密長髮隨意披散。

「噢，朋友，」公主呢喃，「我們會變成怎麼樣？死者正朝這裡來，妳感覺得到嗎？像漲起的潮汐，越過石牆。我想無人能阻止。幾百年來，所有死人，此刻皆自西方諸島的墳墓而出……」

恬娜的腦海與血脈均感受到擊打、呼喚，如今她與眾人皆知曉赤楊所知的事物。但她攀附住信念，即便如今只剩希望。「賽瑟菈奇，他們只是死人。我們建起一道虛假的牆，必須拆除，但真實的牆也存在。」

恬哈弩起身，輕輕走到兩人身邊，坐在兩人腳下石階上。

「他沒事了，正在睡覺。」恬哈弩悄語。

「妳剛跟他在那裡嗎？」恬娜問。

恬哈弩點點頭：「我們站在牆邊。」

「召喚師傅做了什麼？」

「師傅召喚他……硬把他帶回來。」

「帶回生界。」

「帶回生界。」

「我不知道哪個較可怕，」恬娜說，「是死，或是生？真希望能免於恐懼！」

賽瑟菈奇的臉與溫暖的波浪秀髮靠向恬娜肩膀片刻，輕輕一撫。「妳很勇敢，勇敢。」公主喃喃道，「但我，噢！我怕海！我怕死亡！」

恬哈弩安靜端坐。藉著懸掛枝葉間的微弱溫柔光芒，恬娜可以看到女兒纖細的手蓋在燒傷扭曲的手之上。

「我想，」恬哈弩以小而奇特的聲音說，「死後，我可以吐回讓我存活的氣息，可以將未做的一切還諸世界，所有我可能成為與不能成為的一切、所有我未做的選擇，失去、耗用及浪費的一切，可以全部還諸世界，送給尚未活過的生命。那將是我對世界的回報，感謝它賜予我活過的生命、愛過的摯愛，與吸過的氣息。」

她抬頭望向星辰，歎口氣低聲說：「不過那是很久以後的事。」她轉頭望向恬娜。

「媽媽，我想不久後……」

賽瑟菈奇輕輕撫過恬娜的頭髮，站起身，默默進入屋內。

「我知道。」

「我不想離開妳。」

「妳必須離開我。」

「我明白。」

兩人繼續坐在心成林中閃閃發光的黑暗間，相對無語。

「看！」恬哈弩喃喃。一顆流星劃越天際，迅速消失，光之軌跡緩慢消退。

五名巫師坐在星光下。「看。」一人說，抬手畫出流星軌跡。

「是瀕死之龍的靈魂。」阿茲弗說，「卡瑞構人這麼說。」

「龍會死嗎？」黑曜若有所思地說，「我想，牠們的死亡不同於我們。」

「牠們的生命也與我們不同，牠們在世界間來去自如，歐姆伊芮安是這麼說。從這世界的風到他風中。」

「我們也嘗試過，」塞波說，「卻失敗了。」

阿賭好奇地望著他：「長久以來，你們在帕恩都知道我們今天聽到的故事、一直擁有這份知識嗎？就是關於龍與人的分裂，還有旱域的創造？」

「跟今天所聽的觀點不同。我受的教誨是，夫爾納登是魔法技藝的第一個偉大成功例子，巫術的目標就是征服時間、永生不死……也因此帶來帕恩智識所造成的惡果。」

「至少你們保留了我們鄙棄的大地之母智識。」黑曜說，「阿茲弗，你的族人也是。」

「這個嘛……你的族人也懂得把宏軒館建在這裡啊。」形意師傅微笑說。

「但我們建得不對，」黑曜說，「我們所建的一切都是錯誤。」

「所以必須拆毀。」塞波說。

「不行，」阿賭說，「我們不是龍，我們要住在屋裡。至少要有幾面牆。」

「只要風能從窗戶來去就夠了。」阿茲弗道。

「那誰會從門口進入呢？」守門師傅以平和的語音問。

一陣靜默。一隻蟋蟀在空地另一端勤奮唱奏多時，暫停片刻後再度開始。

「龍？」阿茲弗問。

守門師傅搖搖頭：「或許之前開始而又遭受背叛的分裂將要完滿結束。龍會得到自由而離去，留下我們面對之前所做的選擇。」

「對善惡的了解。」黑曜說。

「創造、塑造的喜悅，」塞波說，「我們掌握的技藝。」

「還有貪婪、軟弱與恐懼。」阿茲弗說。

另一隻較靠近溪邊的蟋蟀回應第一隻的呼喚，兩隻蟋蟀不規律地一搭一唱。

「我怕，」阿賭說，「怕到不敢說的是……龍離開後，說不定我們掌握的技藝

也會與之同去。我們的技藝、我們的魔法。」

其餘人的沈默顯示同樣的恐懼，但守門師傅終於開口，語調輕緩卻確定：「我想不會。沒錯，龍是創世者，但我們也學會了創世，轉化成自己的技能，無從剝奪。要失去，我們得先遺忘、拋棄。」

「像我族人一樣。」阿茲弗道。

「但你的族人記得大地是什麼、永恆的生命是什麼，」寒波說，「而我們忘了。」

漫長的沈默再度降臨。

「我可以向牆伸出手，」阿賭以極低的語調說，「他們近了，很近。」

「我們該如何知曉，該做些什麼？」黑曜問。

阿茲弗對隨著問題而來的沈默回答：「有一次，大法師和我在心成林裡時，他對我說，他花了一輩子學習如何選擇去做別無選擇，卻不得不做的事情。」

「我真希望他現在就在這裡。」黑曜說。

「他已完成願行。」守門師傅喃喃，微笑。

「但我們尚未。我們正在絕壁的邊緣討論，心知肚明。」黑曜環顧眾人在星光下的臉龐，「死者對我們有何要求？」

「龍對我們有何要求？」阿賭問，「這些是龍的女人、是女人的龍，她們為何在此？我們能信任她們嗎？」

「有選擇嗎？」守門師傅問。

「我想沒有。」形意師傅回答，語氣出現一絲剛硬，宛如劍鋒，「我們只能跟隨。」

「跟隨龍？」阿賭問。

阿茲弗搖搖頭：「赤楊。」

「形意，他怎麼算得上嚮導？」阿賭說，「他只是從村莊來的修補師！」

黑曜說：「赤楊的智慧存在他手中，而非腦袋裡。他依隨自己的心意，絕無引導我們的企圖。」

「但他是遴選而出的人。」

「誰選擇他？」塞波輕聲問。

形意師傅回答：「死者。」

眾人沈默而坐。蟋蟀停止鳴叫，兩個高大身影穿越星光染灰的長草而來。「我和烙德能跟你們坐一會兒嗎？」黎白南問，「今晚無人能安眠。」

格得坐在高陵臺階上看著海上星辰。一個多小時前他進屋睡覺，但一閉眼就看

到山坡，聽到聲音如浪潮湧起。他立刻起身，走到屋外，到能觀察星辰移動的地方。

他很疲累，眼睛一閉便站在石牆邊，心中充滿冰冷恐懼，害怕自己將永遠留在那裡，不知道回歸的道路。他終於對這份恐懼厭煩、不耐，再度起身，從屋裡提出一盞燈籠，點亮，朝蘑絲家走去。蘑絲不一定會害怕，她近來住得離石牆不遠，但石南一定十分恐慌，而蘑絲無力安撫。無論必須採取何種行動，如今已非他能力所及，但至少能去安撫那可憐的弱智女子。他可以告訴石南，只是夢。

在黑暗中前進非常困難，燈籠令小路上的小東西都投射出長長影子，步行速度比預期更慢，有時還跌撞數步。

雖然已晚，村裡的鰥夫屋內依然點著燈。村莊裡有小孩哭鬧，媽媽，媽媽，為什麼有人在哭？媽媽，誰在哭？別處也無人能安睡，格得心想，今夜地海，無論何處，都無人能安睡。他一邊想，一邊微微咧嘴而笑。他向來喜歡這寧靜的瞬間，充滿恐懼的瞬間寧靜，天地變色前的片刻。

赤楊甦醒。他躺在地上，感覺大地在身下的深度，明亮星辰在眼前燃燒，夏日星辰隨著風的吹拂在葉片間移動，隨著世界輪轉在東西間移動。他凝望片刻，任由其遁沒。

恬哈弩在山上等著他。

「哈芮，我們必須怎麼做？」恬哈弩問。

「我們必須修復世界，」哈芮微笑道，心情終於輕鬆，「我們必須打破牆。」

「他們能幫忙嗎？」恬哈弩問，因如今無言死者在山下黑暗裡聚集成群，宛如數不盡的草葉、砂粒或星星，猶如靈魂形成的遼闊昏暗沙灘。

「不能，」哈芮說，「但或許別人可以。」他走下山到牆邊，這段牆比腰略高，他碰觸其中一塊頂蓋石，試圖推動。石頭牢不可動，或許比尋常石頭更沈，他抬不動，無法撼動半吋。

恬哈弩來到身邊。「幫幫我。」哈芮說。她將手放在石頭上，人手與燒傷的爪一起，盡力握住，像他方才般抬拉石塊。石頭動了動，又動了動。「推！」兩人一同緩緩推移，石塊與之下的岩塊大力磨擦，直到隨著悶重聲響落下牆的另一頭。

下一塊石頭稍小，兩人可以一同抬起，讓它落在近側塵土中。

一陣戰慄穿過腳下地面。石牆中堵塞空隙的小碎石塊顫抖，伴隨漫長一聲歎息，無數死者靠近圍牆。

形意師傅突然起身聆聽。空地周圍的葉子喧鬧不止，心成林中的樹木彎倒顫抖，彷彿受到強風吹拂，但林中無風。

「改變開始了。」他離開眾人，走入樹下黑暗。

召喚師傅、守門師傅與塞波一同站起，快步安靜跟隨，阿賭與黑曜稍慢地跟在後頭。

黎白南站起，跟在其他人身後走了幾步，遲疑片刻，趕忙越過空地，來到石頭與草泥搭建的矮屋。「伊芮安！」他在黑暗門前探身，「伊芮安，妳能帶我一起去嗎？」

伊芮安走到屋外，微笑，四周散發火焰般的光芒。「那來吧。快！」她拉住他的手。她將他抬入他風中，她的手像燃燒煤炭般滾燙。

少頃，賽瑟菈奇走出房子來到星光下，身後跟著恬娜。兩人立定，環顧四周。毫無動靜，樹木回復靜止。

「他們都走了。」賽瑟菈奇悄聲說，「進入龍道。」

她向前一步，凝視黑暗。

「恬娜，我們該怎麼辦？」

「看家。」

「噢！」賽瑟菈奇突地跪下，看到黎白南躺在門口，面朝下趴在草地上。「他沒死……我想……噢，我親愛的國王大人，不要走，不要死！」

「他跟別人在一起。陪著他，幫他保暖，賽瑟菈奇，好好看家。」恬娜走到赤楊平躺處，他呆滯無神的眼睛轉向星辰。她坐在他身旁，摸著他的手。等待。

赤楊幾乎動不了手中石頭，但召喚師傅來到身邊，彎下腰以肩抵住石塊，說：「來！」兩人一同推，直到石塊晃動，以同樣沈重的聲響落在牆的對側。

如今有別人陪著他與恬哈弩拖扭石塊，將石塊抛在牆邊。赤楊看到自己的手突然在一道紅色光芒中投射出影子。歐姆伊芮安又變成他首次見到時的龍形，正奮力推移最低排的一塊深埋巨石，吐出火焰，利爪刮出火花，長滿長刺的背拱起，石塊笨重滾開，將那一段牆完全推倒。

牆那端的影子發出巨大的輕柔呼喊，宛如波浪敲擊空洞海岸，黑暗身影貼湧牆邊。赤楊抬起頭，發現對面已不再黑暗，星辰從未移動的天空中光芒移動，遙遠的黑暗西方迅速閃出火花。

「凱拉辛！」

是恬哈弩的聲音。赤楊看向她，她正抬頭朝上方、西方望去。她無心看地。

她抬起手臂，火焰沿著雙手、雙臂沿燒入頭髮、臉跟身體，爆發成巨碩翅膀，將她抬入空中，成為渾身是火、熊熊燃燒、美麗無倫的身形。

她大聲呼喊，嘹亮、無語，高高升起，筆直快速地朝逐漸明亮的天際飛去，那裡出現一道白風，抹拭毫無意義的星辰。

成群死者中有零星身影像她一般閃爍飛升，化為龍形，飛駕風上。其餘多數則步行向前，不推擠、不呼喊，不疾不徐地穩步朝牆壁坍塌處走去：男女無以計數，毫不遲疑地跨越破碎石牆，一踏過便消失無蹤，化成一縷灰塵、一口在逐漸增強的光芒中發光片刻的氣息。

赤楊觀看著，幾乎忘了手中猶握一塊從牆上拔下、用以鬆動一塊大石的塞孔石。他看著死者自由，終於看見她。他拋去石塊，向前一步，喚道：「百合！」她看到他，微笑，伸出手。他握住百合的手，一同跨越，進入陽光。

黎白南站在毀壞的牆邊，看著晨曦在東方亮起。以往沒有方向、無處可去的地方，如今已有東方。大地撼動，宛如巨獸搖晃顫抖，令尚未破壞的部分亦震動、坍塌成碎石。火焰自遙遠漆黑、名為苦楚的山脈迸發，那是在世界心臟中燃燒的火焰，餵養龍群的火焰。

他望向山脈上的天空，看見龍在晨風上飛翔，一如與格得曾在西海所見。

三頭龍轉彎，朝眾人站立之處，靠近山頂、高於碎牆的位置飛來。黎白南識得其中兩頭是歐姆伊芮安與凱拉辛，第三頭龍有晶亮的金色皮甲及金色翅膀。那龍飛得最高，未朝眾人低飛，歐姆伊芮安在空中圍繞牠，一同高飛，愈攀愈高，追逐彼此，直到初升太陽最高的光芒突然照耀在恬哈弩身上，令她正如其名般燦爛燃燒，一顆明亮巨星。

凱拉辛再度盤旋，低飛，巨大身形降落在破碎牆間。

「**阿格尼．黎白南**。」龍對王說。

「至壽者。」王對龍說。

「**艾撒登．夫爾那登南**。」響亮且帶著嘶聲說道，宛如一波波鈸響。

黎白南身旁，召喚師傅烙德穩當站著，以創生語重複龍的話，再以赫語說：「曾經分隔的事物，如今分隔。」

形意師傅站在兩人附近，頭髮在漸亮天色中發光，說：「曾經建造的事物，如今破碎；曾經破碎的事物，如今完整。」

他渴望地抬頭看著天空，看著金色龍與紅銅色龍，但她們如今幾乎已飛出視野，大漩渦般盤旋在綿延低傾的大地上，原本空虛的幻影城市在白日光芒中消失無

蹤。

「至壽者。」阿茲弗喚，細長的頭緩緩轉向他。

「她會偶爾隨著道路回到林中嗎？」阿茲弗以龍語問。

凱拉辛細長、深不見底的金黃大眼凝視阿茲弗，巨大的嘴像蜥蜴般，似乎合攏成微笑，無語。

凱拉辛沿牆行進，依然佇立的石塊在鐵肚磨蹭下滑動坍塌，牠扭曲身子遠離，在一陣高舉雙翼的鼓動與敲擊聲中越離山坡，低飛過大地朝高山而去。山頂如今因煙霧、白蒸氣、火光與陽光而明亮。

「來吧，朋友。」塞波以輕柔的聲音說，「我們自由的時刻未到。」

日光已出現在最高的樹頂，空地上依然存有晨曦的冰冷灰光。恬娜坐在地，手觸赤楊的手，臉俯低，看著垂掛草葉上的冰冷露珠，看著小且纖細的水滴懸掛草葉邊緣，每一滴都映照出全世界。

有人唸她的名字，她沒抬頭。

「他走了。」恬娜說。

形意師傅在她身邊跪下，以溫柔的手碰觸赤楊臉龐。

他沈默跪著片刻，才以恬娜的語言說：「夫人，我看到恬哈弩，她在他風上全身金光地飛翔。」

恬娜抬頭瞥向形意師傅，他的臉色蒼白、疲累，但眼中有一抹自豪。

她掙扎，開口，語調粗啞，幾乎無法辨認：「完整的？」

他點點頭。

她輕撫赤楊的手，那是修補師的手，細淨、靈巧。眼淚湧入雙眼。

「讓我陪他一會兒。」說完她開始流淚。她將臉埋入雙手，狠狠、苦苦、靜靜地哭泣。

阿茲弗走向屋門邊的一小群人。黑曜與阿賭站在召喚師傅附近，沈重焦急的召喚師傅則站在公主旁邊。公主蹲在黎白南身側，雙臂將他隔擋身後好保護他，不准任何巫師碰觸，她雙眼射出精光，一把原屬於黎白南的出鞘匕首握在手中。

「我跟王一起回來。」烙德對阿茲弗說，「我試著留在王身旁，不確定該怎麼走。公主不肯讓我靠近王。」

「佳奈依。」阿茲弗以卡耳格語道出頭銜：公主。

公主望向阿茲弗，大喊：「感謝阿瓦與烏羅，讚美大地之母！阿茲弗大人，叫

這些該死的術士走開！殺了他們！他們殺死了我的王。」她將修長鐵刃朝阿茲弗伸去，遞過匕首。

「不，公主，王是跟龍族伊芮安去的，但這名術士把王帶回我們身邊。讓我看看王。」阿茲弗跪下，微轉黎白南的臉好仔細端詳，將雙手放在他胸膛。「王很冷，返程很艱辛，公主，把王抱在妳懷裡，幫他保暖。」

「我一直試著這麼做。」公主說，緊咬下唇，拋下匕首，俯身靠向不省人事的男子，「噢，可憐的王！」她以赫語輕輕說道，「親愛的王，可憐的王！」

阿茲弗站起，對召喚師傅說：「烙德，我想王沒事，如今公主比我們有用得多。」

召喚師傅伸出巨掌，扶住阿茲弗：「站穩了。」

「守門師傅……」阿茲弗問，臉色比之前更蒼白，環顧空地。

「他跟帕恩巫師一起回來。」烙德說，「阿茲弗，坐下。」

阿茲弗依言，坐在前天下午眾人在空地圍圈席地而坐時，老變換師傅所坐的木塊上。彷彿已是千年前的事，變換師傅在傍晚時回去學院，然後長夜開始……這一夜令石牆如此靠近人世，一睡著便去到牆邊，去到牆邊便是恐懼，無人安睡。或許在整個柔克，甚至所有島嶼上，都無人能睡……只有前去指引道路的赤楊……阿茲弗發現自己開始打盹、顫抖。

阿賭試圖勸阿茲弗回到冬屋，但他堅持留在公主身邊，為她翻譯。還有，在恬娜身邊好保護她，他在心裡想著卻未說出口，好讓她哀悼。但赤楊已無須哀悼，他已將悲傷傳遞給恬娜，給所有人；他的喜悅……

藥草師傅走出學院，在阿茲弗身邊忙碌不休，為他披上冬季斗篷。阿茲弗坐在地上，陷入疲累、燥熱的半眠狀態，刻意忽略他人存在，看著陽光躡手躡腳爬下樹葉，隱約因這麼多人進入他甜美安靜的空地而感到煩怒。他的堅守終於獲得報償。公主來到身邊，在面前跪下，帶著急於表達的尊敬凝視，說：「阿茲弗大人，王希望與你談話。」

公主扶他站起，彷彿他是老頭。他不介意。「謝謝妳，佳音哈。」

「我不是王后。」公主邊笑邊說。

「妳將會是。」形意師傅說。

正值滿月漲潮，「海豚」必須等海潮退去，方能通過雄武雙崖。恬娜直到中午才在弓忒港下船，然後是段漫長上坡路。她穿過銳亞白鎮，走上通往小屋的懸崖小徑時，已近日落。

格得正為壯碩的包心菜澆水。

他站直身子，看到恬娜走來，臉上露出老鷹的神情、皺眉：「啊。」

「噢，親愛的！」恬娜趕忙上前最後數步，格得向前迎來。

恬娜累了。她樂於與格得並坐，分享一杯星火釀造的好紅酒，看著早秋傍晚在西方海面燃成一片金黃。

「我該怎麼描述整件事呢？」

「倒著說。」

「好吧，就這麼說。他們希望我留下，但我說我想回家。但因他們訂婚，必須召開議會，王的議會。之後一定會有一場盛大婚禮之類，我想我不需去，他們在那一刻已真正結為連理，透過葉芙阮之環而結合。我們的環。」

格得看著她，微笑，一個只有她才見過的燦爛甜美微笑——至少她這麼想。

「然後呢？」

「黎白南走上前來，站在這裡，就站在我左邊，賽瑟菈奇走上前，站在我右邊。我們站在莫瑞德王座前面，我舉起環，就像我們把它帶回黑弗諾時一樣，記得嗎？在『瞻遠』中，在陽光下？黎白南將環握在手中，吻了環之後還給我，我把環套上公主手臂，十分順利地滑過她的手，賽瑟菈奇可不嬌小呢。噢，格得，你真該看看她！她真美，像隻尊貴的獅子！黎白南終於找到匹配的伴侶！所有人歡呼，接著開始舉行慶典。之後我終於能離開。」

「繼續說。」

「倒著說？」

「倒著說。」

「好吧。在這之前，是柔克。」

「柔克從不簡單。」

「的確。」

兩人沈默地喝著紅酒。

「告訴我形意師傅的事。」

恬娜微笑。「賽瑟菈奇叫他戰士，說只有一名戰士才會愛上龍。」

「那晚，誰跟他進入旱域？」

「他跟隨赤楊。」

「啊。」格得語氣中帶有訝異與某種程度的滿意。

「其餘師傅也跟隨赤楊，還有黎白南，及伊芮安……」

「恬哈弩。」

一陣沈默。

「恬哈弩走出屋外，我跟出去時，她已經走了。」一陣長長靜默。「阿茲弗看到她。在陽光下，乘馭他風。」

一陣沈默。

「牠們都離開了，無論在黑弗諾或西方諸島，都已沒有龍。黑曜說，虛影之地與其中的虛影和光明世界重合時，牠們也重得屬於牠們的真正領土。」

「我們打破世界，好讓它完整。」

長久之後，恬娜以安靜單薄的聲音說：「形意師傅相信，只要他呼喚伊芮安，她便會回到心成林。」

格得一語未發，長久後才說：「恬娜，看那裡。」

她朝格得所望的地方望去，望入西方海上昏暗的天空。

「如果恬哈弩來，她會從那裡來；如果她不來，她就在那裡。」

恬娜點點頭。「我明白。」她雙眼盛滿淚，「回黑弗諾時，黎白南在船上為我唱了一首歌。」她不會唱歌，但悄聲唸出詞：**喔，我的喜悅，自由吧……**

格得別過頭，看向森林、高山，逐漸深暗的山峰。

「告訴我。告訴我，我不在時，你做了些什麼。」

「看家。」

「你去森林裡散步了嗎？」

「還沒。」

■作者簡介

閱讀娥蘇拉．勒瑰恩：在多重疆界間起舞

本文標題，部分借用了娥蘇拉．勒瑰恩（Ursula K. Le Guin, 1929-）自己所寫的評論集書名《在世界邊緣起舞》（*Dancing at the Edge of the World*），因為用來形容她自己的確非常貼切。不只是因為她身跨奇幻與科幻創作兩界——確實有很多作家一手寫奇幻，一手寫科幻。當然，她在兩界都成就斐然，地位崇高，這點誠屬不易：她的奇幻代表作「地海傳說」系列，包括《地海巫師》（1968）、《地海古墓》（1970）、《地海彼岸》（1972）與《地海孤雛》（1990）等舉世矚目，名列經典，不僅創作至今三十多年來一直深受各年齡層讀者喜愛，凡探討奇幻文學或青少年文學的論文或評論，必提及「地海」的重大成就。她的科幻小說也是重量級，《黑暗的左手》（1969）與《一無所有》（1974）這兩部長篇巨著均獲星雲獎與雨果獎雙雙肯定，奠定她在科幻文學與性別議題上的地位，整體而言所獲獎項與榮耀更是不計其數。

但是，光舉出她在這兩種文類上的耀目成就，還不足以形容她的特別。很少有作家像她這樣，除了一手寫奇幻、一手寫科幻外，還擅長寫實小說，除此之外又生出好幾隻手寫詩、寫散文、寫遊記、寫文學評論、寫童書、寫劇本，又兼翻譯，可謂樣樣精通。

這是她跨越疆界的第一種層次：跨越創作類型的疆界。

勒瑰恩不僅跨越了創作類型的疆界，還打破了主流文學的藩籬。奇幻、科幻小說，甚至包括青少年兒童文學類型，有很長一段歷史處於文學界的邊緣位置，不受重視。勒瑰恩出身學術家庭，父親是人類學家，母親是心理學家及作家，均非常關注美國原住民文化。家中時常高朋滿座，除了知名學者、研究生之外，還有許多印地安人，套句勒瑰恩母親所說的話，他們家就是「一整個世界」。在這樣富有學術氣氛的環境成長，三位兄長都成為學者，她自己則攻讀法國與義大利文學，取得文學碩士，並在大學任教。儘管如此，勒瑰恩卻選擇了大眾文學為志業。她以令人讚歎的才華在奇幻、科幻與青少年文學界奠定名聲；作品的文學性更吸引了主流文學界的注意。

以她作品為分析對象的文學評論眾多，甚至出版專書探討。舉凡「地海傳說」的成長主題與道家思想、《黑暗的左手》的敘事方式與性別議題、《一無所有》的烏托邦與反烏托邦等，皆對主流文學界產生重大影響。西方文學評論家哈洛・卜

倫（Harold Bloom）在專論勒瑰恩的評論集《*Ursula K. Le Guin*》（Chelsea House, 1986）中於序言盛讚她為當代幻想文學第一人，創意豐富，風格上乘，勝過托爾金與多麗絲・萊辛（Doris Lessing），並於《西方正典》附錄中將她列為美國經典作家之一。

這是她跨越疆界的第二種層次：跨越主流文學與大眾文學的疆界。

在性別議題上，勒瑰恩也沒缺席。她可謂最早探討性別意識的奇幻、科幻作家之一，諸如《黑暗的左手》與「地海傳說」等作品中，均可看到她以女性身分對奇幻、科幻文類的反省。

於此，她再一次跨越疆界：性別的疆界。

勒瑰恩除了創作，更投入老子《道德經》的英譯注解工作，耗時四十年之久，此版本推出之後獲得相當高的評價。她並將老子思想融入創作，在一向以西方文明為骨幹的奇幻、科幻小說中，發揮東方哲學的無為、相生與均衡概念。此外，「地海傳說」中的島嶼世界（相對於歐美的大陸世界）與骨架纖細、黑髮深膚的民族（相對於西方人種的外貌），以及隱喻西方文明的侵略與破壞性格，這種「去西方中心」的敘述觀點與一般西洋奇幻文學形成強烈對比。

這是她跨越疆界的第四種層次：跨越文化疆界，脫離西方主義。

女性、青少年兒童、大眾文學與東方思想，相對於男性、成人、主流文學與西方文化，都是位於邊緣。勒瑰恩正是「在多重世界的邊緣翩翩起舞」，織就了種種意象繁複、文字優美、意蘊深厚的故事。更重要的是，她不僅要傳達深刻的理念，她還是說故事的高手，能同時兼顧閱讀趣味、文學風格和哲思議題。她的作品被翻譯為許多語言，日本當代名作家村上春樹亦特別操刀翻譯她的短篇童話「飛天貓」系列，並坦言：「勒瑰恩的文字非常優美豐富，是我最喜歡的女作家之一。」很慶幸她選擇了奇幻、科幻類型來說故事，豐富了我們的視野；更慶幸有了她的努力，邊緣文學的發聲位置終於有了流動。

像這樣一位作家，絕對值得我們認識，並且細細咀嚼。

地海奇風（地海六部曲之六）
The Other Wind

作者　勒瑰恩（Ursula K. Le Guin）
譯者　段宗忱
總編輯　陳郁馨
責任編輯　李嘉琪
封面設計　蔡南昇
內頁排版　極翔企業有限公司

社長　郭重興
發行人兼出版總監　曾大福
出版　木馬文化事業股份有限公司
發行　遠足文化事業股份有限公司
地址 231新北市新店區民權路108之4號8樓
電話 02-2218-1417　傳真 02-8667-1891
email: service@bookrep.com.tw
郵撥帳號 19588272 木馬文化事業股份有限公司
客服專線 0800221029
法律顧問　華洋國際專利商標事務所 蘇文生 律師
印刷　呈靖彩藝有限公司
初版　2017年2月
初版十刷　2022年3月
定價　新台幣320元
ISBN 978-986-359-344-7

木馬臉書粉絲團：http://www.facebook.com/ecusbook
木馬部落格：http://blog.roodo.com/ecus2005

國家圖書館出版品預行編目(CIP)資料

地海奇風 / 勒瑰恩（Ursula K. Le Guin）著；段宗忱譯. -- 初版. -- 新北市：木馬文化出版：遠足文化發行, 2017.02
面；　公分. --（地海六部曲；6）
譯自：The other wind
ISBN 978-986-359-344-7（平裝）

874.57　　105023234